花王閣賸稿一卷

〔明〕紀坤撰

吉林大學圖書館藏清嘉慶四年紀氏閱微草堂刻本

紀坤　《花王閣剩稿》刻本　吉林大學圖書館藏

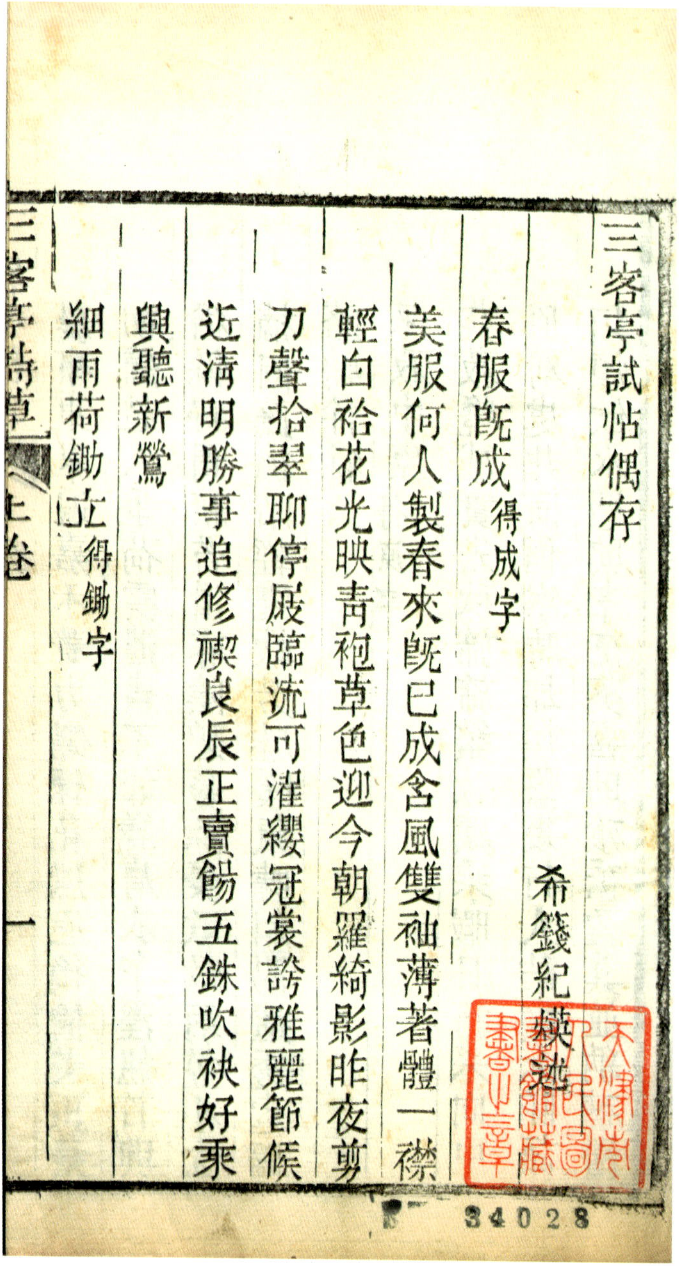

三客亭試帖偶存

希箋紀煐述

春服既成 得成字

美服何人製春來既已成含風雙袖薄著體一襟輕白袷花光映青袍草色迎今朝羅綺影昨夜剪刀聲拾翠聊停屐臨流可濯纓冠裳誇雅麗節候近清明勝事追修禊良辰正賣餳五銖吹袂好乘興聽新鶯

細雨荷鋤立 得鋤字

紀煐述 《三客亭試帖》刻本 天津市圖書館藏

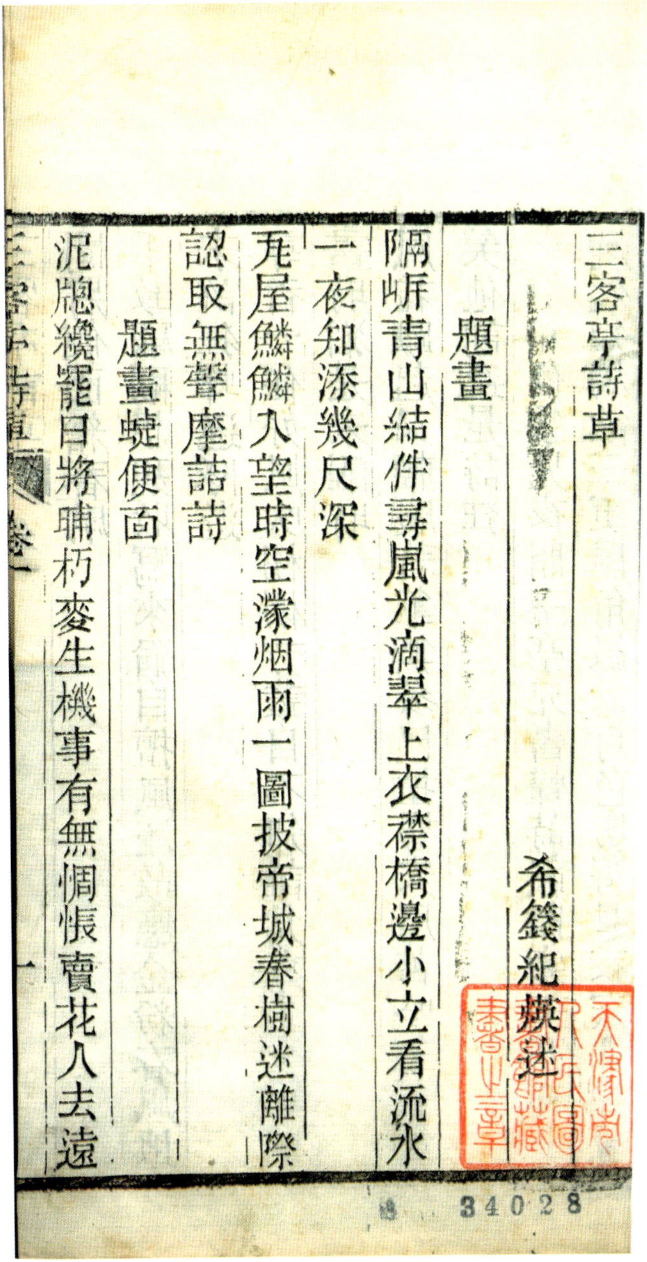
三客亭詩草

希籛紀煐述

題畫

隔岸青山結伴尋嵐光滴翠上衣襟橋邊小立看流水

一夜知添幾尺深

瓦屋鱗鱗入望時空濛烟雨一圖披帝城春樹迷離際

認取無聲摩詰詩

題畫蜨便面

泥牕纔罷日將晡朽麥生機事有無惆悵賣花人去遠

三客亭詩草　卷一　一

紀煐述《三客亭詩草》刻本 天津市圖書館藏

傳略

紀鉅維字香驄一字伯駒號悔軒晚署泊居老人直隸河間獻縣人相國文達公五世孫也同治癸酉拔貢官直隸霸州訓導內閣中書加侍讀銜南皮張文襄公督粵聘入幕並校藝廣雅書院文襄督楚迭聘主講經心江漢兩湖三書院復監督文普通學堂及存古學堂留鄂凡二十年辛亥北歸伏居里閈者又近十年庚申八月避盜卒於天津

紀鉅維　《泊居剩稿》民國鉛印本

直隸學研究書系·歷代獻縣詩鈔

傅林　于萬復　劉青松　主編

紀坤　紀樹⿱木品　紀煐述
紀堪琴　紀鉅維詩集

曹書通　輯校

河北大學出版社
·保定·

JI KUN JI SHUBEN JI YINGSHU JI KANQIN JI JUWEI SHIJI

紀　坤 紀樹畬 紀煐述 紀堪琴 紀鉅維詩集

出 版 人：耿金龍
責任編輯：韓立霞
裝幀設計：張彥琪
責任印制：靳雲飛

圖書在版編目（CIP）數據

紀坤、紀樹畬、紀煐述、紀堪琴、紀鉅維詩集 / 曹書通輯校．-- 保定 ：河北大學出版社，2018.11
（直隸學研究書系 / 傅林，于萬復，劉青松主編．歷代獻縣詩鈔）
ISBN 978-7-5666-1410-0

Ⅰ．①紀… Ⅱ．①曹… Ⅲ．①古典詩歌－詩集－中國－明清時代 Ⅳ．① I222.74

中國版本圖書館 CIP 數據核字（2018）第 209307 號

出版發行：河北大學出版社
地址：河北省保定市七一東路 2666 號　郵編：071000
電話：0312-5073033　0312-5073029
郵箱：hbdxcbs818@163.com　網址：www.hbdxcbs.com
印　　刷：保定市北方膠印有限公司
幅面尺寸：148 mm × 210 mm
印　　張：16.25
字　　數：320 千字
版　　次：2018 年 11 月第 1 版
印　　次：2018 年 11 月第 1 次印刷
插　　頁：4
書　　號：ISBN 978-7-5666-1410-0
定　　價：49.00 元

河北大學國學傳承與發展協同創新中心資助項目

總　序　一

獻縣自古爲畿輔名區，河間獻王收書于前，紀文達公兼綜于後，可謂金聲玉振。在歷史的積澱中，獻縣人文鼎盛，如戈氏、紀氏、劉氏等舊家不僅在當時享名于世，即今亦被目爲“文化世家”[①]，這些家族涌現出大量的詩人、學者，與畿輔地區的其他詩人互相應和，形成了别具一格的畿輔詩人群。在提倡“京津冀協同發展”的今天，整理畿輔詩人的詩作，進行“直隸學”的研究，具有特殊的歷史内涵。

清代“畿輔詩人盛于河間”[②]，獻縣詩人則是河間府詩人群的重要組成部分，除了戈濤、紀昀名列“河間七子”外，戈濤與邊連寶被稱爲“瀛州二子”，崔士元與崔旭、梅成棟、董元度并稱“燕齊四家”，劉肇均與張之洞、邊瀹慈有“畿南三才子”之目，這些名號反映了當時獻縣文壇的興盛局面。紀坤、王餘

---

① 見王崗、鄧瑞全、曹書杰《中國文化世家》，湖北教育出版社，2008 年。

② 陶樑:《国朝畿辅诗传》卷三十八。

佑作爲明代遺民，詩多憂時感事的沉痛之音，尤其是王餘佑，負家國之痛，“不肯以塗朱傅粉，争妍取憐于世人”①，百無聊賴，乃以詩名，故其詩質樸粗豪，頗示所志。乾隆間，獻縣詩壇空前繁榮，著名詩人戈濤、紀昀二人“以燕許手筆，鼓吹休明”②，以大量的詩歌創作與鮮明的文學理念成爲“河間七子”的中堅。其後，劉書年以書生而爲名將，戡夷黔亂，支持殘城，憂患疾苦無不備嘗，故吟咏之中多憂國憂民之聲。布衣詩人崔士元落拓京師，遭遇“三千年未有之大變局”，其詩作中憂時憫世的愛國情懷與對社會的强烈批判形成鮮明的對比，這是其詩作有别于盛世之音的特點。崔士元弟子紀鉅維“宗法盛唐，屏絶浮響”③，爲近代河北詩派重要代表。此外，獻縣詩壇結社之風甚盛，戈涓、紀樹蕤、紀煐述等人結“吟秋詩社”，崔士元、劉書年、劉濬源、馬龍驧、紀堪琴、鄭廷雲等結“杏花詩社”，其作品展現了中下層知識分子的情懷與懷才不遇的感慨，是清中晚期畿輔詩壇的重要力量。

在文學資料方面，前人選集對獻縣詩歌收録并不完備，如《國朝畿輔詩傳》對紀樹蕤的漏收，時人便有遺珠之憾，後來的《晚晴簃詩話》大約未脱《國朝畿輔詩傳》的窠臼。文學通史于

---

① 王餘佑：《乾坤大略》自序。

② 范鳴鳳：《愚仙吟草序》，民國十四年（1925 年）《獻縣志》卷十二上《文獻志》。

③ 汪辟疆：《近代詩派與地域》，見《汪辟疆文集》，第 306 頁，上海古籍出版社，1988 年。

獻縣部分，僅僅對紀昀有所闡述，近年來蔣寅、張寅彭等學者對戈濤略有述及，對其餘詩人并未予以關注，《歷代獻縣詩鈔》的面世可以彌補這方面的缺失。在文學理論方面，戈濤作爲畿輔詩人之"巨擘"，以大量的詩文創作，對當時籠罩詩壇的"神韵説"提出了不同的見解，于乾嘉詩壇獨樹一幟。① 與戈濤不同的是，紀昀身居要職，總纂《四庫》，高挹群言，在《四庫總目》中以持平之論對王士禛的"神韵説"多所褒揚，然作爲個人，却腹誹頗多，大量見于其序跋之中，因此其詩作提倡性情，不依傍模擬。翁方綱以爲戈、紀二人在反對"神韵説"方面是一致的，不同的是"芥舟（濤）之服膺陶、杜與曉嵐之服習後山微有差别"②，作爲二人的摯友，翁方綱的這句甘苦之言是文學理論研究應當特别注意的。

近年來，獻縣歷代詩人的作品，除了王餘佑的《五公山人集》、紀昀的《紀曉嵐詩文集》、戈濤的《坳堂詩文集》單獨整理過之外，其他尚未有整理本，因此，《歷代獻縣詩鈔》中的許多詩集是首次面世。《歷代獻縣詩鈔》的整理者均爲獻縣籍學人，他們歷經數年勾稽、索隱，對當地詩人的材料掌握最爲詳備，庶可補前人在版本、地名、人名、斷句、注釋等方面的不足。

河北大學國學傳承與發展協同創新中心成立于二〇一三年。本中心依托正在創建世界一流學科的"中國語言文學"學科的優勢科研資源，整合相關研究力量，以保護和弘揚河北地區優

① 柯愈春：《清人詩文集總目提要》，第 686 頁，北京古籍出版社，2002 年。

② 翁方綱：《復初齋文集》卷三《〈坳堂詩集〉序》。

秀傳統文化、延續河北歷史文脉爲目標，對優秀文化遺産的搜集、研究進行大幅度支持。《歷代獻縣詩鈔》就是本中心資助出版項目之一，相信該叢書的出版對河北文化暨“直隸學”的發揚能做出應有的貢獻。

劉金柱

二〇一七年十一月十三日

總　序　二[1]

獻縣爲獻王故地，素稱畿輔名區，是詩書禮儀之邦，詩風很盛，代有名人。但由于年代久遠，爲水火兵燹湮滅者不知凡幾，但存書名，不見詩作者，又不知凡幾。“文革”時期，民間詩書古籍，消亡殆盡。當前，百廢待興，國家重視傳統文化的傳承，大順民意，搶救鄉邦文化成爲當務之急。鄉邦文化産生于鄉邦歷史，國家文化産生于國家歷史，鄉邦文化是國家文化的根。獻縣歷代的詩人詩作，是獻縣鄉邦文化的重要組成部分，可惜一直没有一位大手筆出來，編輯一部涵蓋歷代的詩集，把歷代詩人的作品挖掘出來，保存起來，不使其自生自滅，而令其熠熠生輝，爲今人所用。

遲遲没人做這件事的原因，主要是年代久遠，詩人衆多，資料零散，難以尋覓，費力未必討好。儘管如此，人們還是企

---

①　此爲二〇一五年朱惠民先生爲《歷代獻縣詩鈔》（内刊）所作序言，題爲《萬古詩濤繞獻陵——寫在〈歷代獻縣詩鈔〉殺青之際》。

盼着有一位大手筆的出現。

不負衆望，這位大手筆真的出現了，不過不是一個人，而是以于萬復爲首的一個寫作班子，年齡都在三四十歲。這些人的一個共同點是都喜愛詩詞，都有責任心與使命感，都捨得吃苦，敢想敢幹。

事情的緣起還得從于萬復説起。于萬復是獻縣教育體育局的一名普通幹部，是《獻縣志》的主編，喜歡詩詞，在鄉邦文化研究上做過很多工作。二〇一一年，獻縣文化廣電新聞出版局要出一本《獻縣古迹詩存》，找到了他，他爲之提供了有關詩詞五百餘首。二〇一三年滄州市政協組織編寫《歷代名人咏滄州》，又找到他，他把辛辛苦苦搜集到的詩詞精選了將近三百首作品做了無償奉獻。經過兩次搜遺，他進一步瞭解到獻縣歷史悠久，英才輩出。兩千年中獻縣積累了豐厚的文化底藴，入選區區兩本書遠不如找幾個人編寫一部《歷代獻縣詩鈔》，把歷代獻縣籍人的詩作和非獻縣籍人咏獻縣的詩作都吸納進來，供人們觀覽、研究、繼承、發揚，也算爲獻縣文化建設盡一份力，這也是獻縣作爲一個文化大縣的有力佐證。有了這個想法，他便跟七位同道商議，一拍即合，説幹就幹。他們這個想法也得到社會上一些有識之士的鼓勵和支持。

編寫工作是從搜集資料開始的。資料在哪里？分布在民間和各地圖書館中，得去找。爲保護古籍，不能照相，不能掃描，找到了要逐字逐句地抄。好在于萬復已經做了一些嘗試。爲此他們跑遍周邊各縣市，跑了北京、天津、南京等各大圖書館，還從網上搜到日本、美國、韓國等域外資料。他們都是有工作的人，只能犧牲節假日出去抄書。他們都是家裏的頂梁柱，上有老下有小，依靠每月兩千元工資生活，外出差旅費要自己墊付，需要格外精打細算。外出時，他們常常是幾個人合租一個標準間，身體好的打地鋪，把床讓給身體較差的同志，而白天抄起書來，個個都是“拼命三郎”。有個同志在抄書日記中寫道，“多抄一點兒是一點兒，少住一天是一天”，这極形象地反映出他們外出抄書的情狀。

抄出書來，幾個不同版本，還要精心校對，勘正錯訛。這個工作是抄回來之後的大活兒、細活兒。幾個人分了工，每人負責一部分，字斟句酌，反復推敲。有的地方拿不准，就幾個人進行“會診”，務必做到實事求是、準確無誤。他們有時爲了一句話，不惜重返一次天津；爲了找到一個版本，居然兩赴北京；有時實在累了，停下來，想想自己是在做着流芳後世的事，再苦再累心裏也覺得甜。

就這樣嘔心瀝血，經歷一年寒暑，八册一函的《歷代獻縣詩鈔》初稿終于完成。《詩鈔》含詩萬餘首，專輯二十八個，涉及詩人百餘名，是迄今爲止最完備、最翔實的一部獻縣歷代詩歌總匯。它使我們看到了歷史，看到了人文，看到了獻縣的詩歌傳統，更從一個側面看到了獻縣作爲一個文化大縣的歷史面貌。這樣一項浩大的工程，居然由幾個年輕人利用業餘時間，一年完成，效率之高，工作之艱辛，成果之豐碩，不能不説是一個奇迹！按時下一句很流行的話説：衹要年輕，没有什麼不可能。而今，我更要説的是：年輕人衹要有志氣，有目標，没有什麽不可能！

古人云："詩言志。"志是什麽？就是"心之所之"，就是心裏想的那些美好的東西。詩之大旨，在于勸善懲惡，故國人自古有"詩教"一説。詩一直受到國人的熱愛和重視。五四運動以來，白話詩興起，舊體詩受到衝擊，但由于人民喜愛，舊體詩依舊綿綿不絶。像魯迅、郭沫若這些五四運動的旗手和毛澤東、朱德、周恩來等革命領袖們也都寫過舊體詩。無可諱言，舊體詩由于受到格律的諸多限制，不容易寫，有人把這比作带着脚鐐跳舞。但我們的古人却跳得鏗鏘有致，有板有眼。古人能做到的，我們如果努力也可以做到。何况現在于用韵上比較寬泛，允許用新韵。詩是用來抒發感情的，衹要有情感，就會有詩。各個民族、各個國家都有自己的詩，語言不同，文字不同，所作的詩也不一樣。中國的方塊字以及方塊字的五音，是産生中國舊體詩的基本元素。一首好的詩作，不在它用什麽韵，用什麽體式，更主要的是它真善美的内涵。

改革開放以來，文化隨之振興，詩社詩刊，如雨後春笋。我們講話、寫文章，總喜歡引用古詩名言，因爲它簡約而雋永，飽含哲理，話不多而可一語中的。這充分説明，舊體詩的生命力還是很旺盛的。書法活動的普遍開展，也爲詩詞的傳播起了極大的促進作用。教材選文中也逐年加大了舊體詩的比重。一切都向着有利于中華傳統文化傳承的方向發展，因爲衹有民族的，才是世界的。《歷代獻縣詩鈔》可謂是應運而生，縣政府已將其列爲二〇一五年獻縣文化建設的一件大事，足見重視。讓我們爲這部書和它的編者們點贊，他們本身就是一首壯懷激烈的詩！

萬古詩濤繞獻陵。讓我們讀着古人的詩，寫出更加雋永豪邁的詩篇，來歌頌我們詩一般的生活，來贊美我們這個偉大的時代。

朱惠民

二〇一五年五月二十五日

三百年來家國事

——門外談紀詩（代序）

獻縣紀氏家族，十代人，三百年間堅持不斷地寫詩。這本身就是中國文學史上的一個奇迹。

提起獻縣紀氏家族，當然會首先想到紀曉嵐，他是這個家族最顯赫的人物，職位最高，文學成就也最大。《四庫全書》《四庫全書總目提要》《閱微草堂筆記》都是中國文化史上的煌煌巨著。除此之外，紀曉嵐一生還寫下了大量詩作。其詩集主要有《三十六亭詩》《南行雜咏》《館課詩稿》《烏魯木齊雜詩》等數種，累計達一千二百餘首。

讀紀曉嵐詩作，我們感覺到的是他極其强烈的文化自信。

一七五八年冬天，西域使臣來朝，覲見儀式在北京南苑舉行。紀曉嵐寫下了《西域入朝大閱禮成恭紀三十首》，歌頌乾隆皇帝平定新疆叛亂的雄才偉略，并記録下了乾隆皇帝檢閱西域使臣時的威嚴與隆重。

“一掃欃槍大漠空，陽關萬里使車通。”“中外一家歸舜教，小臣恭聽奏韶減。"《西域入朝大閱禮成恭紀三十首》以歌頌乾隆皇帝的武功開始，以"舜教"最終歸化西域結束。戰争從來都是殘酷的，平定新疆之亂更非易事，從康熙到乾隆先後多次對新疆用兵，前後長達半个多世紀。而紀詩却舉重若輕，僅以"一掃攙槍大漠空"聊聊數語，概括平叛新疆之亂的征戰歷程。這和蘇軾的"談笑間，檣櫓灰飛烟滅"有异曲同功之妙。王師所到之處，所向披靡，新疆叛軍瞬間灰飛烟滅。這樣的描寫看似簡單，却更衬托出了乾隆皇帝的雄才大略。

"中外一家歸舜教，小臣恭聽奏韶減。"平叛新疆之亂，當然離不開武力征服，而新疆的長治久安，最終還要以人心的歸服爲前提，而人心的歸服最終還得靠文化，文化才是最强大的力量，中華文化之强大勝過千軍萬馬。紀曉嵐在歌頌武力統一的同時，更看到了文化在維護國家統一方面無可替代的强大力量。从這一點來説，紀曉嵐是非常有眼光的。

面對血淋淋的文字獄，康乾時期的士人階層，有一部分人選擇了逃避，他們自覺遠離政治旋渦中的疾風惡浪，一頭扎進故紙堆裏尋章摘句、考證辨析，從而成就了這一時期樸學的興盛。而另一部分人則依然走進了廟堂，他們在目睹了國家的統一、邊疆的歸化，確實誠心誠意贊佩康乾以來的盛世，極其虔誠地寫下自己的頌聖之作。

二十年以後，也就是一七七八年，紀曉嵐因兩淮鹽務案被流放新疆。在兩年多的流放時間裏，他親眼看到内地的耕作技術、風俗習慣、物産等快速傳入新疆，并深刻影響到了新疆各民族的生産生活。兩年後，結束流放生涯的紀曉嵐重新回到北京。在東歸途中，他回憶自己在新疆的所見所聞，寫下了一百六十首詩作，後來結集爲《烏魯木齊雜詩》。

《在烏魯木齊雜詩》中，紀曉嵐不僅形象地記録了祖國西北邊疆的穩定發展，更滿懷欣喜地記録下了中華文化在新疆的快速傳播。《烏魯木齊雜詩》中有“近來漸解中原味”“中原地氣到西天”“儒書今過斡南河”“蓋輿圖一統，中原地氣之至”等描述。今天我們重讀《烏魯木齊雜詩》，不難發現紀曉嵐對中華傳統文化的高度自信。在他心中有一個文化坐標，這個坐標的原點就是以儒學爲代表的中國傳統文化，他一直在有意無意中以這個坐標衡量看待西北邊疆所發生的一切變化。

康乾時期，士人階層的文化自信還有另外一個深層次的原因。在清初安定之後，從康熙開始又大力提倡儒學。這時的士人階層在潛意識裏不免會産生這樣一種想法：“金戈鐵馬終究敵不過四書五經，無論多麽野蠻的民族，都不得不服膺于儒學的教化。”漢族士人階層因此又重新找回了文化自信。

而由紀曉嵐上溯一百年，其先人紀坤的詩則是另一種截然不同的風格。紀坤生活于晚明時期，是紀曉嵐的高祖父，也是紀氏家族的第一位詩人。

紀坤從青年時就汲汲于科場功名，可惜他一生不得志，直到六十歲時，一個兒孫滿堂的花甲老人還在參加科舉考試。紀坤記載自己參加科舉考試經歷的詩作甚多，比如《庚子下第二首》和《崇禎癸酉下第四首》等。紀坤生于一五七〇年，他在

萬歷二十八年庚子年（1600 年）下第時三十歲，而到崇禎癸酉年（1633 年），已經六十三歲的他還在參加科舉考試。

紀坤在生命的最後十年裏，才極不情願地放弃了自已爲之奮鬥大半生的科舉理想而歸隱林泉。晚年的紀坤“自傷文章無用，如牡丹之華而不實也”，把自己的書齋命名爲花王閣，并將自己的詩集稱爲《花王閣詩稿》。由此也不難看出他晚年的心境。在明末戰亂中，《花王閣詩稿》散佚。清代順治年間，紀坤的家人偶然從地窖中得到一册《花王閣詩稿》，可是紙張大多已經因为潮濕而腐爛，相當一部分文字難以辨識，後經同鄉王餘佑整理，得詩一百多首，結集稱爲《花王閣剩稿》。

從紀坤的詩來看，他的一生始終都處在一種極度的糾結之中，一方面他渴望科考順利，一舉成名，而在每次考試失敗後，他又常常感嘆人生無常，想放弃科舉志向歸隱田園，却又欲罷不能，而重新走進了科場。對比《花王閣剩稿》中的《庚子下第二首》和《醉歌》，這兩首詩極大的反差，恰恰反映了紀坤的糾結：

庚子下第二首

忽忽晨鐘動，巡檐微一吁。將明天慘澹，小憩夢模糊。蹶起收殘帙，沉吟問老奴。今朝有車馬，得到涿州無？

下第經三度，胡爲又此行。本來非隱逸，未敢薄功名。良友憐同病（同寓九人皆報罷），高僧不世情（是夕，寺僧置酒，爲毾㲪之會）。燈前相勸勉，切切到天明。

醉歌

十里五里桃李花，東家蝴蝶飛西家。春風引我信步起，青鞋踏遍溪邊沙。欣然一往忘遠近，黄公壚外垂楊遮。百錢偶爾未挂杖，村翁熟識猶容賒。自斟自酌自吟嘯，不知返照蒸紅霞。挑菜人歸影散亂，騎牛童唱聲嘔呀。小奴控蹇遠相覓，興盡我亦隨昏鴉。閑花野草相掩映，短衫破帽時欹斜。痴兒未可嗔太醉，老子此樂真無涯。行過淺水見蝌蚪，愛爾不作官蝦蟆。

紀坤一生都生活在這種極度的糾結之中，一方面他“未敢薄功名”勉勵自己千萬不能氣餒，一定要繼續讀書參加科舉考試；一方面他又鄙視功名富貴，借稱贊水中蝌蚪諷刺那些奔名競利的“官蝦蟆”。

《花王閣剩稿》還有一首名爲《快哉行》的詩。這是一首讓人不可思議的詩，紀坤怎麼會做下這種齷齪事，并爲之寫詩。《快哉行》的序詳細記載了這首詩的來歷：

劉羽冲折柬邀余及董天士、胡奕光、李丹崖、陳質扶，云：“明日河房看一佳事。”比就坐，秘不言。酒數行，則有博徒數輩携妓泛舟喧豗而過者。羽冲呼起視。叩所以，笑不言，各勒浮大白，乃述始末，慨然感之，爲賦《快哉行》一篇。知傷忠厚之旨，然鬱鬱久矣，一决莫遏，君子或諒其激于義爾。

紀坤家境富裕，又讀了大半輩子書，當然屬于那個時代的鄉村士紳階層，可誰能想到，他居然不顧自己的身份與顏面，竟跑到河邊去聽賭徒與妓女不堪入耳的污言穢語，看這些人種種極下流的男女動作。無論怎樣説這都不是一件光彩事。可是誰能想到紀坤不但看了，居然還堂而皇之寫詩記下了自己這次極不光彩的經歷。

如果説《庚子下第二首》和《醉歌》反映了紀坤對科舉的糾結心態，而這一首《快哉行》則顯示了紀坤的放縱。致力于科舉，又鄙視官場；本爲鄉村士紳領袖，推崇儒學教化，却又看人家嫖妓……紀坤的這些行爲反差是多麼巨大，又是多麼矛盾。這種極其矛盾的人格和行爲反差實際上是晚明時期士人階層性格的某種寫照。

晚明不僅僅是一個王朝的末日，也是中國社會大轉折時代的開始，商品經濟的發展、市民生活的發達，引起社會的深刻變革，資本主義萌芽就始于這個時期。就思想來説，晚明還具有一些啓蒙時代的特征。身處這樣一個時代的士人階層，思想必然要受其影響，而逐漸發生一些極其漫長但又極其深刻的變化。紀坤作爲這個時代士人階層的一員當然也不例外。他的詩當然也會對這一時代特征有所反映。

在啓蒙初級階段，士人階層一方面不甘放弃自己的理想，總幻想着有朝一日能擠進原有的體制内，實現自己的理想；另一方面，他們又想擺脱原有體制的禁錮與束縛，徹底解放自己的人格。啓蒙階段士人階層的解放往往又是缺乏理性的，因而常常伴隨着一些極其怪誕放縱的行爲。

如果説，紀坤在潛意識裏時斷時續還有一絲追求人格解放的反傳統意識，而到紀曉嵐時則又自覺地回歸了傳統。若從近三百年思想史上説，這是一個啓蒙被迫中止的時代，是一股洶涌的逆流。思想的啓蒙從來就不是一帆風順的。誠如許倬雲先生所説："明清中國之轉變，明朝的啓蒙運動，有些方面還勝過同時代的歐洲一籌。其最終夭折，很重要的一個因素是清兵入關。清朝以政治上的高壓和文化上的愚民及經濟上的閉關政策維持統治，斷絶了中國近代化的生機，也喪失了兩百年後抵禦船堅炮利的西洋人衝擊的可能。"

紀曉嵐之後，紀家代表性的詩人是紀樹蕤和紀煐述。紀樹蕤和紀煐述的生平已難以詳細考證。紀樹蕤的詩中有"乙巳余年三十有一初度"之語，據此推斷，紀樹蕤生于一七五四年，主要生活在乾隆中後期與嘉慶時期。紀煐述是紀樹蕤之子，他生于一七八六年，卒于一八六一年，他主要生活在嘉慶、道光、咸豐時期。紀樹蕤好吟詩，曾與人組織吟秋詩社，但他留下的詩作并不多，只有一百多首。紀樹蕤死後，他的兒子紀煐述把他的詩作整理結集爲《吟秋遺稿》。紀煐述一生留下的詩詞甚多，他在晚年將自己的作品結集爲《三客亭詩草》四卷，《三客亭試帖詩》《三客亭律賦》《三客亭詩餘》各一卷。

紀樹蕤與紀煐述的詩恬淡衝和，單從文學角度而言，他們二人的詩作有許多堪稱清詩中的精品。但就題裁來説，却極爲狹窄，大都是吟風弄月、悠游唱和或酬贈之作。由此推斷，他們的官場生涯極爲閑適、平静，公務與生活都如一潭静水，没有一絲波瀾。他們二人的詩作雖不乏精品，但這樣的詩讀多了，却讓人感到非常枯燥乏味，總覺得有一種沉沉暮氣，甚至讓人覺得有些壓抑。

康乾以後，中國社會雖然表面上維持着穩定，但實際上早已陷入停滯狀態，整個社會氛圍如大漠中的黄昏，死一般的寂静。當時的學者洪亮吉曾向乾隆皇帝直陳："官場以模棱爲曉事，以軟弱爲良圖，以鑽營爲取進之階，以苟且爲服官之計。"而稍後的沈垚曾這樣形容當時士人階層的風氣："公事則胥吏持稿，顧名功諾，私退則優伶横陳，笙歌鼎沸，其間有文雅者，亦不顧民生之艱難，惟有訪碑評帖……""循規蹈矩，墨守陳規，但求苟安無過，不求振作有爲。"身處這樣一個時代，士人階層只會越來越孱弱與低靡。詩歌是一種時代精神的反映。紀樹畬、紀煐述的詩恰恰是當時官場氛圍與士人風氣的形象寫照。難怪同時代的龔自珍曾大聲疾呼：

> 九州生氣恃風雷，萬馬齊喑究可哀。我勸天公重抖擻，不拘一格降人材。

在紀煐述的中年和晚年，還經歷了第一次鴉片戰争、第二次鴉片戰争和太平天國運動。接連不斷的内憂外患沉重地打擊了清王朝的統治，也打破了長期以來官場的沉悶，再度激起士人階層的家國情懷。紀煐述也滿懷憂憤寫下了斥責侵略者的詩作《逆夷犯順，大兵近剿，舍弟效侯捐白金五千兩助餉有詩見寄，次原韵答此》。由題目便不難看出，當時的紀煐述終究看不透忽然而至的三千年未有之大變局，他和士人階層的大多數人一樣，仍然以傳統“華夷之變”的眼光來看待西方列强的入侵。

紀樹蕤、紀煐述之後，紀家另一位代表性詩人是紀鉅維。紀鉅維生于一八四八年，死于一九二〇年。他生活于民族危機日益深重、維新變法思潮風起雲涌的大變革時代。

紀鉅維留下的詩作不多，他死後，其親屬、弟子兩次整理詩稿，分別命名爲《泊居剩稿》和《泊居剩稿續編》。但這兩部文集加起來，總共才收録了紀鉅維的二十九首詩。然而透過這極少的二十九首詩，我們仍然可以時時感覺到紀鉅維思想深處的波動與焦慮，既憤怒于外敵的侵略，更希望通過維新變法，挽救國家的沉淪。紀鉅維在湖北張之洞幕府時，曾與當時的維新人士楊鋭交好，紀鉅維的二十九首詩中，有三首是寫給楊鋭的：

陪廣雅尚書師宴集胡祠北樓送楊舍人入都

(時丁酉秋末也)

離筵高敞俯城頭，凉雨騷騷晚未收。風急雁鴻飄斷羽，波回江漢迅雙流。登車慷慨懷前路，運甓勤劬此上游。爲抉浮雲開白日，闌幹極北望神州。

題《江潭話別圖》送楊舍人北上二首（丁酉）

髡柳蕭疏霜意酣，長條攀折愴江潭。分飛客子同秋葉，一夕西風別漢南。

蒼烟一點楚帆輕，擊楫中流壯此行。見説風波渡不得，有人東指海雲生。

楊舍人即楊鋭，戊戌變法時死難六君子之一。紀鉅維送楊鋭去北京恰是在戊戌變法的前一年，維新思潮風起雲涌。詩人送楊鋭赴京爲維新變法奔走呼號，紀鉅維痛感于民族危機日益深重，更寄希望于通過變法來挽救日益深重的民族危機，因而滿懷憂憤與希望寫下了這三首送别詩。

到同治、光绪時期，面對日益深重的民族危機，士人階層不得不被迫反思這個國家的前途與命運。晚清士人階層的真正覺醒始于一八九五年。没有比甲午戰争的失敗更能刺激起士人階層的憂患意識和對維新變法的認同。正是在甲午戰争以後，傳統的士人階層開始從制度與思想層面反思自己的國家。

從晚明至清朝再到民國，這三百年正是中國社會大變革、大動蕩的時代，也是中國士人階層最爲痛苦與掙扎的時代。縱向比較紀氏十代人的詩作，恰恰真實而准確地反映了這三百年間，中國士人階層心路歷程在曲折與反復中的嬗變。從這個角度説，紀氏詩作不僅是一筆文學遺産，更有其獨特的思想史價值。

同時紀氏十代的詩作内容豐富，生動而真實地再現了從晚明到民國三百年間社會生活的方方面面。比如，紀坤《花王閣剩稿》中有一首名爲《五節橋》的詩。五節橋即今天的獻縣單橋，是國家級重點文物保護單位。劉六、劉七起義過獻縣，曾掠奪走大量婦女，其中有五位婦女在路過單橋時，毅然投水自盡。戰亂過後，當地人爲了歌頌這五位女性的節操，就把單橋改稱爲五節橋。由此不難看出，當時社會對婦女節操的重視程度。另一方面，劉六、劉七舉動在傳統上被稱爲農民起義。提到農民起義總讓人和正義與反抗聯繫在一起，而看看他們的所作所爲，掠奪婦女供其淫樂，這哪裏是什麼義軍所爲。

紀煐述詩作中有一首關于烈婦的詩。吴姓婦女在丈夫死後七天，即投荷花缸而死。這位年輕的婦女殉夫投水而死，在當時的冀中一帶引起了極大的轟動。根據紀煐述詩作的記述，任丘爲表彰宣傳這位殉夫而死的婦女，在周邊河間、獻縣一帶廣泛征集詩作。紀煐述弟兄與父親紀樹畣都爲此寫了許多詩作。一個年輕的婦女，投水而死，在當時的人眼裏，引起的不是同情，而是推崇，并争相爲之賦詩。在這神聖的歌頌之後，是當時社會對婦女極其麻木殘忍的戕害。

總之，紀氏家族三百年間的詩作，既是當時士人階層心路歷程的反映，也是當時社會生活的方方面面的反映。所以紀氏家族的詩作不僅是一筆文學遺産，更有其獨特的史學價值。今天重新整理紀氏十代人的詩作，以一個較爲完整的合集呈現在大家面前，如果能够對研究晚明以來中國社會思想史有些許參考借鑒作用，則甚感欣慰！

二〇一七年早春曹書通謹識于獻縣宋堯京

目　　録

紀坤：花王閣剩稿

紀樹森：吟秋遺稿

紀煐述：三客亭詩草　卷一

紀熑述：三客亭詩草　卷二

紀熯述：三客亭詩草　卷三

紀焕述：三客亭詩草　卷四

紀煐述：三客亭試帖

紀熯述：三客亭詩餘

紀堪琴:《花王閣剩稿》遺稿用韵

紀鉅維：泊居剩稿

紀鉅維：泊居剩稿續編

紀坤：花王閣剩稿[1]

① 吉林大學圖書館藏。清嘉慶四年紀氏閲微草堂刻本。校以畿輔叢書刻本。

芙蓉詞效昌谷體

芙蓉脉脉愁空江，秋波對影成一雙。一滴清泪徹水底，紅沁龍女玻璃窗。垂楊壓岸烟痕重，月墮中央寒不動。離魂一縷裊如絲，千回縈繞鴛鴦夢。相思木斫寡女船，夜深孤泊前灘前。秋燈黯澹坐微嘆，蘆花頭白風颯然。

南游不遇，過交甫遺佩處戲題

想像精靈隔淼漫，暮雲深處佩珊珊。明珠價貴知難贈，但乞神仙一面看。

半　夜

半夜倉皇接報書，開緘拍案一驚呼。諸公至此吾何望，天道如斯古所無。欹枕沉吟連夢寐，挑燈絮問怪妻孥。披衣啓户看乾象，黯黯寒星數點孤。

聞孫閣部罷歸

岌岌寧前戍①，朝朝起戰雲。如何大丞相，翻作故將軍。國尚多清議，權仍屬聖君。廟堂寧左計，或恐是傳聞。

---

① 戍，畿輔叢書本作“戌”。

清明日村外閑步

處處青帘似見招，杖藜試踏綠裙腰。衰翁難結尋春伴，蝴蝶相隨過小橋。

偕董天士蔡家河游眺

不知新綠滿平蕪，野老提壺偶見呼。游興久闌聊一出，戰塵不到便堪娛。從來挾策無高士，邇日談兵厭腐儒。猶怪先生春箑上，數行小楷寫陰符。

崇禎癸酉，下第還里後作四首

十年求仕進，髮白志不成。青雲諒無分，決意謀歸耕。良友喜我閑，携酒就我傾。謂我世慮澹，可與談無生。醜女不得嫁，安可誇堅貞。敢以坎壈士，冒此高隱名。

攬鏡照我顏，寒陋難爲狀。一一視妻孥，亦非簪佩相。桐柳不中梁，人生宜自量。況有黍稌田，不乏鷄豚餉。物無兩大理，富貴寧兼望。已矣吾何營，頹焉適天放。

儒生困寒餓，侘傺恒嗟吁。國家鐘鼎養，豈以供爾娛。艱難求俊彥，將使憂患紓。假爾十萬師，手握銅虎符。風塵滿河洛，自信能平無？不如安爾分，從我持犁鋤。

伊昔游京華，怪我山林態。今日返田園，怪我鄉音改。學步亦云勞，無益徒成悔。所幸匍匐歸，吾足故仍在。看婦事機杼，呼僮①課樵采。惟賴皋與夔，努力營四海。

唁許總戎于内黄，間道歸里，途中書所見二首

慘淡孤城閉，群凶正合攻。日沉兵氣外，風起戰聲中。曠野無人覺，荒榛有路通。潛行吾尚怯，嗟爾虎狼叢。

處處殘骸拄，腥風拂面過。天心寧好殺，人事或干和。一騎飛摇鞚，中宵唤渡河。儻然哀痛詔，急遣減催科。

所　聞

出門復入門，憂心日草草。何時黄巾平，骨肉得相保。治亂相倚伏，此理信穹昊。河清會有期，恨我生太早。側聞閫外事，功罪日紛擾。恩怨亦人情，吾敢怪諸老。且願緩報施，稍待風塵掃。

送張林宗歸河南

去矣復何道，心知重會難。君看殘照裏，秋氣滿長安。

---

① 僮，畿輔叢書本作“童”。

庚子下第二首

忽忽晨鐘動，巡檐微一吁。將明天慘澹，小憩夢模糊。蹶起收殘帙，沉吟問老奴。今朝有車馬，得到涿州無？

下第經三度，胡爲又此行。本來非隱逸，未敢薄功名。良友憐同病（同寓九人皆報罷），高僧不世情（是夕，寺僧置酒，爲話毦之會）。燈前相勸勉，切切到天明。

聞《欽定閹黨案》出，借鈔未得

此局終當有，寧期在此時。丹書何用見，名姓世原知。

錢尚寶家秋海棠（時尚寶已貧甚）

剪剪秋風一斷腸，美人無力怯新涼。十分春色胭脂暈，記得前身是海棠。

與高斗南夜話

是非轇轕總難知，青史從來尚异詞。莊叟久持齊物論，章惇任上黨人碑。廟堂公議寧恩怨，草野傳聞漫信疑。千古興衰觀大局，且來把酒慶明時。

羽冲見示下第詩，有“豈其真有命，搔首問蒼蒼”句，戲書答之

萬蟻酣戰槐南枝，吾曹不辨誰雄雌。蒼蒼下視皆蟻耳，得失安望天公知。劉郎乃欲叫閶闔，問所不解何其痴。昨夜北河魚大上，村人提網紛紛馳。魴鱮多逢折柳貫，笭箵或亦空手持。撇波一擲隨所遇，其間寧有神靈司。事無必得必不得，老夫所見皆如斯。先生儻不焚筆研，偶然而中當有時。已呼小豎市新釀，兼令老婢烹銀鬐。速來與爾澆壘塊，酒酣且賦黄花詩。

盛陽先生見余和劉羽冲詩，亦和以見規，有“狂奴猶故態，曠達是牢騷”句，敬賦一篇奉答

曠達非所能，牢騷亦未敢。功名阻坎坷，兵火瀕危險。頹然盛年去，久矣壯心減。同龕老彌勒，終日門雙掩。忽吟天問篇，戲語非譏貶。譬如蚯蚓蛙，吟噪偶陰窨。焉能執曲譜，細以宫商檢。勞公古誼深，規我客氣斂。寧知無文字，何處著嗤點。公看水中月，流影忽冉冉。月落水無痕，空色兩不染。

十刹海訪無相上人，適游方歸，以所畫名勝巨册索題，分拈得廬山、楊子江、黄河、東海、黄山雲海、嚴瀨六幅

廬山游不盡，况乃畫廬山。若問廬山意，廬山在此間。

一口吸西江，吐向剡溪紙。坌涌不可收，一筆一千里。

黄河天上來，一綫落平地。俗手畫波濤，妙手畫其氣。

大海無端倪，師從何處寫。窅然空闊意，自寫觀海者。

靈氣自卷舒，焱①忽千變化。在山作雲海，落紙成斯畫（案“畫”字在卦韵，不在禡韵。然義山無題詩已以畫與嫁、下爲韵，則唐人有此讀矣，此蓋即據義山詩也）。

師畫嚴子瀨，不著嚴子廟。神在山水間，土偶但其貌。

快哉行（并序）

劉羽冲折柬邀余及董天士、胡奕光、李丹崖、陳質扶，云：“明日河房看一佳事。”比就坐，秘不言。酒數行，則有博徒數輩携妓泛舟喧豗而過者。羽冲呼起視。叩所以，笑不言，各勒浮大白，乃述始末，慨然感之，爲賦《快哉行》一篇。知傷忠厚之旨，然鬱鬱久矣，一決莫遏，君子或諒其激于義爾。

一笑天地驚，此樂古未有。平生不解飲，滿引亦一斗。老革昔媚璫，正士皆碎首。寧知時勢移，人事反覆手。昔年金谷花，今日章臺柳。巧哉造物心，此罰勝枷杻。微酣談舊事，因

① 焱，畿輔叢書本作“猋”。

果信非偶。淋漓揮醉墨，神鬼運吾肘。姓名諱不書，聊以存忠厚。時皇帝十載，太歲在丁丑。恢台仲夏月，其日二十九。同觀者六人，題者河間叟。

清明泛舟衛河，以“花似錦時高閣望，草如茵處小車行”分韵，得“花”“行”二字

水繞紅闌賣酒家，當壚小女總如花。東風亦似招人飲，颭出青帘柳外斜。

沿堤宛轉棹歌聲，草色花光到眼明。忽照清波頭似雪，多慚蛺蝶趁船行。

聞無相上人游華山已没于兵

出世猶難免，彌傷住世心。乾坤無地隱，兵火入山深。一笑忘相約，三生恐莫尋。亂離師已厭，震旦肯重臨。

聞河南流寇將窺畿輔，移家郡城

慘澹陰風萬木號，黑雲低壓古城壕。全家避亂禪心擾，滿市澆愁酒價高。燕雀處堂聊旦夕，龍蛇起陸更弓刀（時滄州土寇亦蠢動）。傳聞玉帳河魁將，正倩儒生講六韜。

姜辰三招飲戲題

雄心消盡禮金仙，枯坐蒲團四五年。結習不知全净未，隨君試坐散花天。

紅燈緑酒近三更，飲到微酣故態生。賴是黄鸝相唤住，不然拍案又論兵。

登　泰　山

何地能銷鬱鬱情，且登岱岳望蓬瀛。無人到處方孤立，有路通時更上行。四面愁陰千里合，一聲慟哭萬山驚。儒生未可譏封禪，終是能逢世太平。

落花效玉溪生體

狼藉東風遽已衰，迢迢虚作隔年期。鶯藏新緑仍高樹，蝶戀余香尚故枝。痛惜漫勞將盡後，護持好及未殘時。美人顏色還如此，二八嬌嬈自不知。

村外閑步，偶訪孤樹上人蘭若

隔林仿佛寺門開，便訪幽栖老萬回。草色緑侵危砌上，菜花黄過斷墻來（寺久頹廢，僧多他徙，上人天性恬淡，破屋數椽，閉關晏如也）。閑雲無意時相值，野鳥忘機兩不猜。滿院春風同一笑，金經堆架任生苔。

醉　歌

十里五里桃李花，東家蝴蝶飛西家。春風引我信步起，青鞋踏遍溪邊沙。欣然一往忘遠近，黄公壚外垂楊遮。百錢偶爾未挂杖，村翁熟識猶容賒。自斟自酌自吟嘯，不知返照蒸紅霞。挑菜人歸影散亂，騎牛童唱聲嘔呀。小奴控蹇遠相覓，興盡我亦隨昏鴉。閑花野草相掩映，短衫破帽時欹斜。痴兒未可嗔①太醉，老子此樂真無涯。行過淺水見蝌蚪，愛爾不作官蝦蟆。

即事二首

芳草沿堤一徑斜，小樓背水是誰家。鵓鳩聲裏霏霏雨，微濕春烟壓杏花。

風影摇摇酒幔青，畫船多泊水邊亭。醉來貪看鴛鴦浴，倚破紅窗卍字欞。

宿劉氏別業二首

雨濕烟痕重，花藏暝色深。放船忘遠近，泊棹偶園林。桑下曾三宿，桃源試再尋。主人殊不惡，水閣尚鳴琴。

---

① 嗔，畿輔叢書本作“瞋”。

燈火明籬落，開門手共携。呼童催晚酌，索硯寫新題。芳景連寒食，濃春滿大堤。翻邀乘輿返，明日聽黃鸝。

紅　　塵

紅塵十丈走香車，仍向玄都道士家。誰料劉郎重到後，菜花開過又桃花。

登内黃城樓

憂天亦覺杞人愚，此際憂來不可祛。風日蒼黃群盜滿，山河破碎一城孤。通儒謀國多書卷，上相籌兵祇地圖（總戎出政府檄，有“檢驗輿圖，黃河在前，滹沱在後，天險足恃，增兵何用”之文）。宗廟神靈應閔念，昭陵石馬幾時趨。

哭董天士四首

事事知心自古難，平生二老對相看。飛來遺札驚投箸，哭到荒村欲蓋棺。殘稿未收新畫册（天士以畫自給），餘貲惟賣破儒冠。布衾兩幅無妨殮，在日黔婁不畏寒。

五岳填胸氣不平，談鋒一觸便縱横。不逢黃祖真天幸，曾怪嵇康太世情。掃榻有時邀月入，杖藜到處避人行。料應塵海無堪語，且試驂鸞問紫清。

百結懸鶉兩鬢霜，自餐冰雪潤空腸。一生惟得秋冬氣，到死不知羅綺香（天士不娶），寒貫村醪纔破戒，老栖僧舍是還鄉。只今一瞑無餘事，肯要青蠅作吊忙。

十年相約謝風塵，天地無情隕①此人。亂世逃禪聊解脱，衰年哭友倍酸辛。關河泱漭連兵氣，齒髮蒼浪寄病身。泉下有靈應念我，白楊孤塚亦傷神。

蝶

園林隨意弄芳菲，亂颭仙人五色衣。幾日團團花上繭，一時便趁好風飛。

尋芳處處不曾停，瞥過紅墻入紫庭。未可輕將羅扇撲，提防觸響護花鈴。

蜂

向暖尋新蕊，乘春過洞房。蝶群容爾入，蠆尾竟誰防。媚態纖腰軟，嬌吟細韵長。味甘能悦口，况有蜜脾香。

戲題二絶句（并序）

崇禎戊寅，孟村土寇忽夜至，盡室踉蹌以逃。比歸，囊篋

① 隕，畿輔叢書本作“殞”。

盡空，并掠一古琴去。嗟乎！賊亦具賞鑒哉？因戲書二絶以排悶。

廿載懸塵壁，何人問此琴。可憐兵火裏，此輩乃知音。

枯桐閱歲多，神物含靈爽。正直七條弦，汝彈恐不響。

蔣其祥訂游西山，同人促歸，不及待，悵然留别

我家古瀛海，平地無寸山。北行到京國，始見翠掃天。往來咫尺地，不及窮躋攀。友朋日相笑，俗病何由痊。豈知阻登陟，不盡因痴頑。清暉娱耳目，奇福天所慳。蒼松白石下，玆事皆前緣。蠟屐約西邁，脂牽仍南還。側想九節杖，直上萬仞巔。俯視見百里，一氣如浮烟。豆人而寸馬，蠕蠕相後先。慨焉念故人，逐隊行其間。斜陽渡聖水，疲馬不可鞭。

旌吾弟自真定夜歸

隔墻一唤驚還喜，半夜汝從何處來？携手都忘閉門户，禦寒先遣洗樽罍。音書雖近無人往，道路多虞幾度猜。此日生歸是天幸，旅顔消瘦未須哀。

送景星赴鄉試

不能隨我隱，爾亦自有見。舉世盡鴻冥，何日息龍戰。挾

策干諸侯，游士吾所賤。讀書二十年，當爲明廷獻。世事雖靡常，公道此未變。果爲珊瑚枝，鐵網終能買。豎儒守一經，詎足拯離亂。儻可梯青雲，或冀理一縣。撫字緩催科，且恤百里患。杯水沃車薪，終勝助以扇。黄花取次開，老眼摩挲看。此願果否償，送爾泪如霰。

送奕光歸里

白露已零天地秋，布衣老大提蒯緱。燕辭故壘逝將去，蝶抱殘花何所求。平生不識韓吏部，他時誤覓劉荆州。渭川修竹緑無恙，歸歟勿失千户侯。

自相國莊至夫人莊，戲爲一絶

（相國莊，馮道故居；夫人莊，道婦家也）

青史空留字數行，書生終是讓侯王。劉光伯墓無尋處（劉炫與馮道皆景城人），相國夫人各有莊。

五　節　橋

（即單家橋也。正德間，文安土寇掠獻縣，有五女抗節，同死于此橋）

五節橋邊水，寒聲日夜悲。當年誰剿寇，貽禍到蛾眉。

陪諸友夜飲作

山鳥何曾諳管弦，邀留無那主人賢。黄蜂紫蝶如相識，緑酒紅燈亦可憐。稍避喧闐殊刺促，似防冷落轉周旋。纔知杜老真瀟灑，解共燕姬晚放船。

咏 史 三 首

珍重焦延壽，諸孫尚有碑。云何多畏忌，不著撰人誰。

老氏貴和光，斯謀良亦得。平生陳仲弓，賢者固難測。

爰歷續六章，小學亦殊絶。至今祀孔庭，不在經師列。

拜 月 詞

芙蓉怯冷啼清露，銀河絡角明蟾渡。斂裙偷拜悄致詞，姮娥應見郎游處。夜深微轉北斗杓，輪斜漸隔西鄰樹。東方欲曙白濛濛，玉鏡晻然墮烟霧。

舊 游

衛河依舊水悠悠，人事興衰一轉頭。故邸殘花前度夢，高墳宿草幾回秋。五君久避山王貴，二水遥憐汴泗流。鐵佛祠旁三太息，老僧猶自話徐州。

觀　弈

重瞳項羽劇酣戰，一目湘東方突圍。莫怪無言倚松坐，先生老矣不知幾。

三 婦 艷

大婦鳴夜杼，中婦營晨炊。小婦日高起，傅粉調胭脂。婉孌丈人前，借問憐者誰。

君 馬 黄

君馬黄，臣馬驪，兩馬當道相并馳。君馬絶塵奔，臣馬長鳴悲。馬不能言臣知之。吁嗟乎，臣馬饑！

臨 高 臺

臨高臺，見四郊。凸者壘，凹者壕。白者骨，青者蒿。竄者燕雀搏者鴞。倉黄迸散方嗷嗷，惜哉遠不聞其號。

朱　鷺

大旆揚，鼓聲起，朱鷺翩翩翔不止。矢石交，鼓聲死，朱鷺曲蜷縮其尾。咄咄朱鷺吾何責？爾爾之技止于此。

戰 城 南

城南之戰，風沙漫漫，智者在後愚者前，後者無恙前者顛。老聃有明戒，無爲天下先。君子守其雌，保已[①]終百年。

牧牛詞（并序）

村外縱眺，見牧豎晚歸，有抱牛背而眠者，人不墮，牛亦不逸。甚矣！其相習也。天下相習如是，亦何施不可哉！此可深長思矣。

清晨隨牛出，日暮隨牛歸。牛自解往返，不勞人指揮。人行牛亦行，人止牛亦止。夫孰使之然，了不知所以。乃知久而化，不在鞭與棰。君看高柳外，暮色蒼然裏。人自抱牛眠，牛自渡溪水。

春 日 閑 步

白頭不稱作春游，剛被黄鸝唤不休。宿麥青時正暄暖，好花紅處一夷猶。能歌那得馮惟一（馮吉，字惟一，道之長子。善琵琶，解歌舞，有滑稽之風。村西三里相國莊，即其故里也），有酒且酬

① 已，畿輔叢書本作“己”。

劉武周（村北古阜，邑志以爲劉武周墓。武周，山後馬邑人，不應葬此，疑其附會，姑存一説云爾）。多愧田翁舊相識，芳郊記我躍驊騮。

村居偶作

鯫生本未玷朝班，但息名心便得閑。故友全疏惟伴佛，荒村可隱不須山。陶潜相遇羲皇上，葛亮憑居伊吕間。親見將軍建旗鼓，左輪幾度染朱殷。

閑游口號

七尺紅藤挂酒瓢，春風應笑鬢蕭蕭。誰知老去閑情在，小摘溪頭艷婦苗（艷婦苗，草花也。其色非紅非白，酷肖美人之面）。

三月三日

潑火雨過天蔚藍，野花村北連村南。流年已届五十五，佳節可憐三月三（賀方回句，偶借用之，得毋以偷語爲笑耶）。土風不解曲水飲，老懷自愛芳醪甜。綿蠻黄鳥坐高柳，汝曹相對何所談？

高梁橋陪諸公會飲，遇雨，走筆戲呈

羯鼓連撾催羽觴，酒痕重叠滿衣裳。紅櫺忽訝天光暝，白袷先驚雨氣凉。諸老朝參應最急，野人信宿定無妨。儘教净洗芙蓉面，一榻僧樓自在香。

寄無相上人

不見旻公又幾年，聞從吴岳向西川。雲頹秦隴黄霾日，山夾巴江緑到天。鴻雁無家誰乞食，豺狼滿地可安禪。故人今夜尋荒刹，黯對琉璃正不眠。

感 懷 二 首

説劍談兵二十年，不成一事已華顛。空虚漸悟芭蕉喻，解脱纔參柏子禪。幾度遠公邀入社，至今靈運未生天。近來又覺金經幻，只藉殘花自在眠。

睡起常常近午初，刁騷短鬢懶頻梳。忽悲忽喜兒童怪，不履不衫朋友疏。大勢可知聊縱酒，餘情未斷偶窺書。妻孥苦欲相排遣，時報花開錦不如。

題天士畫册十二首

空 山 秋 雨

蒼崖無路烟霧晦，黄葉滿林風雨寒。此是人踪難到處，公于何地倚筇看。

孤峰老柏

孤峰溜雨瘦到骨，老柏僵寒皴作鱗。莫怪筆鋒太奇峭，先生只算自傳神。

梅

剪破冰紈寫玉妃，禿毫焦墨只依稀。徐熙自作山林畫，不向黃筌問是非。

敗　荷

秋水芙蓉悵有思，美人腸斷倩誰知。可憐畫裏荒寒景，恰寫離魂欲去時。

牛

烏犍藉草眠，牧者在何處？我欲借之騎，直入青山去。

古　樹

擁腫何人問散材，畫中相對一徘徊。天然位置無行列，絶勝園亭作意栽。

戲　魚

莊叟固非魚，焉得知魚樂。君作戲魚圖，想從何處落。人自適于天，魚自適于水。莫問魚如何，吾寫吾懷耳。

秋林讀書

端坐秋樹根，塊然無與伍。不知讀何書，但見鬚眉古。只愁手所持，或是井田譜。

漢皋二女

雜佩珊珊望汝，微波渺渺愁予。只恐游人瞥見，等閑乞得明珠。

草蟲（天士喜作寫意，此幅點染特工）

戲蝶游蜂上下，深黄淺緑扶疏。此老胸懷磊落，如何也注蟲魚。

蟹

狼藉曾嘲朱勔，横行亦比相如。此物忽靈忽蠢，先生所畫誰歟？

雲　　山

（此幅作俯視之形，峰尖矗矗出没于雲氣之内，而别作片雲于上，意境絶奇）

如塊如漚如豆，半天俯視群山。飄緲孤雲一片，知君神往其間。

寒食遣悶

檢點殘春又一年，鼓鼙聲裏落花天。荒村三日無焚掠，恐是黄巾亦禁烟。

黄金臺故址

燕昭求俊乂，遺迹留荒臺。古來士不遇，過此恒徘徊。我聞莘野人，千駟輕浮埃。豈有天下士，可以黄金媒。偶然得樂毅，磨室故鼎回。安知騎劫輩，非即緣兹來。風塵日澒洞，專閫資真才。眷懷廉恥將，慷慨徒銜哀。

登景州塔（隋開皇中故迹也）

雲梯面面禮彌陀，猶是開皇窣堵波。諸佛慈悲竟何事，坐看十度换山河（隋、唐、五代、宋、金、元至國朝，已十一代矣）。

徘徊絶頂欲何之，凄絶斜陽欲落時。烟樹蒼茫一懷古，低頭遥拜亞夫祠。

讀工部“桃花細逐楊花落，黄鳥時兼白鳥飛”句，偶有所感，戲爲絶句二首

狼藉東風不暫停，小園一夜響金鈴。桃花莫逐楊花落，到水何曾共化萍。

江邊相遇便相携，雙去雙來羽翼齊。若到間關花下語，白鷗那得及黄鸝。

題《蘇武牧羝圖》(圖尾細書馬遠字，其真贋品亦無以辨之)(代蒨園給諫作，蒨園訝而不用，姑自存之)

散牧羝羊四五群，自持禿節卧寒雲。漢廷卿相無窮事，十九年中幸不聞。

九日慈仁寺西閣登高，以“滿城風雨近重陽”分韵，拈得“城”字

九日高空放午晴，僧樓借眺此閑行。老松偃蹇真吾黨，寒菊蕭疏不世情。一霎凉飈蘇酒病，滿窗虚籟助吟聲。潘郎莫怯催租吏，未必追呼到鳳城。

寄羽冲

黄葉風高下雁群，故人書訊杳無聞。君胡爲者天涯路，我所思兮日暮雲。作相定推真直院，封侯可到李將軍。當年有客同投筆，邇日還家又賣文(胡奕光也)。

自嘲

青荷作笠草爲衣，游倦沿溪信步歸。撲簌沙鷗忽驚起，方知猶未到忘機。

奕光得家書，戲贈

珍珠密字寫新愁，應怪蕭郎愛遠游。那識春風楊柳陌，行人亦悔覓封侯。

贈孤樹上人

衣鉢蕭然手自携，偶逢破寺剪蒿藜。一龕自藉莓苔坐，白晝有時鼪鼬啼。貧乏齋糧惟煮菜，老無語録恐灾梨。瀾翻三藏如瓶瀉，可要人間王①簡栖。

歲試榜發，名綴三等之末，賦呈諸友

鼉鼓三通放午衙，題名粉壁字如鴉。一番曉露滋蘭草，最後春風到楝花。命數于今知倚伏（前歲試，謬居第一），文章自古有瑜瑕。寸心得失吾能了，未要交游衆口嘩。

儒生濟濟列青袍，次第勾排似六爻。畢竟有人居末席，豈應惟我占前茅。諸公指日鶯遷樹，秘閣他年鳳占巢。玉尺量才親手握，可能甲乙總無淆。

---

① 王，畿輔叢書本作“玉”。

衛河泛舟

老矣重來作此游，春波依舊緑如油。頽垣三尺苔痕古，認得徐娘賣酒樓。

天士齋壁畫著色竹數竿，因書其側

董生瘦如竹，疏野亦相肖。壁上翠琅玕，只如自寫照。東坡墨君堂，畫意不畫貌。變爲著色圖，頗亦天機到。北地此君稀，瞥見忽一笑。爾我與畫三，相對且兀傲。

晚　　步

草際生微烟，惻惻衣袖冷。頽陽没半輪，影在高樹頂。樵牧半已歸，策杖獨引領。老病惜餘光，慨然悲暮景。

雪

窮陰蕭瑟歲聿闌，凍雲作雪淒風寒。坐擁衣裘時凛凛，起看天地方漫漫。縛賊何當似李愬，閉門正恐多袁安。明年新麥得嘗否？遺蝗殄盡聊相寬。

憫旱行

低田龜坼高田槁，五百里内無青草。昂昂官長騎馬來，却言尚比前年好。出門入門仰視天，赤氣昏昏人擾擾。老夫猶足辦三餐，鄰里何由同一飽。

戲題（并序）

京師中秋節，多以泥摶兔形，衣冠踞坐如人狀，兒女祀而拜之。偶題一詩，時崇禎庚午歲也。

布席陳瓜果，儼然東郭毚。向來聞搗藥，此日竟爲神。狡計懷三窟，清光借一輪。韓盧休側目，長近月中人。

塞下曲二首

關前衰草冷烟迷，關内驊騮十萬蹄。且喜年來邊塞近，紅閨不用夢遼西。

鐵甲年年卧戌①樓，將軍未老鬢先秋。防邊奇計誰能識，量盡寒沙夜唱籌。

① 戌，畿輔叢書本作“戍”。

渡黄河作

黄河天上來，其源吾不知。東南會大海，吾亦未見之。但觀孟津口，洶涌已若斯。放眼三十里，日耀光琉璃。自我出門游，所見無此奇。中流鼓長舵，興逸不可羈。安得水仙術，長嘯呼馮夷。赤脚踏鼋鼍，揮策驅蛟螭。徑乘桃花水，東海尋安期。不然溯流上，唤取赤鯉騎。五城十二樓，直上昆侖嬉。攀花弄珠樹，漱液酌玉池。群仙相招邀，天外飄雲旗。俯視見此水，九折如盤絲。惜哉兩不遂，書劍方奔馳。盤渦呼邪許，托命于篙師。九歌河伯篇，慷慨吟楚詞。危帆飄一葉，此去當依誰？

紀樹蕤：吟秋遺稿[1]

① 咸豐間刻本，藏國家圖書館古籍部。

題文文山吊古處（二首）

填海移山志不磨，天心已去恨如何。主司早有忠肝目，柴市空留正氣歌。蘇節幾時經北地，白溝終古自層波。夕陽寺外垂垂樹，可是南枝向暖多。

開編感涕記當時，駐馬征途謁古祠。地隔西臺誰設主，年湮峴首尚留碑。精靈曾否猶憑此，廟貌荒凉已若斯。莫向秋風嗟落寞，臨安回首黍離離。

月夜過趙北口

荒鷄喔喔客宵征，十二橋頭月正明。幾點漁燈波上下，滿湖秋色夜澄□。輪蹄久厭風塵擾，菱藕微聞水氣清。岸柳兩行途一綫，吟鞭宛在畫中行。

過都中南下窪叢葬處有感

散步城南路，纍纍似北邙。幾多窀穸客，前日利名場。故國成長別，全家或未詳。凄涼寒食節，短褐卧斜陽。

都中喜逢内弟又言别，作此贈之

見刺恍疑誤，子來何所爲？那知傾蓋後，又是贈行時（時予禮闈下第，擬于明日出都，而内弟亦以外舅獲譴，不日侍親同往新疆矣)。絶塞千山隔，歸程五載期（效力新疆者，例得三載賜還，而往返又須年餘)。窮途數行泪，又爲故人垂。

悼花詩

余信芳書屋院中蒔時花數本，綻露迎風頗可觀玩，偶以事他出，數日始歸，啓關則無一存者。驚問家人，始知失于扃鐍，盡爲群羊所踐矣。悵望久之，爰賦四絶句，以寄慨云。

庭花種得數枝芳，風景無多亦擅場。誰信一宵零落盡，居然夏緑隕秋霜。

弱植焉能療爾飢，無端群羝觸藩籬。名花傾國應相似，摧折偏遭薄幸兒。

不堪回憶艷陽晨，抱甕階前灌溉頻。從此惜花休早起，風光無復舊時新。

升沉事事不堪論，齊物年來悟漆園。獨爲秋英增悵恨，自持杯酒酹花魂。

甲辰春闈遵迴避例不預試，出都日作

去國值三月，春光都未觀。柳疏遲挂緑，杏冷尚藏丹。四野酸風急，千林落照殘。曲江行已遠，那怪少花看。

過外舅王氏舊居

數家烟舍大堤頭，策馬重過已十秋。繞圃全添新種樹，臨河仍是舊登樓。流連光景尋前夢，迢遞關山憶遠游（時外舅謫新疆）。渡口桃花猶易識，憑誰爲繫武陵舟。

雲　臺　山

山成始何年，層累由抔土。居然邱壑具，絶頂敞梵宇。近俯滹沱流，遥控梁氏圃。回首見萬春（山名，在雲臺北二里許），對峙若賓主。寰中多大山，峰三岳稱五。豈無諸培塿，參錯常接武。徒以名勝在，卑卑無足數。此山亦邱垤，擅名乃千古。嗟哉品類紛，軒輊于何剖。臨深易爲高，斯語有足取。

秋郊暮望

幾日芳郊賞物華，忽驚摇落遍天涯。波浮殘照流黄葉，樹老西風噪暮鴉。野曠惟餘衰草闊，林疏偶有斷雲遮。誰家砧杵聲聲急，茅舍炊烟映水斜。

雨　　霽

雨霽雲仍潤，風微暑欲平。烟光澄樹影，鼓吹入蛙聲。帶笠歸村牧，携鋤走野氓。鄉居無遠志，竊幸歲功成。

暮秋同諸弟游村南廢寺

偶偕童冠共探奇，落日疏林入古祠。披拂榛荊尋舊徑，摩娑苔蘚認殘碑。僧寮人去藏梟鳥，佛殿秋深走牧兒。破壁將傾□足畫，題名游客自情痴（時載臨拾磁鋒，題名于敗壁上）。

乙巳，余年三十有一初度。前一夕友人李桐嶼、楊仲木及吾家諸兄弟携酒壽余，愧無以謝，醉後成七律二首以報之

激昂猶憶素襟期，氣盛何甘信數奇。歲月如流忽半老，頭顱依舊似當時。家貧自覺謀生拙，識鈍常虞見事遲。若此百年□足幸，開樽祝嘏愧相知。

高會良宵笑語生，深杯不厭酒頻傾。旗亭雅許諸伶預（賈董二瞽者，奏技席前，輒飲以卮酒），竹塢欣隨大阮行（家確士叔亦在坐）。仲子雄談逼曼倩（仲木善詼諧），伯兄醒眼似公榮（吟唐兄年最長而性不喜飲）。新歌一闋誰稱妙，玉樹婆娑燭影横（桐嶼美姿容，善謳歌）。

夜行次逋庵韵

野寺已篝燈，征車住未能。浮生輕作客，枯坐羡爲僧。皓月侵沙迴，繁霜入暮增。此中蕭瑟意，濯魄擬壺冰。

冬夜述懷再叠前韵

兀坐自挑燈，迂疏嘆寡能。擁書人似蠹，習懶業如僧。債積因家累，愁多與病增。浮生殊易盡，太息夏蟲冰。

夏日即事

日午閑階雨過餘，華胥一枕夢初回。小窗消夏無多事，半晌臨池半檢書。

盤礴南軒我忘吾，招凉何假北風圖。静中領會淵明意，總不羲皇境亦殊。

夏暮郊游

興極成孤往，斜陽立小橋。逢人半蓑笠，偶語雜耕樵。雨後波新漲，風來暑漸消。緑楊溪畔路，樹樹是鳴蜩。

過 雄 縣

按轡雄州午正晴，青槐夾巷緑陰清。窮途去往憑誰問，一路蟬聲解送迎。

題 畫 扇

籬舍蕭疏水四環，幽人偶語斷崖間。岩栖莫怪無供給，待客惟應指遠山。

新秋即事

碧梧片葉乍離枝，秋到南軒日暮時。案繞竹烟僮煮茗，窗横蕉影客圍棋。尚餘殘暑衣從解，自信忘機鳥任窺。新月近人如有約，昏黄又遍豆花籬。

桂兒亡已數月，時見于夢

笑語庭前記引雛，夢中泡影現須臾。牽衣依舊還憐母，俯首分明尚憚吾。月印澄潭空有迹，雲迷滄海已沉珠。傷心老泪飄零盡，忍賺燈前眼再枯。

市中有賣藥者，大暑著盛服，戴六品纓笠，雖汗流浹背，端拱如故，心竊笑之，戲成一絶

博帶峨冠欲詑誰，聚鸖到處市人隨。長安守價胡爲者，舍業端因女子知。

秋夜偶成

不寢愁長夜，茫茫感百端。青氈仍寂寞，緑鬢已衰殘。一錯嗟何鑄，孤懷嘆寡歡。半生空碌碌，貽誤是儒冠。

夏夜苦雨

望澤情曾切，而今又望晴（自去年七月不雨，將屆一年，甘霖始沛，乃播種後，忽大雨數晝夜不止）。那堪終歲雨，并作數宵傾。室漏人頻起，荷喧夢屢驚。夜風吹不斷，凄絶更鷄聲。

行役思吾弟，驅車近指南（時仲弟吊喪景州）。今宵逢水潦，何處驅征驂。没馬途方險，沾衣雨正酣。艱難游子意，此況記曾諳。

扁豆始華

柴扉清晝掩蒼苔，散步閑庭日幾回。昨夜豆棚新雨過，紅英乍見一枝開。

夏日郊行

不向郊原久，桑田趁曉行。曙光明葉露，流水咽蟬聲。村婦能提汲，山禽解報耕。日來求雨切，天際看雲生。

夜　坐

烟暝空庭夕，乘涼枕簟隨。風停池受月，露重葉垂枝。久坐杯頻盡，閑吟漏漸移。過門何處客，車馬夜奔馳。

程家莊道中作

數畝叢荆夾道分，紅英拂轡落繽紛。茅檐林影缺間露，人語蟬聲疏處聞。童叟并安田野趣，輪蹄應笑往來勤。停驂偶立烟村外，蒼翠沾衣日欲曛。

暮秋有懷

天涯秋老葉紛飛，半榻茶烟晝掩扉。塞雁盡回書未到，豆花籬畔雨霏霏。

己酉元旦

歲暮空牢守，更闌歲已殊。兒童矜服飾，俗禮厭奔趨。墨燦宜春帖，門新欝壘符。遣懷惟命酒，不必是屠蘇。

七十稱稀壽，年華已半過（時余三十有五）。輩行催漸長，鬢影白偏多。貧惹揶揄鬼，癖成詩酒魔。春風看又到，倦眼試摩娑。

夏日过清凉寺

客歸能幾時，又趣游子裝。浮生亦須臾。自嘆何奔忙。況值徂暑侯，酷熱安可當。天空净無雲，畏日懸赤光。人喘同吴牛，何以禦驕阳。策馬過古寺，不知何道場。惟見擘窠書，門額題清凉。嗟我正憚暑，斯趣安從嘗。譬如火熱時，忽嗅青蓮芳。又如北風圖，對之暑欲忘。屠肉□有得，大嚼意差强。願言尋僧話，門閉松陰蒼。但聞元蟬鳴，隔院聲悠揚。想見趺坐人，垂簾焚妙香。一塵了不染，暑氣來何方。信哉小杜言，意味空門長。

夏行遇雨

客路憂煩暑，天心解藴隆。濕雲纔浛浛，細雨已濛濛。氣暗遥村樹，聲兼野壑風。烟簑驢背穩，人在畫圖中。

雨後早發

烟消暑退雨初晴，積潦争流尚有聲。客路莫嫌泥滑滑，炎天難得御風行。

夏村即事

三徑從教没草萊，垂帘虚閣絶纖埃。乍晴還滴過雲雨（雲過則雨，俗呼之爲過雲雨），已踐仍生緑砌苔。居近水涯風易入，窗臨郊野月先來。詣人未好兼辭客，蓬户無妨晝不開。

重陽前一夜雨

斜風吹雨過園林，烟樹冥濛作暮陰。冷入蕭齋燈火暗，雲低遠浦雁聲沉。白衣阻斷誰家酒，黄菊摧殘滿地金。惆悵明朝落帽處，無人乘興更登臨。

周官屯道中作

榆莢飛錢柳挂絲，夭桃紅到最高枝。斷橋流水村西路，下馬東風獨立時。

澹巴菰分韵得"江"字（即烟草）

此亦小草耳，奇妙乃無雙。似聞明季世，异種生瘴江。蠻烟蜑雨裏，百毒靡弗降。流傳今幾時，嗜癖盈中邦。用遣佐茶荈，或以伴酒缸。有時賦新詩，筆力愁難扛。含咀代推敲，詞源滚淙淙。予始不識味，欲吸先增慢。苦遭朋儕誚，謂非時世腔。隨俗聊爾爾，差同足音跫。

世德堂社集，喜與仲坊定交，賦此爲贈

相逢拈韵復分題，山斗才名敢與齊。郢市清歌霏白雪，儒生腐氣脱黄齏（仲坊天性不食蔬菜）。傭書應厭葫蘆樣（考充内廷三館眷録），化雨新滋桃李蹊（賓林設義塾，延仲坊爲之師）。快接雄談忘漏永，小窗燈炧月輪低。

把臂相看似舊知，與君臭味未差池。凄凉絳帳年同暮，憔悴麻衣數總奇。酒社騷壇欣有約，花晨月夕莫愆期。獨慚俚句如瓜李，也向瑶琚計報施。

湯官屯道中，叠前韵

樹杪霞明日又西，人行只繞大河堤。暮寒好趁途微凍，不許新泥礙馬蹄。

宿陳官屯，叠前韵

著盡征衣苦未温，冲風投宿問前村。哰哰夜犬鳴深巷，野店孤燈客叩門。

宿天津

見説津門好，樓臺近水涯。重洋通食貨，兩岸富魚蝦。覽勝情徒切，停驂日已斜。旅中寒夜永，所得是喧嘩。

入寶坻界

稍覺鄉音异，偏驚土俗移。橋危石代板，院小秫編籬。雲外峰堪數，林間堞漸窺。郊迎勞鄭釋，□俟已多時。

去寶坻日作，叠前韵

客禮朝朝肅，賓筵處處移。向來習疏散，真苦限藩籬。野鶴從今逝，閑雲自在窺。獨憐北山好，識面定何時（盤山在寶坻北數十里，竟未一游）。

仲坊出所藏玉杯索賦，戲爲長句

古人韵事稱雙絶，一斗百篇兩無缺。笑予僅能師一節，糟亦餔兮醨亦啜。却于筆墨慚惡劣，咄咄先生攻吾拙。持示玉杯索鑒别，乃强豐干使饒舌。我云才器各有宜，弃長録短君何爲。席珍既蓄瓊瑶卮，何不用以□酴醾。邀我時復一中之，此杯乃遇真相知。不落言詮已解頤，何必搜腸苦吟詩，刻劃將無污西施。

玉杯歌爲仲坊賦

麯糵性所耽，喜君有同嗜。相逢且銜杯，誰復惜沉醉。酒酣勸客出瓊卮，輝騰四座驚瑰异。此卮毓秀自崑岡，鬼神呵護名山藏。太璞何年經斫削，沙石砥礪生奇光。匠氏工良式亦古，雙螭蟠屈勢飛舞。盛來琥珀氣英英，鱗甲疑有烟雲吐。聞道清尊久委塵，土花點點涴天真。古歡從古輸吾輩，一經拂拭光鮮新。羡君朗朗裴叔則，玉兮人兮同一德。有時把盞自獻酬，温潤而澤兩相得。卓哉此杯獲所歸，增重几筵幸弗揮。獨惜儒席猶待聘，風風雨雨閟清輝。我勸先生休嘆咤，璠璵□出珷玞下。君不見，抱璞人悲再獻時，卞和屈抑無匹亞，兩刖已拼終古冤，九賓旋定連城價。

鬥鶉四首

草深野曠任翱翔，鳧鶴何如較短長。一自依人歸掌握，不容恩怨兩相忘。

錦囊初出掌猶擎，得食□甘噤不鳴。兩手乍回堅陣合，爲鵝爲鸛各縱横。

得失真憑口舌争，觀從壁上也心驚。可憐却敵頭將碎，剛博圓粢數粒輕。

勝負何須太認真，徒將玩笑供他人。紛紛蠻觸知多少，豈獨貪嗔是鬪鶉。

鼻烟分韵得“妙”字

衆味口能别，食乃知其妙。惟鼻獨不然，以氣相感召。鼻烟始何時，异種來邊徼。遂令靈龜息，忽受朵頤誚。挈壺矜時尚，瑙玉紛相耀。出入襟袖間，互聞欣同調。或云用最神，妙能通肺竅；又云風與痰，吸此即可療（時坐客有言鼻烟能通肺竅而去風痰者）。隨俗固自佳，許事那能料。且複食蛤蜊，古語供一笑。

十 二 肖

鼠

餘粒拼沾汝，剽輕若性成。社壇得依托，昏暮肆鑽營。案穢紛行迹，窗喧急鬥聲。張湯有舊讞，爲語莫縱横。

牛

伏軛無虚日，嗟哉稼穡難。只應同劍佩，敢望當花看。策逐西風急，犁翻夕照殘。誰憐終歲苦，粒粒供人餐。

虎

林谷風初起，雷霆吼乍聞。性殘輕物命，威重假狐群。不遇漢飛將，誰堪封使君。騶虞亦獸類，毛角各欣欣。

兔

被褐形殊詭，亡唇齒半寒。人文空有兆，瓠葉好同餐。罝密中林設，鷹饑大野盤。全生藉三窟，莫便信馮歡。

龍

肯與凡鱗伍，峥嶸信足矜。天淵隨變化，雷雨助超騰。畫壁飛猶破，噓雲氣乍蒸。何當遇真賞，不共葉公稱。

蛇

披草紆行緩，昂頭掉舌頻。夜深横大澤，野曠隱荒榛。首尾偏能顧，陰柔不易馴。銜珠猶報德，乎物是深仁。

馬

自是驍騰選，□甘局促名。聲嘶邊草闊，望斷陣雲横。伯樂何年遇，鹽車俯首行。嶙峋存傲骨，詎肯向人鳴。

羊

敢避瓊根目，善群微有長。寢訛依細草，簑笠趁斜陽。性狠虚遭謗，狼貪詎可將。惟應開緑野，借襯午橋莊。

猴

亦具人形體，輕浮不自持。纔緣絶險嶂，旋擁最高枝。攫食驚還顧，連群怒復嬉。緋衣雖賜與，合作楚人嗤。

鷄

既任司晨職，尤懷勊敵心。花冠矜异彩，雨夜有寒音。漫恃身塗芥，何勞距耀金。德全能决勝，好守木鷄箴。

狗

燈火鳴深巷，桑麻近野田。當門嗔客過，摇尾乞人憐。推愛頻分饌，相依肯效牽。貧家無守禦，爲護舊青氈。

猪

仍係含生類，冥頑迥异常。何須詫肥腯，只是厭糟糠。白首□堪獻，豶牙合預防。嗜痂誰有癖，猶册大闌王。

邀仲坊、海林社集小齋，仲坊辭疾不赴，賦二律以寄，即訂後期

遠歸悵與故人疏，治具殷勤自摘蔬。敢擬開樽孔北海，却逢辭病馬相如。門稀轍迹餘空巷，谷杳跫音感索居。誰料三人成雅集，舉杯真待月明初。

新晴朝爽入田園，兀坐胡爲晝掩門。漫道詣人非夙好，須思舊雨待重論。醫痾愧乏河豚什，醉客猶儲竹葉樽。寄語南州徐孺子，莫教空榻下陳蕃。

蠅分韵得“黿”字

化工生物何其奇，四靈龍鳳麟與黿。不畜于家游于囿，希世乃得一見之。其餘醜類紛莫數，走者豺虎飛梟鴟。炎夏百毒更蕃息，蜂蠆肆虐蚊虻隨。下逮蒼蠅亦蠢爾，詎能噆膚還傷肌。摇頭鼓翼聚朋輩，遽集不去來不期。會食有似不速客，貪墨儼若學書兒。淋漓遺失亂黑白，圭壁往往遭瑕疵。有時北窗思高卧，華胥一枕消炎曦。敗意惡賓已入幕，飛集面目如餳飴。六一作賦徒快意，元衡羽扇空勞麾。小醜豈足污利刃，拔劍又復嗤王思。撫髀坐嘆百無策，啞然忽笑若何痴。不一于汝二于物，此念合受東坡訾。罔兩伎倆自有限，不聞不睹真吾師。讒□惟應静者勝，蜉蝣蟪蛄能幾時。清霜一夜社残暑，百醜變滅隨輕颸。

仲坊、芸甫、海林見過，小飲，懷賓林，分韵得“天”字，二首

寂寞琴書晝似年，客來空谷喜跫然。龐公座上忘賓主，徐邈杯中雜聖賢。剪燭莫辭宵繼日，催詩恰趁雨連天（是日大雨）。却緑池草無佳思，舊夢迷離憶蒠連。

一帆南下興飄然，岩壑從知别有天（賓林時游山陰）。愧我江山空結夢，羡君舟楫似登仙。奇探禹穴書應秘，人到蘭亭句好聯。何日快吟游越稿，開編如上剡溪船。

題希聲五弟照

岸樹密如薺，烟巒碧于黛。幽人愛明月，緩踏梧陰碎。清興谁復知，空山影相對。

手把一卷書，不作佔嗶態。想見會心時，文字都可廢。澄潭試暫臨，空水浩無礙。

題《周氏僕遇狐事》後（事載戈仲坊《异聞雜咏》）

樓頭半面杳難尋，厮役何緣結契深。佳麗從來歸悦己，旁人剛解辨升沉。

中宵話别各潸然，續命猶思進小憐。欲了情緣情未了，多應又結再生緣。

題《南皮許甲遇狐事》後（同前）

春閨療妒更無方，酣睡誰容卧榻旁。却怪蘭香初下嫁，一般偕媵效英皇。

未締新盟失舊盟，藍橋應悔問雲英。昔人得隴無他望，知足□徒博令名。

觀鳳官演劇，分得東坡《游金山》詩韵

樓上嗚□聲入雲，樓下叫絕波翻海。偶將冷眼閲雲烟，發

聲儼有雙鬟在。年來生計似頭陀，此心古井不復波。奈何却爲清歌喚，酒痕不覺沾襟多。憶昔長安理游楫，紅瑜携伴消白日。于三妙舞魏三歌（二人皆京師名優），四座誰惜醉顏赤。自從敝裘慚落魄，京華夢斷雲山黑。今朝逢場眼忽明，舊游仿佛心爲驚。周朗屢顧人莫識，只道移情爲尤物。我聞觀色如觀山，遇山徑過□非頑。君不見，長安纏頭日無已，馬如游龍車如水。

前題再用東坡《游徑山》詩韵

曾登泰岳難爲山，曾觀滄海難爲川。京國妙部經寓目，旗亭□復宜盤旋。揭來村社觀報賽，鉦鼓聒耳聲淵淵。鉦息鼓歇歌音發，奇技竟亦登峰巔。就中紅袖尤妙絶，初日恍睹出水蓮。妖歌鶯燕聲宛轉，嫚舞龍蛇影蜿蜒。秋波瀲灔一回盼，老僧定亦堪參禪。我聞歌苦遇真賞，纏頭不惜揮金錢。不然雅樂入俗耳，垂頭忽忽將酣眠。今何萬衆快先睹，喧聚一似投林鳶。前者注目神若失，後遭障蔽心煩煎。乃知揣摩臻神妙，投之雅俗無不便。吁嗟乎，優伶賤技尚如此，遭逢賞識豈偶然。士執一藝窮其奥，悶世無復憂逢年。

前題再用東坡《自金山放船至焦山》詩韵

諸君絲竹性所耽，樂歌宜好雅與南。靡靡新聲復何有，擊節不置至再三（同社于此題已作兩番題咏矣）。自是藻思貪摛掞，觸緒乙乙吐春蠶。愧予才比襪綫短，寸絲欲拆先增慚。徒以觀此生微感，細流偶亦縈風潭。都門妙技推陳魏（謂銀官、婉卿），紅牙日日歌聲酣。下此優孟紛莫數，厭聞不异老生談。豈盡未窺第一義，只坐釋迦難同龕。黠哉鳳兒見幾早，鬱鬱牛後心難甘。决然舍去自樹幟，香名遂爲人所貪。是知置身貴自异，遭世排軋何以堪。躡足臺閣既屢躓，適意何必無茅庵。

前題再用東坡《和蔣夔寄茶》詩韵

人生不易絶俗緣，每逢行樂情安便。所慮引人無勝致，事緣數見爲不鮮。春風一曲聽亦屢，無厭如共酌貪泉。新柳摇風説婀娜，乳鶯囀樹誇清圓。聞道長安重琴曲，歌兒多是來西川（京師名此劇爲琴腔，妙部多四川人）。五陵俠少争邀致，千金一擲開瓊筵。下視崑音真塵飯，饞口誰復垂飢涎。今之雛鳳亦蜀産，聲律那怪能精研。家傳少習知有自，歌場舞隊多經年。抑聞巴歈出西蜀，知音宋玉分後先。絶調惟數陽春曲，巴人何足值一錢。昔所鄙弃今所尚，紅綃無數頭争纏。低鬟振袖聲初發，入耳百慮忘憂煎。是豈後來偏居上，藝習迥北前人賢。抑猶曲俚和者衆，强以愛憎爲媸妍。正味正色竟孰知，漆園微論真難鎸。

夏日聞布穀聲

布穀頻聞野老驚，丁□穡事太關情。可憐四月田猶旱，負爾聲聲促早耕。

摺叠扇，分韵得“風”字三首

幾叠齊紈潔，裁成便面工。最宜藏袖裏，時遣處囊中。妙解迴環理，能招澹蕩風。分明如月影，圓缺幻無窮。

舒卷從人便，奉揚仁者風。蒲葵難比巧，鵠羽漫誇豐。染翰憑書聖，添毫托畫工。誰言揮灑處，瓦礫舞人同。

勝叠層層彩，屏遮曲曲風。是誰成素筆，一例見良工。還可資談柄，□徒解藴隆。合歡聞古制，妙合可能同。

過　舊　墅

田園易姓見頻頻，地主何妙作路人。破甑無端經返顧，營巢未免憶前辛。可能題壁詩仍在，依舊迎門水又新。鄰樹不堪重繫馬，一天風雪促征輪。

次韵仲坊《夾竹桃》

三兩桃枝竹外生，坡公舊句擅佳名。誰知花雨成蹊處，即作風篁戛玉聲。樹種元都抽籜嫩，品分嶰谷燦霞晴。此君北地從來少，貌取中郎亦有情。

東光道中作

客途何必問東西，驛路迢迢傍大堤。岸柳數行斜照裏，參差帆影間輪蹄。

木門店早發

夢醒寒衾始半温，鷄聲腷膊唱荒村。夜殘缺月低檐角，滿地清霜出店門。

發陳官屯，再叠前韵

初冬節候半寒温，露宿風餐過幾村。闻道名區表東海，計程今日住津門。

天 津 早 發

客睡苦難稳，束装鸡鳴時。雾深纔辨路，霜冻半黏髭。古渡寒流急，嚴城夜柝遲。車中續前夢，又與故鄉期。

至天津一宿即行，未及游覽，同行者皆以爲憾。希聲期于歸路作竟日留，作此戲答

風月河房日日新，冶游擬結再來因。但虞終讀吴江什，未

似聞名解醉人。

車行河岸见逆水舟，再叠前韵

河水東流舟向西，多人牵挽上長堤。乘車雖遜乘船逸，博得輕風送馬蹄。

走馬行贈希聲

吾弟文弱真書生，珊珊骨節屏上行。北來同行四五日，縮頸常怯霜風清。輕車油壁厚于幕，如隔滿奩琉璃屏。旅邸堅卧唤不起，早發尤苦披晨星。中途意忽不自得，轍迹險仄愁危傾。捨車徑試長楸轡，聳身超乘行旅驚。據鞍顧盼語未絶，颼颼耳畔鞭梢鳴。絶馳瞬息已數里，望塵一縷寒飈輕。投鞭視我忽大笑，可否賀監同譏评。崔浩懦弱固天性，片時意气胡縱横。丈夫豪俠當如此，聳肩擁鼻難爲形。古人筆墨耻埋首，輕騎縛袴從長征。露布挥灑倚馬待，羽檄旁午磨盾成。老兄疏懶已成癖，念此往往生豪情。孰意家固有名士，目爲書痴懵不明。歸時當與再結社（時與希聲作文會），讀書騎射相交并。儒生酸態除務盡，一洗局促轅駒名。

别　希　聲

偶憶蒓鱸即戒裝，却憐歸雁暫分行。連床漸覺郵亭慣，匹馬偏驚客路長。草冷荒原千里白，雲低敗葉半林黄。奚囊詩思添多少，寂寞憑誰作和章。

發大石橋

野店不聞漏，客行恐未早。辨星起戒裝，霧暗常失道。驅車過深林，驚散栖枝鳥。

予隨人赴寶坻，往還未持一錢。遇流民路旁求乞，愧無以應，賦此解嘲

泉州古道潞河濱，南北經過計浹旬。此地久聞稱樂土，沼途仍見有飢民（今年寶坻大熟）。愧肩一喙貽人累，豈得餘資濟若貧。猶憶往來京國日，金錢揮灑路旁塵。

撲滿，分韵得“去”字

泉貨人所資，盈絀常有數。舉世何攘攘，趨之紛如鶩。黠哉摶埴者，製作封殖具。中空似竹虛，腹脹類蛙怒。天通一綫微，口同三緘固。五銖試投暗，既納不復吐。緩急需未能，况有遺失慮。愧予謀生拙，半世如涸鮒。囊空常羞澀，錢神識無素。厚藏幸得此，發憤謀饒裕。銅矗鄧氏山，標識蕭宏庫。層累來有漸，居積事貴豫。阿堵莫輕擲，深藏期不露。安見孔方兄，不與貧士遇。計决忽自笑，貪痴君何誤。守虛得瓦全，滿有顛撲懼。富或不如貧，可生向平悟。擾擾青蚨飛，一任自來去。

送仲坊赴山西學使者幕

握手誰能效楚囚，劇憐知己話離憂。紅蓮緑水人雖麗，匹馬長途客正愁。失路嗣宗敢臧否，投閑季野減陽秋。權衡小試差堪快，尸祝無嫌越俎謀。

年年俯首事雕蟲，眊矂頻遭勒帛紅。嘗信文章有定價，豈容頭腦作冬烘。藻芹雖細通雲路，桃李無言待曉風。漫道捉刀身事外，任迷五色易初衷。

早春景州道中作

爲愛韶光轡屢停，媚人烟景遍郊坰。晴蒸地氣連雲白，暖入畦芽隔歲青。駒隙半從忙裏過，春游暫藉客中經。輪蹄到處堪消遣，未厭長亭復短亭。

未至景州廿里見塔之作

層檐瞥見樹梢頭，絶頂登臨憶昔游。此日相逢如舊識，分明逆客出城陬。

早發即事

野寺鐘初曙，征車已廿程。鳥啼殘夢斷，霧破遠村晴。歸騎尋前路，吟鞭耐緩行，田家飯熟早，籬外淡烟横。

過苑家口

野店早炊罷，去車無停軌。途平宜假寐，一夢三十里。覺後聞水聲，浩浩盈兩耳。拭目問前途，渡口已至止。橋危卧長虹，俯映流瀰瀰。雁齒試偶憑，空曠滌塵滓。一帆何飄然，臨流吾羨爾。

渡永定河

未須近岸意先驚，濁浪遥聞震耳鳴。波及平灘猶沮洳，勢當急流倍縱横。無嫌舟子錢多索，應爲行人渡太争。船過中流忽翹首，沙鷗幾點往來輕。

和叔祖總憲公《過青石、黄土二嶺作》元韵

嶂復疑無路，峰回别有天。蒼崖卓兩壁，白道出層巔。躡足人全俯，懸車綆倒牽。如何險阻處，風力更狂顛。

未作秦關客，曾聞此畏途。片時勞竭蹶，一笑失崎嶇。名勝游方始，登攀力詎痡。旗亭容小憩，相視漫嗟吁。

灤陽客邸懷仲坊

春風何處問萍踪，塞上雲山隔萬重。异地同爲在家客（余從家總憲勘書灤陽，仲坊亦入令兄山西學使者幕），旅途猶是作書傭。量

才玉尺從親握，送嫁羅裳只代縫。回首吟秋社集地（向與仲坊、寶林、海林結詩社，以“吟秋”爲名），閑階應有碧苔封。

過惠人三叔舊宅有感

路近西州步懶移，秋風斜日斷腸時。竹林隨侍思傾酒，別墅從游憶賭棋。遺澤定知昌後嗣，應門堪嘆剩孤兒。謝家庭院蕭條甚，愧殺宏微感舊知。

惠人叔亡忽匝月，叠前韵哭之

驚心節序暗推移，前月王濛轉麈時（叔年三十有九）。暫別遽飛華表鶴（二月内北上，叔猶送余。歸時叔已大病，尋即不起），遠歸恍閱料柯棋。塵樽尚見凝餘桂（叔善飯），病榻猶憐哭小兒（叔次子先叔半月殤）。悵望壚頭增舊恨，西風酸惻暮蛩知。

聞從弟桐育捷，志喜

佳音傳到黑甜鄉，曉夢驚回喜欲狂。驥足定知行地遠，鳳毛果見入雲翔。謝家玉樹誰先秀（桐育在余兄弟中登科最早），晋國槐庭蔭正長。自愧迍邅甘久廢，惟應吾道藉君光（從余受經）。

晨　發

晨發懷遠路，不待升朝暉。披衣視河漢，落落明星稀。積潦秋未降，猶繞村四圍。策馬涉清波，萬顆凌珠璣。蜻蜓宿草根，驚起迎人飛。郊游憶昨日，萬緑爭濃肥。閉門今幾時，觸目景物非。林疏不藏烟，草潤竟具腓。岸蘆連沙白，摇落空依依。惟憐經霜葉，紅艷如着緋。惆悵節序晚，感嘆壯心違。西風吹短鬢，匹馬將安歸。

紅　葉

春花秋時竟難分，霜後丹楓艷出群。幾處寒山資點綴，已殘老木更繽紛。吴江影落參紅蓼，石徑車停雜白雲。彩樹錦林誰設色，畫圖全似李將軍。

文津閣勘書雜詩二十首

壬子暮春，從叔祖總憲公勘書熱河文津閣，出入禁苑者凡兩閲月。鶴汀鹿疃，觸處會心，水態山光，引人入勝。顧晨往暮歸，官事有程，即欲橐筆紀一時之盛，未暇也。旋里後，追摹所歷，如在目前，補爲句二十首，隨憶隨吟，都無次第，留俟他日偶一披閲，猶足以當卧游云。

陣雲猶傍塞垣屯，中外曾聞界北門。誰料征車驅更北，仙莊仍有秘書存。

繞過宫墻步暫停，半途多憩水邊亭。塵襟到此清如洗，萬壑松風静裏聽（萬壑松風在寢宫後，自寓赴閣，至此適當半路）。

烟水盈盈里半程，微波日送畫船輕。橋回認得停橈處，一片飛濤戛玉聲（泊船處名千尺雪，水流石隙間，淙淙之聲不絕）。

深嚴秘閣集纓裾，多少清郎入校書（時有京員二十人，亦續到校書）。自愧鯫生寒乞甚，也懷鉛槧到丹除。

芸編日日不停披，歲月壺中任暗移。忽聽胎禽清唳遠，花磚知到午初時（閣外畜二鶴，每于日午飼之，輒長鳴不已）。

嚴讐亥豕校烏焉，披盡人間未有編。坐對奇書成一笑，片時過眼總雲烟。

柳花春老趁風飛，拂案穿廊惹客衣。聞説沽書能作蠹，縹緗欲展袖頻揮。

峥嶸杰閣鬬三層，掩卷危欄時一憑。高處漫言窮遠目，喬林四面翠烟凝。

閣前閣後藕塘深，春滲無由俯緑潯。見説苑丁將放水，明晨碧玉寫鳴琴。

文津閣外看挑河，荷鍤紛紛戍卒多。自是清時息邊警，子來不止庶民歌。

扁舟退食夕陽春，四面山光涌翠濃。烟外端趺羅漢嶺，烏邊卓立磬錘峰（皆熱河山）。

晴波渺渺柳毿毿，勝迹名區一鏡涵。烟雨樓連浮玉寺，舟中指點話江南。

入早歸遲有定期，乘舟登陸却隨宜。相逢鶴鹿如相識，化宇同游兩不疑。

林光滴翠欲沾衣，石徑迢迢繞岸微。黄鳥聲中疏雨歇，風前人踏落花歸。

春深萬緑各争榮，到處芳林聽鳥鳴。未敢輕言温室樹，喬柯原自不知名。

傍溪枕嶺遍離宫，好在深藏不露中。未過層岡尋輦路，幾疑水盡與山窮。

参差臺榭五雲邊，宿直營兵逐日遷（别館數十處，例用營卒看守，每五日一更役）。走卒竟充天上役，淮南鷄犬亦神仙。

龍宫山半鬱崔嵬，朔日香焚户洞開。船遇中流同起立，將軍親禮釋迦迴。

仲夏新荷始放青，田田尚未遍迴汀。他時待共稱觥玩，金粟丹蕖共一瓶（荷花至萬壽節猶盛開，聞每與桂花同插一瓶云）。

琅函讎罷幾經旬，歸路重沾塞上塵。佳境莫教輕忘却，勝游值得詫同人。

壬子鄉試放榜前數日，偕寶林、淑旌、希聲、和玉、桐育、麟趾赴芸甫之招，宴集仲坊舊寓有懷，兼示希聲

不到西村久，清游此日同。秋深畦更緑，霜晚葉先紅。雲路看飛鶚，泥痕認去鴻（壁枯仲坊詩稿）。草亭風雪裏，憶共訪揚雄（去冬雪後，與希聲同訪仲坊于此）。

有客都中返，樽前話遠游。馬卿聞倦客，王粲悵登樓。松菊空階晚，蒓鱸故國秋。琴書滯何處，歸計漫悠悠。

過淮鎮，逆旅見壁聯無款識，然予確知爲王立堂書也，悵然有懷（立堂新下京兆第）

逆旅市早餐，獨坐無與伍。徘徊塵壁間，良友忽如睹。寒山留片石，賴此堪共語。君家善筆札，羲後獻接武（立堂尊人以善書著名）。偶然書赫蹏，亦不失規矩。姓名雖未題，莫掩椽筆鉅。譬之辨虞書，戈法可認取。近知秋風急，之子新鎩羽。書訊杳無聞，愁緒定幾許。豈知郵亭中，故人久延□，僕夫促登車，翹首時已午。

次韵立堂《下第咏懷》

取士重科目，儒林争奔走。蠹簡備揣摩，螢案窮研究。一

擊或不中，輒咎操術謬。譬彼探驪龍，深淵紛相就。珠少鱗爪多，詎能獲皆厚。所以獻璞人，有售有不售。懷才而見抑，捫心固無疚。君看肅霜晨，時有寒菊秀。秀晚萎亦遲，何羡春華茂。成功盡云一，得時無妨後。矧偶蹶霜蹄，正當春秋富。

棘 籬

叢棘移栽屋四圍，藉憑禦盜伏危機。春回萌蘖歆斜出，芒刺須防礙絮衣。

蠶 蛾

鑽得穴穿力欲疲，縛身原是自抽絲。春光已晚方爲蝶，栩栩無矜羽化奇。

即事二首

豈昧懷刑訓，□輕孰玉身。何來櫟陽逮，竟捉石壕人。法在知無枉，情愚固可陳。獨憐憂患意，貽累及衰親。

山鬼形雖秘，秦臺鏡正懸。幾重施陷阱。一瞥化雲烟。瓮熾請君入，絲多還自纏。莫猜人下石，又造别因緣。

歲莫病中作

塵榻相依曉復昏，茂陵秋雨似文園。見頻藥物兒能檢，病久方書自解翻。差喜歲終容避債，最宜懶癖藉關門。却緣問疾常來客，猶笑省煩仍作煩。

和海林雪茶用東坡《岐亭》詩韵

逸品補茶經，聞烹荷露汁。荷折露不零，何禁饞涎濕。同爲天上味，掃雪良亦得。瓮瓿堆瓊瑶，相煎□嫌急。冷韵分盆梅，清芬雜薰鴨。數碗已生風，習習疑透冪。我思五陵豪，邃閣獸炭赤。障風妝凝紅，暖寒杯浮白。擘絮任漫漫，耳熱頭脱幘。又思風雪中，幾人窮途泣。仰屋瓶粟空，閉門厨烟缺。陶穀幸擁爐，差勝僵卧客。莫更羡黨家，金帳誇宴集。

癸丑十一月舉第三子，偶成二絶句

半生枯守宋人株，稱慶由來一事無。博得鄰翁賀羊酒，多年老蚌又生珠。

洗兒題句記坡公，私願相同却未同。他日公卿知罕到，所期愚魯肖而翁。

榆錢糕

沈郎錢小滿枝斜，含咀偏宜入齒牙。製仿堆盤蒸苜蓿（苜蓿亦可作糕），時當作粥煮桃花。登筵姹女應難數，下箸何曾未足誇。飽後啞然起捫腹，老饕一飯太豪奢。

題蒲扇

聞經謝傳執，市價爲一變。今我拌數錢，購之已障面。爾質固輕微，抑亦因人賤。

桃奴

芳甘亦復佳，貴賤何緣殊。似聞具體微，故致稱名污。却怪龍陽橘，也號千頭奴。

驢駒蟲（蠡屬）

黔驢冒异獸，識者鄙其技。藐兹草下蟲，復冒驢之子。無實盜虛聲，諸如此類耳。

村居多暇，身勤稼穡，即事成咏

身閑聊自課犁鋤，持較農夫詎不如。舌强任嗤書味少，吝生當爲友人疏。低昂箬笠斜陽影，轣轆秋塍薄笨車。幾見力田無賦入，沛膏欣讀紫泥書（時以偏災，賜免正賦）。

對雨書懷

歲豐雨澤多，秋杪猶未已。每雨輒連綿，晝夜周復始。宿麥幸可種，晚禾尤增美。明春地氣暢，機仍伏于此。獨鄰澤國人，枵腹呼庚癸（七月内，大水暴發，被淹之處甚多）。所异秋潦降，種麥理良耜。興波更助瀾，揚塵□可企。今秋既無賴，來年復何恃。此豐彼或歉，天道類如是。補救恨未能，杞憂徒爾爾。令節逼九日，甘澤滋菊蕊。把酒且歡賞，餘潤入榻几。况承寬大詔（賜免租賦），一事尤可喜。風雨吟重陽，不緣催租止。

甲寅秋闈放榜日望諸弟捷音

我生不自量，可止而不止。足凡幾遭刖，未堪一屈指。猶憶獻策罷，妄冀拾青紫。營營得失間，愧非遠觀士。及作壁上觀，幸免榮與耻。寸衷忽棖觸，熱中亦復爾。眷懷予諸季，文戰摩堅壘。天榜出蕊珠，計期驚伊邇。蚤起意已馳，入暮尤翹企。有時倚門望，竟夜篝燈俟。觸類俱驚猜，暫夢亦奇詭。風鳴與鶴唳，真疑軍聲起。俄傳飛騎過，灰心忽如死。痴坐意嗒焉，扼腕還拊髀。譬彼甑墮地，已破屢迴視。又如詫怪事，書字虚空裏。兄弟休戚同，究非身親比。通塞矧偶然，悵惘胡至是。吁嗟人托業，所貴慎厥始。身一入局中，見獵即心喜。相憐因同病，情豈間人已。作繭真自縛，繳繞何時已。

北村即事

纔醉西家棗酒香，東家酒棗又承筐（俗名酒醉棗）。莫言相餉無他味，領略田間味最長。

過高家場贈孫昌一

回車中道入田家，拌醉茅柴飽瓠瓜。誰料頹垣圍敗屋，有人活火試新茶。

大水後過淮鎮逆旅

茅舍渾無恙，門前亘大堤。傳聞一宵暫，興作衆夫齊（聞堤系一夜所築，築者蓋千百人）。灾患資防禦，天人詎阻暌。如何隔岸外，百里水兼泥。

哭賓林弟三首

昨朝病榻話辛酸，暫別□知再會難。旅夢乍驚池草幻，歸途果悵雁行單（初六日客縣中，夜夢弟死，次日歸來，則弟果以是夜不起矣）。昏黄短日愁陰結，慘澹孤村積雪寒。曾是清秋高咏地（昔弟邀予及仲坊、海林即其家結吟秋詩社），此音已作廣陵彈。

采芹同日列青襟（與予同入學），詩酒情投契更深。執耳騷壇慚謬許（寶林及諸弟結文社，推予與仲坊秉筆），挑燈石鼎憶聯吟。嵩雲久切離居恨（社散已三年餘），薤露尤傷死別心。玉樹生埋盡一哭，伯牙倍感是知音。

儒冠潦倒此生休，壯志凌雲竟莫酬。嫁女况虚向平願（數女未嫁），停喪空厪曼卿憂（弟擬于今年發二親殯，竟以病不果）。幾人强仕方朱紱，之子中年遽白頭（亡年四十）。泉下有靈知抱恨，秋墳風雨泣松楸。

昔與群從赴寶林招，輒入夜方歸自景城，至崔莊燈火相屬，今往助其喪，歸時形景宛如昨日，感成一絶

陳平罷後見星輝，剪剪酸風透素衣。忽憶當時過君飲，一行燈火醉人歸。

感　賦

曾不二十日，哭死已經再。前哀猶未忘，後哀摧肝肺。向人作此面，知近兒女態。所悲長逝者，爲我夙親愛。夭壽本無常，覆轍視君輩。况禁哀戚感，紛集戕五内。有動必摇精，六一語堪佩。既爲死者悲，還復自增慨。恨無不死術，氣聚形常在。又無不朽業，身去名弗廢。泡影僅須臾，河清無能逮。奈何行荆棘，觸處致挂礙。齊物莊生篇，任達晋賢概。曠懷思古人，痴情春冰碎。一笑酌美酒，且用澆壘塊。

任丘吴烈婦詩

人生孰無死，泰山鴻毛异。大節一昭然，餘事可姑置。所以古烈士，刀鋸無所避。忠盡孝或虧，賢者難責備。卓哉吴烈婦，全節更精義。泒衍四杰裔，世承五經笥。作嬪延陵室，蘭苕巢翡翠。鼓琴才續膠，别鵠忽分翅。特儀矢靡他，生死理無二。艱苦但完貞，視息□有愧。詎識生遽捐，固非世輕棄。姑嫜既不逮，無事具滫瀡。兒女復成立，不待勤撫字。煢煢未亡人，俯仰無遺累。同衾復同穴，原可行己意。對人强笑語，背燈垂涕泪。夜静離深閨，衆雛爛漫睡。瑶瓮碧流清，夙用植荷芰。終古無波瀾，正與妾心類。奮身輕一擲，死所此其地。我思中壘傳，奇節難備記。一瞑或遺憾，惟此無可議。桂岩花常馥，易水流莫匱。煌煌烈婦名，不朽同一致。

病　疥

詎足灾心腹，煩煎苦莫排。患難名痛癢，悔未慎陰霾（疥生于濕）。搔背思長爪，燔烟厭積柴（治法以柴烟薰之）。不堪多避忌，時戒遠朋儕（俗傳疥能傳人）。

病 中 作

意結眉顰兩不開，妻孥相慰共徘徊。夙耽麯蘖翻成禁，亂檢方書積作堆。卧久枕衾沾藥遍，愁兼昏曉忘春回。門前責負應多客（鄉俗商賈皆歲終索債），莫訝深居避債臺。

仲坊歸自山西，以《五十自壽詩》見示，次韻祝之

湘東管别竹兼銀，才德今看萃一人。器量温□欽璞玉，詞源豪放走飈輪。驊騮計日馳千里，甲子驚心度幾巡。但使絳人長不老，何須早現宰官身。

訂交憶在惠連家（向在族弟寶林家，與仲坊定交），把酒分題逸興賒。夜坐任教僮輩睡，劇談常到月輪斜。氣無蔬笋詞稱妙（仲坊不茹蔬菜），理辨毫芒眼莫遮。邇日相看已老大，身名落寞未堪嗟。

入幕纔休更授徒，名山隨侍有清娱（携眷客晋）。依人未便非長策，歸夢還應嘆腐儒。佳句吟餘索客和，華筵醉後倩誰扶。回家不减疏狂興，莫厭飄飄雪滿鬚。

長鄉游倦好歸休，剛謝紅塵起馬頭。故國鶯花堪結契，舊交膠漆喜相投。凋零吟社難重續（向與仲坊、寶林、海林結吟秋社。今寶林已下世），風雨鄰村便逗留。擬補一樽申祝嘏，早除蔣徑待羊求。

亡妻十周忌辰有感

驚心烏兔去匆忙，鏡破香銷倏十霜。偶憶音容猶仿佛，自憐齒髮倍滄浪。物防觸恨常封篋，詩爲傷懷少悼亡（妻殁後，每欲賦悼亡詩，輒因心痛擱筆）。老泪久枯重掩袂，荒阡衰草又斜陽。

哭仲坊四首，即用其《五十自壽詩》元韵

黄金未鍍耻爲銀，皓首還同獻璞人。驥足固應馳熟路，稀膏竟苦運方輪。相逢努力猶頻勗，一别流年又幾巡。抱負如君今已矣，可堪策勵就衰身。

依人遠道屢辭家，僑寓京華去轉賒。輕弃故鄉□太朂，劇憐暮景已將斜。齊眉德曜悲長逝，露肘原思勉自遮。差喜鳳毛能繼武，九泉寄慰尚無嗟。

科名沾丐及生徒，奇字揚雄獨少娛。鑄錯未能書怪事，守株終老效拘儒。已聞麯蘗因痾戒，又説蹣跚藉杖扶。料得耽詩久成癖，蓋棺纔罷拈吟鬚。

吟秋往迹已全休，聚散茫茫一轉頭。險韵尖乂憐共叠，至交膠漆喜相投。别來懷舊詩仍寄，召去修文勢莫留。西北浮雲空悵望，撫棺一慟竟難求。

不　寐

爲愁愁多夜少眠，此心强制同枯禪。病軀睡易醒亦易，寒宵仍苦長如年。兩兒熟寐不忍唤，咍臺徹耳聲連綿。東窗冀早回日馭，羲和會意偏遲延。輾轉不覺萌故態，茫茫百感來紛然。剗除無計出下策，苦吟達旦煩言詮。

歲除即事

瞥眼殘冬忽又終，事當節近倍匆匆。積逋摒擋償還貸，餽歲紛紜西復東。愁見新春催老大，歡逢除夕看兒童。團圞幸遂庭幃樂，椒酒辛盤長幼同。

詩不盡作于吟秋社，而吟秋社詩爲多，斯集故統以吟秋名。廿年前，陶桴襄先生秉臬保陽，選刻《畿輔詩傳》，四出徵詩。時先集述已攜來山右，家無副墨，而在籍諸弟侄亦竟不知寄信索取，其爲失諸眉睫之前也。可知此述有生第一恨事，兹敬付剞劂，以俟後之采風者。

咸豐十有一年辛酉仲夏（次男煐述）謹識

紀熯述：三客亭詩草　卷一

題　畫

隔岸青山結伴尋，風光滴翠上衣襟。橋邊小立看流水，一夜知添幾尺深。

瓦屋鱗鱗入望時，空濛烟雨一圖披。帝城春樹迷離際，認取無聲摩詰詩。

題畫蝶便面

泥窗纔罷日將晡，朽麥生機事有無。惆悵賣花人去遠，閑將便面繪春駒。

手致翩翩想魏收，寫來猶自擅風流。故應金粉春風地，未許狂蜂逐隊游。

尋香一任好風吹，栩栩芳叢自不知。誰爲莊生工寫照，畫時猶是未醒時。

風花蹴起又清颸，著筆多已擅場。安用苦吟三百首，笑他謝逸是詩狂。

和伯孚兄《夜聞玉亭兄書聲》詩韵，即索玉亭和

燒殘短燭欲三更，屋角微餘月色明。好是夜深人静後，柝聲斷續間書聲。

故鄉耻不綉衣還，園肯輕窺止閑關。妒煞機雲好兄弟，百城高擁屋三間。（弟賓軒亦隨兄勤讀）

科名早晚事難期，千古文章心自知。好與阿兄同努力，關情最是杏花時（伯兄與玉亭約明歲同赴公車）。

古有囂囂一世豪，逃名猶自未全逃。書生解得三餘惜，幾見芙蓉不碧桃。

玉亭和詩不至，叠前韵促之

苦吟何事字頻更，緘口深藏計太明。果是寒蟬能閟響，過枝全不曳殘聲。

幾回挑戰幾空還，坐待降王自款關。傳語背城容借一，能來決勝鸛鵝間。

宿逋莫作隔年期，好把新詞寄我知。他日相逢應太瘦，吟安一字是何時？

平生也自負詩豪，筆陣如何弃甲逃？敢是三千年結實，抽思亦似種蟠桃。

下第有感

姓名早落孫山外，欲步青雲願已虛。運際屯如歡趣少，身從康了故人疏。幾曾枵腹成千佛，且把迷津問五車。自後芸窗須努力，未償夙債是詩書。

吴烈婦詩（烈婦，任丘人，姓邊氏，良人歿，經七日，赴蓮缸自溺死）

傳來苦節亦何貞，勿認尋常兒女情。義在自甘拼一死，緣慳原不恨三生。閨中私誓于今踐，瓮底餘波亘古清。最是從容人莫測，七朝心事幾經營。

心堅鐵石信非誣，誰謂天能奪妾夫？一自貞魂歸止水，更無人世隔泉途。懸崖撒手悲難挽，夜壑齊眉定不孤。身後浮名疇復計，可憐哀誄滿寰區。

達節不可企，守節乃其次。豈不痛殺身，求我平生志。吾邱吴烈婦，女德淑且粹。結褵未周年，良人見背弃。哀吟黄鵠篇，暗灑青燈泪。人情重别離，此别終天地。修短亦有命，怨咨將誰懟。顧此方寸心，難以死生异。女伴雖周防，妾心終不貳。瓮盎□寒流，貞魂長此寄。嗟哉七日中，了此同穴義。順受良獨難，捨生豈云易。慷慨復從容，伊誰有异議。况無事育累，孝慈兩不愧。一事足千秋，□待褒旌賜。（壬申夏，吾邱徵詩，先君爲作五古一首。又命余兄弟同作，先兄伯孚亦作五古一首，余作此三首，先君謂述古詩遜兄作遠甚，止將七律寄往。）

捕魚四首

携來笭箵月初明，舉網先聞潑剌聲。多少旁人翹首看，可知同此羡魚情。

星星漁火透微光，九罭分排水一方。隔浦遥聞人悄語，此爲河鯉此河魴。

烹魚酌酒醉苔磯，月白風清未忍歸。坐久渾忘天欲曙，忽驚泠露涴人衣。

此身只合著江湖，我是烟波舊釣徒。魚得筌忘成一笑，季鷹原不嗜蒓鱸。

下　第

不墜青雲志，青雲志又違。三年謀舉業，兩度困秋闈。衡鑒豈今爽，文章疑昨非。芙蓉開自晚，何事怨春暉。

懷從兄玉亭（時設帳全村）

征鴻嘹唳日斜曛，把酒臨風正憶君。旅食年來常作客，他鄉誰與細論文。相思不隔天邊月，异地同看日暮雲。料得秋根人掩卷，比來應亦悵離群。

伯孚兄生日，邀戈德健共酌

今宵景色最澄清，杯酒盤飧壽我兄。祝嘏陳言删欲盡，邀君相對話三生。

僧彌法護不聯翩，落魄如兄更可憐。差喜前身是明月，年年此夜十分圓（兄生以六月十五日）。

和伯孚兄黑侄生日詩韵

亭亭玉樹拂人長，汝是元方是季方？門第才華兩無愧，昔賢曾薄尚書郎。

開到芙蓉定幾時，埋頭擬采故山芝。所憐他日痴名剖，雛鳳高翔老鳳栖。

醉中口占

浮生何事苦勞心，春酒携來花下斟。若使多愁良亦得，杞人不死到如今。

和浣香叔見贈詩韵

蟲聲四壁總凄清，底事酸吟意不平？一種閑愁秋士覺，夢回傾耳到天明。

和浣香叔《歲暮》詩韵

孤懷難自遣，同病鎮相憐。侘傺嘗終日，蹉跎又一年。壯心消薄醉，愁緒入春眠。寄語酸吟客，搔頭莫問天。

授　　徒

韓子狂名在，皋比敢自雄。謬蒙推老馬，端爲重良弓。琴异成連妙，斤非郢匠工。勉承先學處，衹是與人忠。

教學斯相長，偕游翰墨林。好憑今日筆，爲度舊時針。隻字頻更易，終篇費苦吟。束脩携袖底，差异四知金。

館中即事

投筆知何日，甘心受墨磨。碑銘供嚮榻，文史足高歌。捷徑終南少，閑情硯北多。冬烘還自笑，生瘦爲吟哦。

地僻心常遠，身閑趣更真。詩書言外意，翰墨静中因。容少無須避，僮頑未忍瞋。風簾微動處，幽鳥似窺人。

長夏即事

閑中光景似山家，小院剛留一徑斜。粉蝶飛來遮不斷，繞階開遍鳳仙花。

虚窗時啓納凉風，烟景收來入畫中。一片雲從墻角過，豆花籬外雨濛濛。

由高川至韓家林

由高川至韓家林，舟皆遵道行，詢之，舟人云：路旁水淺，中道水深，而舟不膠也。又見水中有剥棗者，承之以薦，或誤落水中，以長柄小網攫取之。此二事余素未經見，聊以紀异。然即此亦足見余耳目之隘，足迹之不遠也。

王道由來如矢直，徑途隔水尚分明。前賢但説車同軌，那識舟行也蕩平。

一竿擊處網争先，水面平浮絳棗圓。深惜圖豳人未見，故應此妙不曾傳。

宿連鎮逆旅，三鼓後聞雨聲甚急，明日即八月初八也

旅館凄凉聞夜雨，寒生被底客先知。就中更有關情處，是我頻年辛苦時。

安陵道中

征塵重疊滿衣裳，行李蕭條意不揚。一事説來差不俗，疲驢背上看秋光。

送浣香叔之官嶺南，即用留别詩韵

古來至契説雷陳，膠漆情投有幾人？況是阮家咸與籍，分携那得不沾巾。

情傷哀樂感中年，同志何堪又著鞭。秋雁冷猿悲絶處，未曾入耳已凄然。

贈言莫惜語諄諄，從此交期失德鄰。他日重吟回首句（叔留别詩有“回首家山一悵然”句），嗟余也作异鄉人（余亦擬就職分發）。

昔日江山足勝游，登臨轉恐動離愁。遥知再到羊城郡，舊迹雖多意懶求。

好憑跬步問前程，無限青雲足下生。此是先人爲政地，部民再見要關情。

清貧況味我全嘗，負郭無田未足傷。但使循聲傳嶺外，娱

親勝著老萊裳。

明敏長才我弗如，芝蘭室近舊曾居。他時倘有離群過，藥石還資尺素書。

殷勤祖餞贈將離，握手何年訂後期。好是宦成同老健，重尋舊雨似新知。

以所用舊玉筆洗贈浣香叔，系以小詩

微物不堪贈，用助椽筆駛。他日倘見懷，濡豪詩滿紙。一片平生心，相期止如此。固知此中丞，不□貪泉水。

代柬答友人

學殖荒蕪被黜宜，勞君慰勉愧相知。清宵不作登科夢，近日慵裁下第詩。求可意人惟酒客，最關情事是花時。江山無限閑風月，不爲窮愁辜負伊。

冬　　夜

耗盡雄心氣漸平，無端棖觸百憂生。愁多自覺身如贅，鬱極何由夢得清。此際徒然慚腹負，當時悔不學躬耕。唾壺擊缺挑燈坐，喔喔寒鷄唱五更。

元宵踏月

皓月春燈一色明，踏歌何用避人行。個中冷暖渾難説，愛此冰輪不世情。

愛他三五桂芬芳，到處相逢不改常。試看春燈有明滅，何曾一例展清光。

冷淡生涯我自知，孤踪原不與人期。長歌待訴何能訴，静對金波有所思。

所思何在在天涯，欲寄郵筒路轉賒。翹首嶺南一惆悵，遥山多被斷雲遮（謂浣香叔）。

嶺南河北馬牛風，更有天涯咫尺中。昔日蠹魚今脉望，可能還憶舊書叢（謂玉亭兄）。

雌伏雄飛兩不謀，欲圖快聚竟無由。故鄉月色明如許，更覓何人續舊游？

燈謎離奇作意猜，酒酣射覆幾千回。再彈此調知音少，獨向村南步月來。

冶游人已散如烟，獨立蒼茫思悄然。信步歸來餘興在，光盈書幌月中天。

七夕戲作

枉是孫行不見憐，佳期雖近渡無船。良緣隔斷盈盈水，止爲曾逋十萬錢。

服箱儘可涉潺湲，鞏石成橋亦等閑。一笑牽牛竟何事，却資凡鳥作他山。

離愁兩地似絲牽，仙鯉難憑尺素傳。邇日報章應更少，支機石已贈張騫。

事有明徵未一思，世間兒女太情痴。自家辭巧由人乞，可是神仙好別離。

甲申祭竈後二日，接浣香叔寄余兄弟書，時阿兄物故已四閱月矣，百感茫茫，一時俱集，揮涕書來函上

阿叔宦東粵，遺我尺素書。書到未即發，對之先踟躕。憶昔聚桑梓，舊雨三人俱。別來止年餘，阿兄影遽徂。箎在塤無聲，失侶原鴒孤。諦彼緘上字，并署大小蘇。豈伊屋梁月，入夢今猶無。揮涕啓緘視，字字鮫人珠。傾吐苦難盡，肝膽非輕輸。心交念車笠，鄉思深蓴鱸。古誼邁時輩，雅抱真吾徒。寄言明年春，奉檄趨帝都。賢勞葳王事，迂道還舊廬。樽酒話壯游，勝迹張番禺。把晤幸有日，書到應歡愉。詎知未兩載，人事滄桑殊。曩與阿叔別，別緒長縈紆。默念倘再逢，此樂當何如！吾願今幸償，風景非復初。造物固忌盈，遇事多乘除。親知偶然聚，自分非華膴。何意坎壈人，并此集于枯。觸境感同胞，老泪盈襟裾。掩書不忍讀，讀恐增唏歔。

果是天涯若比鄰，致書猶自意諄諄。那知明歲還鄉後，追憶前年少一人。

長言累幅嘆生離，死別如今更可悲。聚樂圖從何處繪，傷哉分手易前期。（叔嘗欲倩畫工繪二三知己于一圖，看花、飲酒、覓句、

敲棋各從所好，名曰聚樂。）

題　落　卷

餘論雖然惜齒牙，先生目未罩紅紗。嗟余不復趨秋賦，辜負丹鉛逐句加（頭場三藝皆閱竟，間有加圈處）。

寓褒寓貶莫能知，皮裹陽秋一字師。妙語總難顛撲破，更無人解辨雌雄（試帖判一平字）。

食蟹自嘲，時余以副貢就職州判

空有文章兆，將糖擾不休。官卑人莫忌，何似作監州。

戈德健移館村西，地頗邃奥，意欲相訪，足爲趦趄，因作此招之

也知止在此山中，無那尋君路不通。始信仙凡原兩境，蓬壺果有引船風。

玉趾曾勞款敝廬，向來蔣徑未全蕪。音傳空谷跫然喜，今雨能如舊雨無？

次戈德健見示原韵

大德愧有容，硜硜斗筲量。以此迕世人，與人意不當。君獨鑒愚誠，謂非未信謗。蒭蕘詎足采，或取匹夫諒。知己一不

恨，孤懷復何悵。拂几展君詩，琳琅紛在望。

邀德健小飲，德健詩適至，依韵和之

心已鴻毛萬事輕，惟餘戀戀故人情。貰來濁酒拚同醉，閑煞群奴不問耕。

村醪何似步兵厨，苜蓿登盤飯一盂。别後不勞相問訊，羊蹄踏破菜園無？

階畔梅棠二株半開，詩以寵之，邀戈德健同作

二三曲徑往來通，無限春生小院中。昨夜海棠初吐萼，番風吹透椏枝紅。

錦城名重信無慚，穠艷尤宜蕊半含。好取護花鈴緊繫，知他春睡正沉酣。

綽有餘妍别樣嬌，差殊杏憨與桃夭。試看微雨新晴後，紅濕枝頭色轉饒。

每到開時引興賒，麗情何遽愧詩家。少陵也有疏慵處，未必無心賦此花。

德健和詩至，叠前韵酬之

却掃閑居學敬通，晝長人似坐壺中。使來快睹新篇麗，初日芙蓉一色紅。

雅奏相酬我倍慚，幾番華咀幾英含。逼陽勝恐傷君武，非

敵云何戰亦酣。

祇緣花似美人嬌，與木殊喬草异夭。捻斷吟髭知幾許，原來一字不輕饒。

怕君詩債不容賒，公膳休嗤賣餅家。擬就先生乞餘慧，可能丐我筆生花。

再叠前韵酬德健

鑿幽縋險路開通，意匠經營慘淡中。讀罷君詩心已醉，春潮早向頰邊紅。

都鍊京研對此慚，彩毫何用邈然含。知君特具兼人勇，五岳摇來興總酣。

二月芳菲未是嬌，心花怒發乃夭夭。驪珠恨已歸君握，空使豐干舌更饒。

郵筒往復寄情賒，元白齊名古大家。我輩耽詩有成例，何妨忙遍一春花。

固　窮　篇

我聞顔氏之子在陋巷，貧不改樂何其賢。又聞踵决肘見原子思，非病不受時人憐。小子何敢謝不敏，希踪往哲思隨肩。日來何爲意戚戚，外緣無奈俗累牽。嗷嗷待哺苦不給，家徒四壁囊無錢。况復催科有功令，邑侯安肯容遷延。饔飧偶缺事猶細，租税未納心惶然。昂頭向天忽大笑，世間萬事當隨緣。且典春衣應徵比，閉關高枕蘧蘧眠。周利未如周德樂，愁城豈是金城堅。尚友古人苟無愧，何傷坎壈終身纏。所憂在此不在彼，一切世味皆應捐。君不見，古來豪富豈云少，五陵甲第如雲連。裘馬鮮明耀白晝，珍錯飣餖充華筵。大陵名歌北里舞，漢女擊節巴姬弦。堂上一呼下百諾，煊赫直埒王侯權。取多用宏盛意氣，對人哆口誇二天。富貴榮華有時盡，一朝變滅隨雲烟。

兄子堪恒生日，作此示之，時阿恒年十有一

汝祖修文行，庭聞汝父邀。後生良可畏，舊德未云遥。莫昧懸弧義，無爲配韘驕。古人端始教，遜志在垂髫。

同此箕裘緒，欽承有後先。憐渠生太晚，愧我教多偏。慧喜書能讀，孤防性易遷。所期從簡諒，肄業繼前年。

負郭田無幾，傳家止舊書。百年真一瞥，萬卷寄三餘。畫虎余滋愧，登龍爾莫虛。先人賫志殁，好爲賁門閭。

汝固無兄弟，寒門獨爾當。持身須謹恪，立志要堅强。繼起承家學，聞知足義方。青雲思早致，痴叔日相望。

代明三叔祖賀玉亭兄生子

石麟遥慶屬吾家，將意無多寓望奢。此日贈綈良自愧，他年衣錦定堪誇。出藍袍染初春柳，賜紫人看上苑花（叔祖贈以藍紫繒各一端）。欲與後來作佳話，微吟不覺手頻叉。

寄懷劉鼎占、聘三兩內弟

羨君兄弟致翩翩，法護僧彌一例賢。季子知名從早歲，中郎嗜學自窮年。及門吐鳳才何富，結社探驪句欲仙。好是葛巾新漉酒，黃鷄紫蟹九秋天。

故人携手悵無由，咫尺天涯風馬牛。彈指三年成闊别，凝眸一望正清秋。諮詢踪迹憑來使，邂逅京華憶昔游。好把溪藤寫新句，郵筒寄我畔牢愁。

九日小飲，次戈德健韵

賤子固不希和光，使氣傲物吾何嘗。不知何故厭俗客，私心尤薄今之狂。惟我與我周旋久，孤懷遑恤兹多口。無聊時一中聖賢，此中佳趣君知否。陶然徑醉空藩籬，玉山恰似將頹時。老子此樂古未有，二豪侍側何其痴。君不見，古人萬事能無愁，富春江上披羊裘。我輩但須位行素，酒酣且看黃花去。

前邀戈德健嘗酒，酒苦薄惡。今新釀又熟，較前差勝，復邀與同酌

君昨過我醉黃花，酒興既動詩情賒。平原督郵誤人事，相對幾效於陵哇。乘興而來敗興返，虛聲鼠璞人争嘩。君歸料難免惆悵，我愧早自頻嗟呀。萬事成毁如轉轂，千里謬止毫厘差。孟明若殉拜賜耻，秦晉之戰終彭衙。有志竟成貴勇敢，胡爲瑟

縮同寒鴉。況復討論异草創，覆轍尤易懲前車。蘭亭初寫偶奇絶，後來居上多堪誇。我今作意釀新黍，如琢璞玉攻其瑕。雖遜中山古醇酎，較之前者已可嘉。東籬菊英開次第，西風雁陣吹横斜。對此頗能助吟興，竭來一掞詞條葩。羡君早有江令筆，笑我苦嗜劉邕痂。醉後詩腸生芒角，揮毫書勢疑驚蛇。泉涌風發興莫遏，狂歌有似漁陽撾，俄頃大醉眠瓮底，華胥國樂真無涯。醒來相視同一笑，薄薄之酒良勝茶。

十二辰詩

鼠肝任運羞牛後，畫虎無成禿兔豪。學作龍屠何所用，添來蛇足亦云勞。塞防失馬羊迷路，棘可爲猴鷄累刀。狗監不逢楊得意，時名擬托牧猪逃。

春暮懷戈德健

一别斷消息，相思無已時。蓬荒今雨徑，花發去年枝。客况應耽酒，春愁定寓詩。浮踪果何似，爲報故人知。

咏藤花

藤花滿架鬥芬芳，簇簇繁英冉冉香。笑煞鷄冠渾不似，如何方得紫羅囊。

秋晚雜興

人説春花艶，我覺春花俗。黄菊淡無言，徘徊看不足。落葉滿階除，蒼頭慵不掃。忽聞嘹唳聲，鴻雁歸何早。我自寫蘭亭，阿咸披卷讀。課程粗畢時，適報晨炊熟。後生請學書，波磔須相示。指畫既分明，塗鴉數行字。密諦契真如，逃禪日已久。心清聞妙香，數卷楞嚴後。地偏酬酢稀，習静門常掩。偶值素心人，無妨供給儉。故人尺素來，也道離群苦。悱惻感余心，悵然懷舊雨。硯經蘇米評，印鏤冰斯篆。苦茗半甌餘，對之聊自遣。

歲暮書懷

搜盡空囊歲欲闌，羞將長鋏對人彈。家貧多債禪機擾，室静凝寒酒户寬。萬事塵勞成畫餅，百年身計困儒冠。固窮正坐謀生拙，敢詡清修比范丹。

丁亥冬杪讀邊隨園先生《自警詩》，戚戚心動，率成四首，謂繼芳躅，余謝未能，謂拾唾餘，亦所弗屑，要之春鵑、秋蟀兩不相謀，各鳴其不平云爾

日讀古人書，遺編但墨守。經訓炳日星，何處容置口。史册藏名山，詎曰牛馬走。我豈不自量，貂尾續之狗。所怪下筆時，奇語頗自負。那知驪淵珠，早落古人手。因兹每發奮，陳

言耻覆瓿。緘口吾所甘，慧不拾牙後。

貧者士之常，士不以貧重。富苟能好禮，何必遜屢空。稍稍知自愛，怨驕兩無用。小人窮斯濫，爲難耐饑凍。我讀數行書，此事豈從衆。肆然鳴其高，何异鷄舞瓮。雄雉之卒章，奈何終身誦。夐哉原子思，振襟歌商頌。

理欲相倚伏，時時用自省。利己而損人，此念固不騁。克伐怨欲心，保勿滋俄頃。所貴有定力，制之以剛猛。勿徒作大言，信心氣粗獷。亦無少自恕，遺慚在衾影。希聖未易言，見賢庶引領。思無忝所生，寤寐心耿耿。

憶自壬戌秋，慈親見背弃。我父年已衰，教養靡弗至。孔懷無多人，我與我兄二。雍睦體親心，頗無鬩墻事。傷哉父云徂，兄又歸丘隧。天倫抱深痛，念此時揮泪。一編付阿咸，勉使承先志。他年幸有成，即此稱錫類。

咏雪依禁體

撲面風如割，雲垂雪滿天。徘徊纔入隙，委積忽連阡。沽酒愁無路，烹茶喜代泉。惜分資照讀，盈尺卜逢年。漠漠飄難定，霏霏劇可憐。爬沙疑水際，折竹聽窗前。舊戌知增感，新詞合騁妍。花光庾嶺畔，詩思灞橋邊。濯魄肌同砭，凝眸眼欲穿。千山迷鳥道，一縷濕炊烟。門外人齊髁，軍中馬没韉。攲斜東郭履，欸乃剡溪船。淡味蘇鄉囓，清吟謝傅聯。圍爐寒莫禦，閉户卧彌堅。未覺凝陰固，方欣熱念捐。抽毫依禁體，白戰擬争先。

掃 雪 烹 茶

消渴文園病欲蘇，瓊瑶滿地喜平鋪。小齋自理煎茶具，遠道無勞調水符。盎□鶴毛融瀝液，鼎浮蟹眼瀉醍醐。啜來半盞饒詩思，金帳中人可是粗。

過高陽拜孫閣部墓

千章老柏遠相環，靈爽洋洋墓道間。碑版憑將心事白，土花猶帶血痕斑。平生憂國真梁木，一死如公重泰山。允合褒忠昭定論，城南祠祭歲時頒。

戊子元夕保陽看燈

名都佳節重元宵，爆竹聲喧燭影摇。行過通明三綽楔，幾家夜宴沸笙簫。

幾番笑語往來頻，寶馬香車踏軟塵。我有俗情無冶習，看燈不看看燈人。

妓 席 二 首

未諳作戲忽逢場，暫遇摩登料不妨。莫怪品題多欠的，九方無意辨驪黄。

自是狂生意氣粗，伊人未必濫吹竽。可憐先犯號呶戒，辜負歌喉一串珠。

冬烘嘆（并序）

四十三初度，妻孥置酒壽余，默念一事無成，老忽將至，舊交零落，興致蕭然，俯仰今昔，感慨係之，頹然徑醉，率爾書懷。

冬烘先生少過從，寂處不與人相通。手把一編塊然坐，不知外事心無懵。年少名流競追逐，漆膠同固蘭同馥。顧此頭顱先自憎，逢人離立慵投足。憶昔冬烘少壯時，也曾文酒多相知。留客圍棋消永晝，分曹射覆非夷思。長楸并轡春調馬，小閣分題夜賦詩。莫逆不妨相爾汝，莊言時亦交箴規。喁于唱和同聲應，伯仲壎篪取次吹。舊日交游今在否，先生老矣憐者誰？嗚呼！先生胡不富？多財人納交。先生胡不貴？權門如市囂。爾既不富不貴矣，謂爾幸有年可恃爾。胡爲者增爾齒？是爾之可厭者既多，而爾之自取人厭者乃又有加而無已。自非爾之舊交念爾轗軻戀戀有故人之情，其又疇能爾喜？嗚呼！君不見，四時之序成功退，大化如斯安可背。况爾壯也不如人，老思馳逐庸非悖。從茲暮景更飛騰，慎勿混迹明賢隊。

讀先君子詩

曾記趨庭日，親將秘鑰傳。即今通謦欬，含淚讀遺編。

書先兄詩後

寥落無多筆，年深恐就湮。阿咸憑鄭重，手澤尚如新。

將赴廣陵留別蓬山大弟

饑寒迫我向天涯（擬由揚赴粵），臨別無言止嘆嗟。敢信遠游非左計，若教得已肯離家。一身任運縱難定，八口縈懷鬢欲華。但是累君君鑒照，相依無輔不成車。

囑戈德健課恒侄讀書并留別

面友世豈乏，惟君知我心。詛非三物出，交已十年深。阿侄今相累，先兄嚮所欽。瀕行猶切囑，要使惜駒陰。

南行寄感（自此二首，至倉頡墓一首，名《南游草》）

樗櫟何能冒梓楠，當年痴夢太沉酣。如今一戰羞重借，槐著黃花我獨南。

好携布襪與行縢，待踏金焦最上層。此去孤踪何所似，飄然雲水打包僧。

濟南八咏

匡　　山

青齊孔道出匡山，蒼翠嵐光咫尺間。爲有謫仙讀書處，匆匆不欲遂登攀。

趵　突　泉

三泉噴薄水中央，突出波心二尺强。不與百川争學海，獨標新意學瞿塘。

秦胡公舊宅（今爲刹，名五龍壇）

空勒豐碑記姓名，室廬非復舊檐楹。階前剩有潺湲水，曾爲將軍洗甲兵。

鵲　華　橋

鵲華橋上看秋暉，無數青山郭四圍。多少游人從此過，紛紛携得芰荷歸。

大　明　湖

晚凉恰好趁秋初，一葦延緣縱所如。迤北舟行三里許，藕花深處看罾魚。

古　歷　亭

髡奭争誇辨士雄，雕龍炙輠利談鋒。即今聚飲亭中客（時有數秀才飲酒縱談亭上），獨有當年稷下風。

鐵　公　祠

祠宇經今幾度修，尚書義烈炳千秋。知公有恨銷難盡，檻外平湖慘不流。

匯　泉　寺

日斜返棹興悠然，古刹沿流到匯泉。載得月明歸更好，不妨稍待釣魚船。

過泰山作

我行歷東魯，驅車泰山陽。登覽既未暇，諦視何能詳。幸此拔天勢，不使真形藏。諸峰亦峻聳，巀嶭森巒崗。對此藐然小，僵卧如群羊。萬物無定形，此弱由彼强。無佛易稱尊，斯語非荒唐。懸知最高處，呼吸通天閶。膚寸族雲氣，群帝驂龍翔。何當造顛頂，下視河流長。四表氣澄霽，九點烟蒼茫。東溟在指顧，海色凝清光。鷄鳴看出日，羲馭升扶桑。放眼塵界外，壯觀當异常。惜哉税駕晚，旅況多蒼皇。懷抱鬱不舒，中夜起傍徨。凌晨拼一往，僕夫促治裝。匆匆遂發軔，此願何時償。車中一迴顧，岩岫雲荒荒。

經羊叔子故里（地名羊留店，屬新泰縣）

君若酖人豈德攻，兵家何必不儒風。輕裘緩帶渾閑事，好在甘爲折臂公。

新泰道中山行遇雨

車馬都煩殆，陂陁載驟駸。村烟隔樹遠，人語入山深。亂石述行迹，浮雲感客心。晚凉衣袖薄，愁絶雨涔涔。

旅夜（是日宿寶德店）

逆旅人皆睡，通宵我獨醒。蟲聲秋唧唧，燈火夜熒熒。静數樵樓鼓，頻看碧落星。鷄鳴車已駕，又過短長亭。

自界牌冒雨行二十里至垛莊

廡下知難寄，誰悲失路人。巑岏亂山裏，急雨促征輪。

渡　黄　河

我家瀛海河之壖，九河既徙成高原。滹衛二水順流下，東趨溟渤無激湍。澎湃洶涌勢較大，日所經見惟桑乾。今渡兹河爽若失，中流叫絶呼大觀。連天高浪似山涌，挾沙急溜如雷喧。

呺然萬斛臣艦駛，眇若一葉洪濤翻。平生所歷數百里，蹉跎已過四十年。蛙居坎底鷄舞瓮，何由使我開心顔。一旦睹此覺神王，壯懷欲共雲霞軒。我聞長風破浪宗元幹，中有抱負非大言。又聞昌黎文章起八代，百川手障迴狂瀾。二子不作我誰與，奇踪又欲追張騫。千里一曲還一直，色白想見昆侖山。何當就覓支機石，乘槎西上窮其源。

舟行入高郵境遇順風

一帆風起急相乘，回顧居人唤不應。五两高懸指牛女，三千遠擊擬鯤鵬。沿河水驛迷臨澤（舟行湖中不由河道，水天一色，浩無邊際），筐地濤聲接廣陵。此處原來不及泊，無勞姓字問張憑。

梅花嶺史閣部衣冠墓

衆力憑誰指臂收，高劉争據古楊州。早知僚佐無同德，自信將軍有斷頭。恩遇原非私福邸，師傅幸不愧浮丘。忠魂招得知何處，香月梅花土一抔。

由小紅橋泛舟至平山堂

一溪烟水蕩蘭橈，泛到楊州廿四橋。貪與同游人共話，舟行半晌不知遥。

秀木千章竹萬竿，家家水榭繚朱欄。荷風十里輕舟過，認取淮東第一觀（壁嵌石刻“淮東第一觀”五字，蔣衡書）。

平山堂下桂交柯，堂上留題字擘窠。千古風流誰得擅，前惟六一後東坡。

舟中携有煎茶具，來試人間第五泉。小憩移時尋舊路，橹聲衝破一溪烟。

客窗感興

垂老無端作遠游，蕭條客况感深秋。關山迢遞家何在，書劍飄零我欲愁。酒力難勝思卧簟，鄉心易觸怕登樓。多情最是蕪城月，時送清輝到案頭。

憶阿侄黑官

阿侄分携後，經今兩月餘。痴頑知更甚，程課近何如？跬步常依我，關懷豈忘渠。路長魚雁少，闊絶伏波書。

八月十五望月在廣陵作

故鄉同此賞中秋，香霧清輝一段愁。明月二分雖信美，楊州那得比鄘州（此七字乃二十年前舊句，已不復記憶，今作此詩忽赴腕下，天然湊泊如逢古人，豈古人所謂詩讖耶）。

大　紅　園

名園無處不烟霞，罨畫溪山錦綉花。漫怪游人少題咏，曾邀宸藻賜褒嘉（湖上諸名勝，惟此處御題最多）。

桃花庵

禪房十笏偶相尋，曲徑通幽花木深。苦茗一杯留客話，山僧也自愛清吟。（上人獻茶意頗殷勤，後聞係詩僧，惜未能與多談）

瑞芍亭

性好探奇願不違，一聲剥啄啓雙扉。階前芍藥今無數，可有當年金帶圍？

尺五樓

指點前溪豁遠眸，那知隱秀費窮搜。瀾迴岸曲疑無路，突現奇觀尺五樓。

小金山

乘輿尋幽到此山，纔知緩步有躋攀。下時却异登時路，繞出墻西一徑彎。

法海寺

石臺高處是僧居，僧懶無人擊粥魚。聞木樨香悟無隱（寺中桂樹極多，香聞數十步外)，我來却得契真如。

題楊關樓壁

長淮樓下流，是我來時路。羡煞一帆風，扁舟東北去。

同莫星符過妓翠玉家

冶游肯學野鴛鴦，選舞徵歌計亦良。免俗未能聊復爾，醉翁意不在壺觴。

代莫星符作

爲尋佳麗到平康，綉幕低垂未卸妝。春色撩人心欲醉，名花不及綺羅香。

散步萬花村看菊

村外樹翻紅葉，籬邊菊有黄華。一抹秋烟如畫，酒帘幾處横斜。

老圃秋英綻蕊，幽芳晚節含香。昨夜滿城風雨，原來時近重陽。

爲人題扇上桃花

東風曾記下成蹊，花外高鬟立共齊。今日披圖生遠想，漁人又到武陵溪。

又代召棠叔題二十字

能開頃刻花，不藉催花鼓。着手即成春，儼如含宿雨。

登蕃釐觀彌羅寶閣

邗上蕃釐觀，瓊花舊有名。天葩空想像，寶閣此峥嵘。日傍檐前落，雲從檻外生。憑高窮遠目，南望大江横。

過勾欄二首

一曲清歌一盞茶，燈前含笑撥琵琶。夜來船過珠簾卷，門巷依稀是這家。

非關子野乍聞歌，我自含愁唤奈何。閉目不窺良亦苦，笑他公案宋人多。

九日登天□[①]寺三層樓

异地獨登高，思鄉意鬱陶。去年當此日，菊徑正持螯。

游金山作

層巒聳翠江流中，往往欲濟愁天風。豈是石郵大多事，仙境未許塵寰通。玉樓金闕疑蓬島，晴日看山山更好。有時苦被濕雲遮，坐使游人增懊惱。我今濟江江水恬，舟行不復愁遲淹。更喜快晴收宿靄，隔江已見山之尖。衡山之雲馬當水，精意感通原至理。鯫生庸陋愧古人，昭格胡爲至于此。念我平生苦好奇，杖錢蠟屐耽游嬉。迂癖每遭俗眼白，或者神意憐其痴。樹杪巉岩緣絶磴，山腰擊戛聞清罄。萬花環繞路全迷，一綫旁通人入勝。裴公洞外古浮圖，形勢嵯峨危且孤。拾級獨先造顛頂，凝眸但覺來清虚。試從雲表一回首，如此大觀未曾有。閑憑雕檻數千帆，頓覺俗塵空五斗。丈室僧烹第一泉，醍醐灌頂風泠然。行到髯蘇留帶處，曠世如見峨眉仙。東望焦山在指顧，招提北固餘甘露。乘興扁舟欲往游，同人苦道天將暮。世間凡事宜留餘，望蜀貪心須自除。勉諾此言理歸棹，勝游他日容徐徐。

---

① 詩作于扬州，扬州有天寧寺，故疑爲“寧”字。

渡揚子江

向見秋江圖，未睹江流駛。波濤澎湃聲，披卷已在耳。今爲汗漫游，平静乃如此。意謂聞過情，舊傳都謬矣。日昃游興闌，歸楫從容理。櫓柔快且輕，岸近尺有咫。方欣斜照明，頓覺微風起。俄頃地籟鳴，萬竅號不止。驚浪猶雷奔，目駭難逼視。我舟入港中，檣碇差可恃。猶自愁長年，各若窮于技。回看江上船，其危且倍蓰。邪許聲震天，飄蕩葉在水。托命于波臣，死生一間爾。登岸心悸然，稍定整行李。乃悟輿地形，固非錐能指。四瀆首見推，古人良有以。

發　廣　陵

歸人恰似倦飛還，豈憚長途跋涉艱。底事縈心時耿耿，回頭衹恨負焦山。

邳州早發

久客意懷歸，宵征馬似飛。一□秋水净，幾點曙星微。霜重全沾草，風寒欲透衣。疏燈逢酒舍，暫駐扣柴扉。

過二疏故里（地名托泥溝，屬嶧縣）

君賜頒來養老臣，衹宜置酒召親賓。先生作計非全拙，别有清修遺後人。

韓莊道中（自此入山東境，以南皆江南境也）

來方愁暑熱，歸已怯風凉。渚白蘆飛雪，林紅柿染霜。秋深返鴻雁，日夕下牛羊。久役雖勞困，行看近故鄉。

楚霸王墓，用逆旅壁上詩韵（在東阿舊縣）

叱咤喑嗚氣自雄，楚歌遽起漢軍中。褊心止有坑降卒，大度誰能烹太公。此日走磷衰草白，當年逐鹿戰塵紅。拔山一操堪千古，獨步何曾讓大風。

倉頡墓（在新店，屬莊平①）

昔聞邃古時，結繩民自理。悶悶復□□，摽枝野鹿耳。刀筆泣鬼神，小技何煩爾。造化泄苞符，從兹多事矣。吁嗟乎！黄帝史。

① "莊平"，應爲"茌平"。茌平，縣名，屬山東省聊城市。

迴 文 詩

琉 璃 燈

珠光夜吐乍昏黄，魄濯清輝素月凉。殊製巧時空障蔀，幗紗静影照虚堂。

自 鳴 鐘

縈紆一索急環循，曲曲腸迴幾轉輪。鯨吼乍移磚影細，清時驗候氣調均。

祭詩（并序）

余素好爲詩，而性頗疏懶，故雖時有吟咏，然甚寥寥。今歲游揚，足迹稍廣，得詩較多。時值除日，援古人成例取酒脯祭之。

寒盡歲將改，四壁殊蕭條。顧此短長什，爛然盈一瓢。取酒對之祭，琴几羅山肴。厚施不圖報，末俗庸非澆。我固窶人子，君托忘形交。緣肯得得來，用敢頻頻招。當其視莫逆，興薄秋天高。誰云閬仙瘦，不作元龍豪。既而默默思，徒自煎其膏。鴻篇與鉅製，漢魏迨六朝。雅音盛開寶，餘韵追風騷。後來體雖薄，分道猶揚鑣。代各占數公，豈曰人寥寥。爾我與之比，九牛中一毛。胡弗各自量，藏拙聲潛消。見請君即至，奔命無乃勞。我痴君更痴，奚以辭詼嘲。君意亦良厚，顧我猶漆膠。當由夙所契，未忍輕相抛。謂詩能窮人，賤夫舌自饒。我命賦于天，權豈君能操。至云窮後工，理則真無淆。我决不爾怨，爾幸無我驕。今我窮已極，厚賜當頻叨。所得定奇絶，況復經推敲。有求不我應，責望君難逃。我雖非達士，頗亦形神超。富貴儻來物，久已安所遭。但有驚人句，窮達均囂囂。任得不任怨，何事忘久要。君其常過從，勿被人言撓。倘云避疑謗，齷齪非吾曹。

除　夜

晚節定何如，無聞四十餘。流光真易逝，豪氣未全除。百志何年就，三陽此夜舒。殷勤辭舊歲，又到履端初。

寄懷召棠叔

聚處經年歲，交從遠役深。知人何太晚，佩德到如今。仕路雖多梗，書生獨此心。相期貞素履，且莫計升沉。

過郡城值歲試

昔日熱游地，如今經過稀。□歌仍似舊，門巷半疑非。文戰酣何補，心期老更違。故人從此别，一一耀輕肥。

長歌題乩仙所書《霍紅玉傳》（仙爲鍾少蘭，降壇高陽韓虞封家）

智欲園，行欲方，有時相濟時相妨。變起倉猝禍不測，此間豈復容商量。古來幾人能辨此，男子且難況女子。可憐慷慨復從容，費氏同時有霍氏。費氏隸宮闈，霍氏出寒微。窮巷與永巷，理一迹則違。在彼猶有報恩意，此則視死真如歸。當年賊擁黑山衆，突入京師殷雷哄。漁色直到賣漿家，賊之黨與肆桀宋（賊姓宋，名大器）。事急矣，當奈何？老親雙鬢皆皤皤。成竹在胸不再計，笑談中已藏兵戈。賊意如飄風，賊勢如虓虎。任風揚沙虎負嵎，彼直玩之在掌股。謂賊且勿嗔，妾何惜此身。一夕百年莫草草，設筵沽酒難辭貧。賊不食，覺可异，賊不飲，安得醉？不食不飲懷戒心，英雄幾無用武地。慘淡經營腸九迴，勝算突能攻不備。連呼有賊未絶聲，快哉大憝成鯢鯨。彼賊是虚此賊實，東聲西擊真奇兵。何意彼婦口，致不保身首。雙親幸得全，一死余何有。命雖如絲，膽猶似斗，英風千載凛如生，白骨九泉長不朽。費名彰，霍未詳，二百年事淪微茫。義烈有顯有不顯，何以撍拄名教維綱常。正史缺，存野史，國書稗官皆軼矣。豈復猶有可傳理，那知冥漠有鬼神，爲發幽光叙端委，人不能傳神鬼傳。費霍從兹堪媲美。乩筆不留字數行，泰山竟作鴻毛死。噫嘻哉！博浪鐵錐不建勲，荆卿匕首徒紛紜。女子何能遽如許，式憑或是周將軍。吁！式憑或是周將軍（事具傳内，文繁不録）。

余蓄硯山五，更番置几案間，頗有奇趣，因戲爲品目，各系以小詩

翠微千叠

融結僅一卷，雄削乃如許。學山不至山，是則天限汝。

小平遠（一名雲卧八極）

雲峰忽飛來，案頭見平遠。藴藉有如斯，石友得恨晚。

石　帆（一名片雲）

細雨隨春帆，扁舟聲欸乃。此意何處尋，袖中有東海。

雪　岩

買石得雲饒，雲散餘微雪。請從石兄游，吾中不復熱。

縹緲峰

亭亭三兩峰，其勢何縹緲。汝幸不能言，無妨獨矯矯。

次凝圖兄《分餉藤花》原韵

清味勞相餉，分來架上花。幾莖和露摘，一路趁雲遮。助飽何須粒，餘香不藉茶。婁鯖應遜此，嫌出五侯家。

清晨微雨，次戈德健見示舊作喜雨詩韵

黄梅節已近清和，疾雨飄風候早過。五色雲猶屯瀝液，兩歧麥似涸潛沱。淹萋幸賦何傷晚，沾灑如期惜未多。安得一犁甘澤溥，栽秧處處聽新歌。

檐溜聲停雨歇時，山雲猶積欲歸遲。階前帶草齊如剪，園内茶槍展作旗。無數農人憑慰望，由來嘉澍解催詩。行當畜極終通候，乾鵲無爲噪滿枝。

印册偶置窗間，歸寢後爲驟雨沾濕

竟日紛披手不停，携觀最愛近疏櫺。那知卷掩三更後，雷電居然下六丁。

夾　竹　桃

兩美能兼擅，標奇衆卉中。竹桃皆略似，花葉不從同。旁引交加翠，顛垂爛熳紅。自非雙管下，摹寫苦難工。

茉　　莉

此花合號小南强，尤物天生特异常。但到半開驚的皪，不須昵近覺芬芳。淡妝匀拭何郎粉，暗麝輕飄賈女香。百卉相形多見絀，無情正坐太矜莊。

長夏無事，臨池之餘閑涉史書，心有所觸輒綴數語，日以此自課，幾忘溽暑之鬱蒸也

晝寢初興日影遲，北窗時有好風吹。爲憑何事消炎夏，兀坐閑吟數首詩。

布衣老大故人疏，誰與周旋架上書。尚論千秋知當否，贅言却不是憑虚。

咏史（計一百四十九首①）

孟姬讒趙氏，獻子能違兵。勿使爲善懼，一語全世卿。居心既忠厚，持論尤和平。福澤綿奕世，久久彌峥嵘。三却一朝尸，欒氏終于盈。誰謂報施爽，響急常隨聲。

下策爲狙擊，猶能脱大搜。何論借前箸，即此見留候。

漢削七國權，吴楚遂蜂起。反形具已久，勢豈能中止。誅錯特其名，意原不在此。咄哉彼袁盎，必欲擠之死。錯死不罷兵，何以謝天子。無爲快私怨，賊刃行及爾。

東閣招賢俊，平津相度恢。一從爲布被，轉畏故人來。

---

① 应为一百四十八首。

廟堂决策建奇勛，廢立終嫌是創聞。正論自非出屠伯，何人敢議大將軍。

劉輔從輕典，朱游獲考終。兩番調護力，殊有大臣風。

案牘牽連不過誅，隕身天禄抑何愚。末年却又貪生甚，甘署頭銜莽大夫。

爲學守正道，事君敢阿順。鄭興與桓譚，讀經不讀讖。

公孫求賢剔岩藪，鴆毒預賫一杯酒。徵辟如斯古未有，賢者死不喪所守。刺殺來岑盜中狗，此輩偏爲效奔走。漢兵又來能禦否，吁嗟井蛙真小醜。

丈夫未可辭固窮，功名多在失意中。人生無地無建樹，何必定遇鴻毛風。但使自信不無具，盤錯正可資磨礱。歷試諸艱亦良得，怏怏失意非英雄。君不見，虞詡張綱時莫容，置之危地環而攻。微特矢石免傷害，斬俘安輯收全功。

蜚語中正人，章奏誰親寫。賊冀爾何尤，季長固儒者。

三公廉直歸名士，五百誰言索價多。少靳便當累千萬，不知銅臭更如何。

食雁爾爲誰，潛夫我心折。不須附黨人，此處真豪杰。

勢窮歸帝號，奇貨欲誰貽。弟已家天下，阿兄好自爲。

貢死權非昔，猶思報貢讎。徒言明賞罰，奴客又何求?

欲戰衆所同，勸降昭則獨。學識鄙如斯，宜其輕魯肅。

雅量醇醪重，奇功赤壁收。閑情還顧曲，儘汝古風流。

秋風五丈恨如何，管樂奇才付逝波。名已卧龍成畫餅，敵猶畏虎怯操戈。出師未捷天心去，應變非長物議多。八陣全圖至今在，夕陽誰吊魏山河。

真個無愁安樂公，不思故國太懵懵。歸降一樣吴孫皓，冷語猶能誚賈充。

著論懲時弊，深明治化源。徙戎與崇有，扼要此名言。

隨牒推移漫白嗟，崇虚畢竟是誰差。名流何事堪千古，鋒刃人言不可加。

慷慨新亭語，非關風景殊。人言公憒憒，江左賴夷吾。

博非必得不輕爲，小事精詳大可知。太傅解人能會此，他年别墅賭圍棋。

江東空説無卿比，真賞難逢始入秦。淝水駐軍誰料得，不謀僕隸幸終身。

逼人作巢由，充隱生奇想。高致將毋同，舊日五湖長。

萬里壞長城，强鄰吴子輕。可憐寄專閫，白面剩書生。

父讀佛氏書，捨身同泰寺。子誦老氏言，聽者戎服侍。虞舜比唐堯，大同但小异。云何主太平，取武元則弃。緒業凛箕裘，豈曰家風墜。發憤火陳編，咄咄書怪事。

玉顔瞥見惜匆匆，恍惚鷄臺夢寐通。擅斬麗華真恨事，教人争不怨高公。

盗以一錢死，誰言刑有常。科條頒十二，新法此三章。

爲疑吏受賕，以賕且嘗試。餽絹事既明，更以絹爲賜。警貪與愧貪，各各有深意。圖治心則勞，矯情事可議。億詐豈云賢，賞竊近于戲。王道皆人情，自私乃小智。堯舜三代君，幾曾好立异。貞觀美政多，此固非其至。卓哉歐陽公，不取縱囚事。

明知田舍翁須殺，嫵媚能令人意消。帝女何如先帝女，昭陵甚近獻陵遥。

忍字書來不著題，邦家克御在刑妻。當時盍對君王説，差喜司晨少牝鷄。

一激知誰力，平反耐久朋。隱微人共見，執筆有吴兢。

相業齊房杜，嘉謀萃瀚舒。傾心全善類，盡力護賢儲。毛仲交難納，靈筌賞故虚。賦梅乃餘事，綺語未須除。

家事臣不聞，一語誤人主。所見何略同，徐勣李林甫。

幼女親抱持，辛苦爲人父。嗟彼太上皇，念帝如念主。

輔國罪當誅，賊之殊不可。詭謀且失刑，此計何其左。

威信由平日，臨幾敢自猜。不妨鋒鏑下，傳語令公來。

賊衆指乾州，存亡關一瞬。偉哉再造功，倒用司農印。

衣白山人遇何早，上皇肯來臣代表。更爲一誦摘瓜詞，骨肉從兹得相保。父子之間人難言，不言疇復知其冤。老矣偏又睹此事，舌猶在口誰能捫。非卿切言悔何及，當時盛怒過時泣。鄴侯若竟隱衡山，唐之中葉真岌岌。由來淮蔡是强藩，誰識朝廷體制尊。今日拜迎先示禮，相公何故避櫜鞬。

蟻穴潰金堤，蜂蠆安可忽。原來賣元衡，乃由關津卒。

朝中黨去難，河北賊平易。太息此兩言，千古同一致。

不令天子問，一語真鹽腦。信哉莊生言，盗亦有其道。

苦諫違讓能，賊來遂震駭。此局臣早知，請以臣爲解。

奉璽辭不行，詎完宰相事。責善恐賊恩，無已思其次。

生子當如李亞子，友珪兄弟豚犬耳。朱三爾尚知未詳，新受遺命藏三矢。

一笑顛痴趙北平，豚蹄祝不近人情。契丹豈少兒皇帝，何事相需認弟兄。

洛陽十策憶當年，命世奇才忍弃捐。一榜臚傳皆及第，就中止爲有齊賢。

已誤誠殷鑒，敷陳惜太遲。昔年榻前誓，所記是何詞?

吾老不及見，參政他日憂。閑邪道貴豫，不豫終包羞。

孤注固譖言，矜功大不可。霍傳有何奇，張公殆謂我。

承天門上書，人力固足辨。第言聽于神，猶是不顯諫。

圖書尚可疑，誰復論其細。君自有成心，臣言固無弊。

短蜮暗含沙，射人人不睹。欲避且無從，況敢激使怒。竊怪盛德時，遽作快心語。廢黜彼無詞，大權屬人主。茅距播風謡，是令無地處。且此亦空言，于事究何補。君子憂世心，夫豈爲門户。奈何口打賊，實禍輕自賈。

荆公托經術，陋彼漢唐臣。侈然擬稷契，豈曰于其倫。天變不足畏，祖宗多因循。墳典無此語，于古何所遵。即彼周官經，燔毁遭嬴秦。半出莽歆手，增竄淆其真。無故不聽賒，肯以貸病民。國服爲之息，無乃誣古人。且此一眚耳，餘不傷大醇。無端肆穿鑿，矢口談節均。青苗手實法，剥削何頻頻。赤子流離狀，既未周咨詢。大諫或玉汝，入耳心生嗔。正由不加賦，一言誤終身。武侯與鄭公，勛業輝千春。謬云姑舍是，宋室生荆榛。經術果安在，詎稱席上珍。誠哉不曉事，執拘迷通津。

備員知制誥，爲帝掌絲綸。腕斷麻難草，名高三舍人。

以疾喻朝政，愛國心不衰。張目待誰語，君實其勉之。

民願則與之，不願亦不强。新法如此行，農人歌擊壤。

唐坰媚安石，鄧綰黨惠卿。窮困托知己，得勢還相傾。霜威凛白簡，未許誇忠貞。僉壬與吉士，在實不在名。形迹可掩著，君子求其情。

邪謀倡紹述，下策用調停。諸老無深慮，温公目不瞑。

斫棺言太悖，鈎黨禍難量。誰作中流柱？當時一許將。

寒疾發京師，不汗五日死。勉之赴嶺南，所爲未盡此。

兒云翁有疾，翁固曰無之。喬梓皆英敏，機鋒客不知。

函來張瑴首，灰却藥師心。信義君何有，盟寒可怨金。

師值黎陽潰，金兵遂渡河。二千人可守，死士豈須多。

兩京臣拒守，戀此舊河山。避敵東南去，鑾輿何日還？

宣仁被厚誣，隆祐知端委。一意嗣徽音，贊成朱墨史。

卜相得奸人，舉朝乃相賀。歸休晏侍郎，以汝言爲過。

三字爰書陷阱深，黃龍痛飲志消沉。裂裳示背殊多事，誰似蘄王鑒此心。

君相甘心事舊仇，中興緒業付東流。奇功羞説黃天蕩，日日騎驢湖上游。

趙桓今已死，北使是何言。此辱猶能忍，誰云九五尊？

大功出儒生，吾輩當愧死。吾罪也乎哉，吾謀不用耳。

軍中奉有頒師詔，咫尺天威敢逗留？退次河池臣意决，不堪回首十三州。

太息符離事，興亡數在天。中原如可復，不有邵宏淵。

再拜不已必稱臣，請降不已且納土。滿朝無勇皆婦人，我縱言之將何補？

子職能無曠，重華問起居。兩宫情不隔，賴有趙尚書。

父死不執喪，何以爲人子？宋祚那得長，三綱久絶矣。

由來群策非難屈，折節全憑主帥賢。不見冉家好兄弟，無言對踞畫山川。

肖小疾正人，無過擠之去。甚哉□祐間，堂食不下箸。

珍玩充盈多寶閣，綺羅照耀半閑堂。金籠蟋蟀强無敵，兵氣襄樊遽不揚。

執戮行人屈在誰，兵臨城下悔可追。無煩更説孤茕狀，周主當年亦小兒。

臣非工畫者，特愛比干圖。借問宣和筆，描摹到此無？

象刑期無刑，明允能作士。必用强壯人，是則選儈子。

遭喪不使葬，贓吏豈無親。教孝垂常典，何如失罪人。

分封憂太侈，無路達君聽。亟應求言詔，誰知諫有刑。

教冑能無分寸功，也曾盡瘁輔青宮。云何款接先生禮，不及民間有始終。

選僧侍諸王，燕邸得道衍。隱惡誰能防，貽謀原未善。

一豚難弃捐，安冀言可復。胡叔直欺人，信心獨王叔。

呼欣迎降功，揚揚有德色。難哉爲子君，子不見里克。

密詔曾親受，盟心輔太孫。無功臣自愧，愧負故君恩。

太祖禁閹預朝政，不使讀書著爲令。豈料及君東廠開，此輩更比前朝横。

前朝苛法劇堪傷，忠荩妻孥發教坊。論道未能心自痛，遑云改政待終喪。

制科文體逐時新，博古通今有幾人？洞見癥瘕俞建輔，疏言慎舉未無因。

武士撲金瓜，脅折禍何慘。梃下骨自連，信由忠誠感。竭愚爲國家，豈曰名是啖。舊疏臣未忘，盡言臣不敢。

草木皆知公，贈謚竟弗及。公豈存名心，旁人爲于邑。

宣振欲加誅，特具絶人智。官家守遺言，必無土木事。

天意果可憑，雲端肯推下。幸彼呼那顔，同聲應曰者。

千古傷心事，庭摇燭影紅。易儲謀早定，怪得殺鍾同。

謙也曾有功，王言大如綍。叵耐彼石亨，君吁臣則拂。

身後籍没無餘資，正室鐍鑰乃賜物。平心論此七年中，去病可曾爲家不？

参肉不足食，惡其興甲兵。誰信智化寺，像祀王先生。

天功不可貪，君自宜復位。頗怪章奏中，用此奪門字。

購募懸新榜，邪謀惑吉祥。却遵古人例，天子自撞郎。

幼年遭禁錮，頌繫鬢如銀。目不知牛馬，悲哉建庶人。

詩命詞臣進，觀燈重上元。咏歌原盛事，盍待採輶軒。

廉遠堂苦高，何幸天地際。此會豈易逢，乃遽呼萬歲。

皇子生西内，官家竟不知。怪來三十載，時事任推移。

大臣疏進房中術，争使新君不見猜。舊日牙牌無覓處，空勞夜夜望三臺。

君臣一德勖明良，管見無妨入奏章。若是納言憑揭帖，斜對墨敕弊須防。

不文復不多，辭達而已矣。心盡事無成，吾年足以死。

不存聖賢心，焉用聖賢貌。願作真士夫，耻爲假道學。

惟公能誅瑾，公亦信幸臣。吕强張承業，暨公裁三人。

封許秦藩益，徒勞口舌争。反言聊見意，間道出奇兵。

行在俘親受，無人爲策勛。頭銜須自署，威武大將軍。

幾番盛怒觸權奸，晚節功名瞬息間。回首當年如一夢，何緣再到武夷山。

聚訟空盈庭，誰挽狂瀾倒。孝宗神在天，于今稱伯考。

必欲坤維正，能無女教遵。胡爲煩母后，入廟奉明禋？

豈有披緇徒，祭享配太廟。勿以人廢言，此論中窾竅。

功任文華攘，讒言信采芩。倭來誰更禦，失計殺張經。

馬市紛紜兆釁端，積年纔去一仇鸞。大奸距脱知何日，多恐忠魂補亦難。

言苟裨國家，獲罪死不恨。臨疏市一棺，斯人豈其遁。

擬旨逐閹人，斯舉意何快。惜哉自漏言，致爲江陵賣。

也知奪情必招謗，遇有言者痛懲創。聖怒亦爲老先生，無爲作此刎頸狀。

餘財盡上聞，勢必增繁費。遠慮何可無，計臣知也未？

舊事幡然悔，心知弊政多。疾瘳寢前詔，無信奈君何。

手刃猶力争，幾曾爲威脅。稍持礦税除，相公一何怯。

憂危竑議續書成，沈相憑將正域傾。不見當年新鄭事，是非原自有公評。

昔日金英王大臣，逆謀陡逞豈無因。張差合讞瘋顛罪，不問來由是解人。

堪笑紅丸事，盈廷失主張。既云臣未信，何弗使先嘗。

王室方多故，深虞主幼冲。那堪芒在背，選侍未移宫。

衆望殷然屬化貞，原來經略止空名。失機罪自何人致，一笑將軍六萬兵。

一網無遺餘，下手亦云毒。不須羅織經，自有點將録。

誣以奸利情猶輕，牽入封疆罪不赦。大鋮已自如蒼鷹，同時更有徐大化。

功德憑伊有，誰能禁立言。漫疑成要典，舊案一齊翻。

三議清流哄，紛紛主與争。但存真面目，原可任兼行。

老生慣常談，扼要乃宏議。药言豈須多，愷切陳五事。

死士追窮寇，元戎受僞降。一從機再失，賊勢遂披猖。

口角生春風，久羈出囹圄。君以禮使臣，通人講論語。

何事須毛錐，武舉作給諫。資格太不拘，弁加總角丱。

碌碌無所長，引君事刻核。寵深獨耐彈，八載居揆席。

衮職慚無補，酬知止四箴。沽名原未敢，阿順豈臣心。

不言恐負君，盡言臣不免。一語君莫忘，忠佞字須辨。

尚書兵敗蒿水橋，浴血揮戈力戰死。按兵不救彼何人，雞澤僅距五十里。

辨賊須及時，稍緩乃流毒。何故存成心，驅之西入蜀？

王府金錢肯餉兵，代謀雖善事難行。儲財要爲兒孫計，怪殺尚書太不情。

纔離囹圄又疆場，力盡捐生意激昂。不爲止兵文燦檄，賊渠豈止縛迎祥。

視師駐通州，無事日飲酒。行樂亦復佳，不知可長否？

城破猶巷戰，誓以死報君。闕阸各有守，誰似周將軍。

桂　花

秋色西來木葉凋，亭亭老桂聳孤標。不將絶艷驚凡目，自有幽花綴舊條。嫩蕊擢時宜露濕，真香生處遇風飄。堪憐桃李春争發，歷盡繁華就寂寥。

敝　裘

怪得裘裳敝，披來二十冬。當時自安燠，近日已蒙茸。價減知難典，皮存幸可縫。高風希晏子，儉德敢忘恭。

偶于硯匣中撿得陳蓮浦七律一首，因步其韵以試筆，時庚寅孟陬四日也

人生何事不欣然，出處無心總任天。此去聊謀糊口地，他時遑問買山錢。拚携行李趨長道，再涉詩書感舊緣。夏日涼風雖自好，從今謝却北窗眠。

古城早發

嗜睡勞人狀，遄征客子心。車中殘夢續，衣底薄寒侵。人静塵猶少，天明月未沉。懸知前館近，我馬意駸駸。

天樂園觀劇

世間萬事如浮雲，眼前境地原非真。可笑痴人慣説夢，無端忽喜無端嗔。我心久已游淡漠，古井無復波漣淪。偶來京華墮人海，撲面頗厭元規塵。欲消永晝苦無計，妙部看舞髯參軍。舞罷金鼓劃然止，登場優孟衣冠新。賢奸行徑非一轍，衮鉞炯鑒垂千春。難犯真有介胄色，禦侮又睹貔虎臣。五材并用誰廢一，文事武備原相因。有時刻劃騃痴狀，特地貌寫尋常人。小巫何堪大巫見，東施偏效西施顰。滿座啞然爲一笑，鼓心大擂聲轔轔。突呈變相怵人目，纔驚牛鬼旋蛇神。曲終却又歸平淡，長言咏嘆何津津。子孝臣忠具倫理，始離終合多苦辛。百年情事縮一瞬，層波叠起如環循。文章濃淡貴相間，間何以肆惟其醇。既闋我亦嘆觀止，却非附和云人云。事之小者可喻大，輪扁豈但工爲輪。傳奇雖未免傅會，大致皂白猶能分。目不見睫難自覺，鑒形要近止水濱。歌舞豈曰悦耳目，觀省正可嚴吾身。君不見，老奸拚遺萬年臭，當時榮幸無其倫。又不見守正不阿古修士，一生坎壈多清貧。豈知蓋棺論方定，即今迥別蕕與薰。後之視今今視昔，一丘之貉猶同群。衆生浮幻等戲耳，當頭棒喝聞不聞？問誰于此發猛省，但聞四座議論徒紛紜。

志　感

不因碌碌薄寒酸，推愛同將青眼看。愧我功名似鷄肋，累人周濟到猪肝。取非其有終疑盜，物不須多幸苟完。敢玷官箴辱門户，敗名益自鑒懷安。

庚寅四月十五日，余有山右之行，寶軒輔廷公擇三弟送之，登車復步行，先至村西相待，下輿執手灑泪而別

人生自古貴知心，兄弟從來結契深。珍重臨歧握手别，相看無語泪盈襟。

二叔父携兩弟送余至槐家鎮，置酒饌爲祖道，時緯占兄已先至逆旅設供張矣，晚宿縣城，夜不能寐成二律

漂泊憐孤侄，操持累老人。瀕行爲祖餞，遠送尚躬親。别路欷歔久，郵亭訓迪頻。勉思酬厚望，謹識擬書紳。

契在刑骸外，知余誰似兄。由來真俠士，原不薄書生。載酒邀同志（兄約蓬山弟與戈德健偕行，德健以事不果，來而不期而會者有鎮彩叔），驅車送遠行。陽關三叠後，别緒至今縈。

憶病姑

倏忽辭家四日過，未知姑病近如何。暫歸止以垂慈故（姑因余有山石之役，数日前來家送余），小聚翻教抱恨多（姑病未痊，余即西行）。井臼躬親難自養（姑近日家計頗艱，而媳久病不能司炊，晚景

頹唐殊甚)，桑榆景迫易違和。比來阿叔鬚應燎，可有良醫爲已痾。

寄示九妹及長次兩侄女

無多骨肉忍相違，坐食山空計總非。一自征人從此去，重來舊宅更誰依。相夫仕學勤多補（謂兩侄女），教子嶒嶸老有歸（謂九妹）。唐女短章應記得，人原异雁不同飛。

獲鹿入山

凌晨策馬陟高岡，從此征軺入太行。行到雲峰重叠處，獨瞠雙目看嵐光。

過東天門（即古白皮關）

獨憑健步躡孱顔，薄笨轅須众手攀。幾度高峰回首處，後車纔過白皮關。

過淮陰侯設背水陣處（地名微水鎮，屬井陘）

淮陰善用奇，陣法取背水。士無觀望心，制勝固其理。顧此微水形，瀠洄衣帶耳。非有浪拍天，可與江河比。兵敗仍遁逃，何云置之死。陵谷有變遷，昔或不如是。不然别有説，意非專在此。反覆細推尋，了不解所以。我欲問古人，古人安可起。獨立最高峰，睪然懷國士。

井 陘 道 中

懸崖障日礙清虛，路入羊腸鬱不舒。仰首看天天一綫，居然鼠穴也乘車。

井陘平定一帶，崖壁間人多穴土而居

事非穿鑿不爲功，何苦深藏土窟中。擬就居人一相問，豈真大隧樂融融。

行近固關（在北天門西數里）

千盤石磴與雪連，我馬鷄栖不可鞭。西望固關知已近，嚴城高矗亂峰巔。

出固關行亂山中，盤旋詰屈不辨方向，殆無寸步平直路也

延緣有似蟻穿珠，轍迹微茫認舊途。較勝康莊惟一事，絶無歧路泣楊朱。

行至西天門下小憩，移時策馬徑過，計一路跋涉苦辛，到此以後似頗順利，遍視僕輩各有喜色矣

前路人言更阻儕，僕夫攬轡意先愁。却因小憩精神發，一叱俄登最上頭。

迂道繞過南天門

天險闢四門，南門險無二。間道幸可通，聞之意差慰。舉一足反三，何待四隅備。危途况屢經，一一今猶記。

勝情勝具無時無，遍游名山非此謂。陳倉暗度又何妨，不食馬肝是知味。

紀熀述：三客亭詩草　卷二

移　寓

僦得城隅屋數椽，前横一水碧淪漣。窗明儘可攤書帙，官冷何須近市廛。僕嫗紛紜謀庀具，妻孥歡笑解隨緣。竈間尤幸無餘火，不累梁鴻滅更燃。

讀書省寓

未慣浮沉傀儡場，持來手版自慚惶。宦情早似秋雲薄，愁緒渾隨夏日長。那易草茅紆印綬，且收知見入錐囊。平生豈少詩書債，好趁身閑再一償。

宦　游

宦游滋味静中嘗，城市山林意兩忘。旅夢剛成報趨府，家書數寄當還鄉。酒逢知己無妨醉，詩善窮人不敢狂。剥啄聲高何處客，平抛一刺去堂堂。

蒔　花

偶買閑花手自栽，客中相對一徘徊。乍看嫩萼亭亭擢，已有幽香冉冉來。滋灌原期乘興賞，護持轉恐等閑開。故園嘉樹知何似，封殖無人首重回。

崇善寺

紺宇連雲亘，巍峨氣象雄。即今崇善寺，傳是晋陽宫。隔院經聲遠，前朝王氣空。游人閑指點，猶似説唐公。

四聲詩（并序）

余向喜蟲聲，而蟲聲之最凄清者，無過蛙、蚓、蟬、蛩。近需次并門，自夏徂秋，此四聲概未有聞，偶然憶及，爲賦短律各一章，已不覺觸游子故鄉之思矣。

最喜甘霖降，池蛙已早知。聲教資鼓吹，地不問官私。此處多陰雨，僑居近水湄。胡爲同反舌，牡鞠使人疑。

雨夜號春蚓，幽音出落花。調圓工擫笛，聲細雜煎茶。泉壤廉誰及，陰晴驗不差。無心原自慧，何事戒喧嘩。

隱情還惜已，自古誚寒蟬。剪剪風雖緊，濃濃露尚鮮。云何閟清響，已似咽凉天。苦憶鄉居日，聲高萬樹連。

蟋蟀歌唐什，心疑古所云。秋風今已過，細響那曾聞。素固難成匹，陰誰解惜分。爾音竟金玉，織婦若爲勤。

起　遲

曈曨曉日射回廊，蹶起披衣盥漱忙。不是黑甜耽睡味，夜來曾夢到家鄉。

到晋四月未接家信

計程十日未云遥，何事音書久寂寥。價抵萬金輕一擲，浮沉豈是遇洪喬。

雁杳魚沉嘆索居，連宵歸夢五更初。寄音祇恨無黄耳，誰爲還家索報書。

過狄梁公故里（在陽曲）

昔日梁公此舊鄉，驅車欲過更彷徨。哀榮莫與同終始，一樣忠勛有五王。

過子犯故里（在祁縣）

負紲從君久，心知罪已多。故教投此璧，未忘逐之戈。故里今猶在，遺風近若何？仁親留片語，餘事任銷磨。

温太真故里（在祁縣）

一出功成反掌餘，如公纔不愧弓車。爲憑熱客須詳審，莫漫紛紛説絶裾。

庚寅中秋作

清光此夜無處無，未應風景他鄉殊。月色不异人地异，季鷹可奈思蒓鱸。如此月明歲有幾，銷磨止惜隨流水。客中草草過中秋，前年邗上今并州。槐黄更憶逐秋賦，佳節風檐幾回度。半世奔馳何所成，舉酒欲飲難爲情。妻孥知我無意緒，亟道今宵秋月明。

書靈石旅壁

徐碾征輪驛路平，日斜税駕傍山城。塵勞到此都消釋，一夜溪聲入夢清（旅館距汾水不半里，驚浪雷奔，潏潏汩汩之聲如在檐牖間）。

李衛公遇虬髯翁處（在靈石）

生平一面未曾謀，萍水相逢珀芥投。認得眉間精悍色，劍囊斜倚看梳頭。

韓侯嶺吊古四首（在靈石）

韓侯峻嶺鬱嵯峨，嶺上荒墳秋草多。肯把功名歸國士，知人誰似漢蕭何。

冤埋鍾室痛淮陰，震主功高禍已深。侯不負心原易見，受人一飯報千金。

戎馬崎嶇老戰場，不先鳥盡慮弓藏。痴情却戀平齊後，要向官家乞假王。

漢廷公議竟何存，莫爲奇冤辨覆盆。他日輕言噲等伍，椒房彼自托私恩。

途經霍山未得一游（在霍州）

前年驅馬泰山陽，今年却走霍山道。去山咫尺不一游，屠門任嚼何由飽。古人到處訪名山，意所欲之足能造。清福何遽關時命，俗士自不解探討。即今嗟我非懵懵，無奈勞人苦草草。事凡妙處底蘊深，墻外誰見室家好。未能游山貪看山，皮相恐被山神惱。終拚他日裹糇糧，驚人句自携謝眺。烟霞獨往何傷遲，腰脚猶健及未老。遍尋五岳雙屐輕，一覽四圍衆山小。真形一一在胸臆，斗帳卧游資畫稿。今且去此莫遲回，免使白雲夢中繞。

過趙城有懷藺相如其人

凛然生氣憶相如，缶瑟齊鳴一筆書。試問當年從會者，誰非李志與曹蜍。

豫讓橋（在太平）

劍擊衣絲斷，圖仇恨豈消。云何橋下水，不作子胥潮。

咏 菊 花

豈爲開時不及春，故從霜裏鬥鮮新。香迷晚蝶花三徑，影翳寒蛩月一輪。送酒誰憐陶靖節，餐英止有楚靈均。品高原出群芳上，莫謂恒情少見珍。

自和前韵

節序行看近小春，數叢晚菊尚如新。簪來風外防吹帽，采向籬邊感伐輪。花淡恰宜枝葉少，味存不論色香均。平時愛此原成癖，异地相逢倍覺珍。

食魚戲作

無肉真能使人瘦，老饕何計免輖飢。年來閑却屠龍手，且

發新硎一試之。(晋省有魚龍鴨鳳之謡)

消寒九首

吹　葭

誰將灰琯布参差，默驗盈虚定四時。半子初開占有兆，一陽纔動氣先吹。質輕未礙風簫感，晷永何期綉綫知。記取立春懸土炭，一般推測似銅儀。

重　裘

一夜簾旌響未休，詰朝寒甚著重裘。衷來防有吹毛懼，稱後裁無壓骨愁。且御兼衣憑雪耀，敢云緩帶擅風流。長拖萬丈真吾願，邊幅如斯已足羞。

獻　曝

偶然負曝聚檐前，共説温暾妖勝棉。可愛足知非盾日，大寒那復信堯年。似聞岩岫雲堪貢，願備芻蕘火藉傳。未必長安真個遠，輸忱誰禁此心虔。

圍　爐

一自祈寒玉屑霏，人争向暖地爐圍。席端離坐成三匝，火候同看到九微。半芋煨來禪味永，新灰畫遍字形肥。閑居且喜逢迎少，榾柮頻添晝掩扉。

呵　凍

經寫黄庭待换鵝，隃麋古墨自輕磨。硯寒難倩雙鬟捧，筆凍全憑一氣呵。呼似少和纔欲吸，磔剛粗就不成波。興來却擬摹飛白，險勢猶能作擘窠。

獵　雪

天寒正好事從禽，狡兔初肥雪滿林。塵净莫逃鷹眼疾，星馳那覺馬蹄深。瓊瑶蹴踏重飛舞，毛血淋灕幾縱擒。記得少年行獵處，梨花柳絮集衣襟。

藏　冰

氣凝水骨净方塘，取納凌陰舊典詳。盛暑預防多内熱，隆冬可使有愆陽。過遲恐被東風解，益壯須乘北陸藏。享罷司寒懷往哲，伐水不復畜牛羊。

探　梅

驛使來遲悶不堪，一枝試向雪中探。新詩東閣人誰咏，舊路西溪我自諳。豈届花時猶寂寞，早疑香夢正沉酣。冰邊瞥見横斜影，春色無多樹兩三。

舒　柳

爆竹聲中舊歲除，青歸柳上葉將舒。舞腰又試三陽後，睡眼微開一夢餘。黛色乍匀痕似染，春光已泄影猶疏。懸知陶令門前樹，張緒風流定不如。

辛卯人日書時憲書後

百事隨緣即坦途，誰能瑣瑣學師巫。書中月日匀排定，借爾權爲記事珠。

漸　覺

漸覺心情异少時，知雄每自守其雌。不仙不貴虚生我，呼馬呼牛總任伊。猶幸竽容南郭濫，可能文謝北山移。宦游滋味今諳盡，贏得春來鬢欲絲。

春日遣懷

自憐薄宦繫匏瓜，回首親知天一涯。遠隔千山還入夢，貧無四壁苦思家。寒隨臘盡官猶冷，愁與春深日有加。旦晚鄉書來也未，連宵蘭燼燦燈花。

和家柯亭叔寄示《感懷》原韵

碌碌沉下僚，蕭索氣不揚。有如轅駒促，恨不逢孫陽。誰云老當壯，髮短心則長。憶余方少時，鋒鋭不可當。遇合誠難知，吾道論其常。父兄咸相許，謂似錐處囊。那知苗不秀，陸氏莊竟荒。數奇過李廣，才盡同江郎。壯心近多耗，夙願老未償。古人四方志，未肯羞蓬桑。不然窮著書，早富名山藏。而我亦何有，俗見徒騎墻。百年駒過隙，念此心遑遑。四十寂無聞，虛歷星與霜。菲材許自效，猶幸生虞唐。杯水芥爲舟，亦自浮坳堂。苟其能作戲，此豈非逢場。何必捨正路，相競遵微行。但恐建樹少，官賤吾何傷。阿叔當早歲，閥閱蜚英望。薄宦羈暮年，珠璧韜奇光。寄我天問篇，聲意何悲涼。素心忽相觸，浩歌起彷徨。我亦有造材，鬢髮今蒼蒼。

久旱驟雨叠前韵

入夜風怒號，捲地驚沙揚。殷雷起何處，聲在南山陽。俄頃雨如注，卧聞檐溜長。憫旱兹已久，蘊隆何能當。况彼山澤農，耘植亦有常。過時不播種，能勿愁空囊？所以旬日來，大府憂祲荒。頻連龍宮禱，徒步勞侍郎（撫軍步行祈禱）。屢爲民請命，願大終能償。既可布嘉穀，兼可條柔桑。人苟力耕作，家各足盖藏。饘粥幸于是，豈不安循墻。胡爲憂莫釋，寸衷猶遑遑。默念千里隔，此露彼或霜。吾鄉旱亦久，魃虐尤荒唐。斯雨苟弗及，何恃歌躋堂。余雖鮮寸土，典盡圃與場。歲歉蹙生計，念彼兄弟行。誰能等秦越，謬云不永傷。披衣急啓户，東向遥相望。雨歇雲忽破，星斗熒然光。夜色凝沉碧，庭院生微凉。愁多不能寐，繞階獨彷徨。欣看雨又到，膚寸山雲蒼。

邀同人四美園觀劇再叠前韵

憶昔觀劇在都下，梨園歌管聲悠揚。迂士何知斷袖癖，絶艶頗亦驚龍陽。自來三晋匝一歲，誰見舞袖翩翩長。西音啁哳厭聒耳，酒雖思對歌難當。近聞名園忽開宴，特演妙部非尋常。人競往觀擊長轂，我亦買笑搜空囊。一生得幾喜陶咏，此樂未至流連荒。博陵華胄遲崔子（崔璧臣同年），天臺舊侶招劉郎（劉雲峰）。二三知己遍相告，十千酒債吾能償。舉世擾擾鶩名利，紛如邊鄙人争桑。但于枉直較尋尺，不因用捨爲行藏。室家豈非男女願，誰能鑽穴從逾墻。不然笑人有鄧禹，我久念此心遑遑。古稱駐顔亦妄耳，仙家上藥無元霜。今者不樂逝其耋，空悲易老如馮唐。不見農家習勤動，務閑猶賦蟋蟀堂。豈其終歲不休息，四時常在圃與場。諸君咸抱用世具，旦晚從政聯鴛行。此際幸猶無官守，偷閑半日庸何傷？嘉賓惠然接踵至，主人須矣凝眸望。聊藉俳優破愁况，豈謂玩愒輕流光。懸知同病苦煩鬱，急投此散真清凉。曲終乘興一散步，亭榭佳處隨彷徨。他日重游認鴻雪，記我踏破苔痕蒼。

排　悶

茫茫前路問誰知，百歲光陰若驟馳。愁似故交來有約，貧如久病痼難醫。客中詩卷磨人墨，度外功名打劫棋。竊喜年來饒定力，任天動處少然疑。

蠹

開帙見之怒，褊心旋復融。埋頭書卷裏，汝亦可憐蟲。

蠅

遽集爾何來，紛然亂白黑。懸知附驥初，費盡營營力。

蚊

爾嘴利如錐，飄然來枕簟。中人先有聲，猶幸非陰險。

蛾

撲得銀缸滅，蘭膏汗粉衣。趨炎成底事，應悔向明飛。

蝨

其意在肝人，那遑計肥瘦。無言快一殲，死尚能遺臭。

蚤

迅捷誠無匹，其如力竭何？跳梁終不免，嘆息此么麼。

蟻

仰鑽歷幾時，一穴穿纔出。大垤猝難成，憬然悟時術。

螢

爲有微光在，輕羅撲肯遺。斯文原惡著，何故要人知。

文瀛湖上晚眺

天末凉風剪剪吹，尺書不到雁來遲。清輝滿郭憐如畫，愁緒縈人懶作詩。骨肉團圞夢中泪，功名感慨鬢邊絲。緩行踏遍溪頭月，牢落誰知宋玉悲。

題章宇村《行脚圖》

志大宇宙勇邁古，乃圖作佛生佛土。先生長存用世心，今繪此圖意何取？我聞色固不離空，朱門蓬户將毋同。良工畫意不畫貌，幼輿合著丘壑中。舍衛大城何處是，著衣持鉢躡朱履。冥然迴向心地初，微笑似悟無隱旨。佛果需從慧業來，蒲團枯坐何爲哉？周妻何肉未是累，世人無用私相猜。平生我亦事禪悦，聊持半偈爲君説。密諦還叩畫中人，應笑豐干太饒舌。

聞鄉井秋收頗稔，未知信否

記得田家樂，悠然憶故鄉。時逢秋八月，人祝粟千倉。競獲篝車滿，分勤婦子忙。先疇憑食力，晚稑亦登場。霜重棉花白，風乾豆葉黄。瓜敦懸古壁，棗剥晒斜陽。衆力勞相助，粗餐取互嘗。不愁新穀賤，但説晚菘香。野老歡如此，書生樂未央。從來臻郅治，原始在豐穰。既免憂三鬴，何辭進一觴。酒方前度美，價失舊時昂。賤子羞謀食，常時尚乞糧。願惟期共飽，志不在多藏。此景今何似，余情老不忘。路長魚雁杳，悶絶九迴腸。

辛卯秋，山西鄉試，同人有襄事外簾者，檄不及余，余亦弗願，難忘結習，固非矯情

舊夢回頭百感生，少年射策老無成。如今筆硯剛焚却，懶傍風檐近處行。

昔年著意是槐黄，邇日槐黄我不忙。玉尺銀袍兩無與，誰能閑看咏霓裳。

祁縣孟生工鐵筆，索詩弁其印稿，作此贈之

漫把雄圖讓壯夫，袖中鐵筆鑄昆吾。憑君試問金閶彦，辨得商彝夏鼎無？

刀猶未奏意遲回，玉箸銀鈎具化裁。不靠文何求死法，刃游虚處始神來。

何論頡籀與冰斯，但使今宜古亦宜。一自胸中有成竹，纔知朽腐即神奇。

偶摹舊印兩三方，滿志躊躕喜欲狂。爾許巧心供拙目，良工何日善刀藏。

清　風

清風有例屬長松，南郭吹竽擅正宗。滋味漫疑争腐鼠，之而古不好真龍。漁梁前度流先絶，卧榻旁邊睡肯容。堂上射籌終日典，魏舒猶是好遭逢。

郭有道墓（在介休）

邈矣仙舟憶此人，如今廟貌恐非真。請看七寶莊嚴後，何似當時墊角巾。（林宗自是東漢第一流人物，然生無爵，死無謚。迹其生平，固儒素也。今祠宇極其壯麗，前設鐘樓、鼓樓各一，似無謂。且其後人奉祀者至稱其像爲聖像。此與杜十姨無髭鬚相去幾何。）豐碑鎸就字成行，滿幅山高與水長。少許勝多夔一足，可知原有蔡中郎。（祠中碑版林立，無過老生常談。至其甚且有與尼山對舉者，而求所謂蔡碑，竟不可得。嗟乎！人自有真，奚假附益？先生有知，當不以余言爲謬也。）

介山館驛不寐書懷

年來僕僕飽風塵，宦海浮漚寄此身。負盡夙心多内愧，結成業果定前因。也知生我原勞我，畢竟庸人是福人。記得遺山詩句好，書生只合在家貧。

辛卯除夕

客裏光陰速，今宵歲又除。杯浮桑落酒，盤薦石花魚（二物皆晋産，各見國初名人吟咏，偶拈作對，得毋以扯撏爲笑耶）。樂寄窮通外，歡騰笑語餘。自非懷舊土，何地不安居。

飯飽解嘲

當時出處一何輕，誤信卑官足代耕。謀遠未能差不鄙，儂今肉食是虚名。

日餐粗糲與鹽齏，鮭種難求到藿藜。且喜菜園荒廢盡，空無一物礙羊蹄。

書所臨蘭亭牘背

客窗筆硯自精良，古刻臨摹日數行。故紙無嫌堆積遍，他年留取襯歸裝。

途　窮

途窮何計免揶揄，百事隨緣任菀枯。豈有東人知佩璲，更無南郭善吹竽。貧家合享千金帚，老子甘爲五石瓠。匪且匪今君不見，古來儒亦列仙臞。

自遣用先七世祖厚齋公《花王閣剩稿・醉歌》詩韵

三月欲盡飛楊花，三年倦客長思家。默念古來士不遇，其數何止恒河沙。富貴在天吾不恨，所恨桑梓千山遮。結想總深那得到，夢中歸路還愁賒。豈有微糈丐升斗，徒教錮疾違烟霞。入室幸然免交謫，空囊何恃無嗟呀。金經一卷且默誦，蘭亭興到還塗鴉。巡檐偶爾一散步，瞥見輕燕風中斜。隨處營巢物且爾，吾今何事非生涯。歸來一覺到天曉，殘更不復聞蝦蟆。

感平原君事

平原門下客三千，不過君門也自賢。寵辱何能驚跛者，恐因一笑誤嬋娟。

偶　成

白生虛室絶纖塵，境静身閑得趣真。隨分茶香清不俗，怡情翰墨淡相親。幸無官守能羈我，但了周旋懶諂人。未解時賢忙底事，車聲門外日粼粼。

咏　物

虎猛自有威，假之固非易。辛苦遂陰謀，能無儆其類。不嫌氣憑陵，嫌爾骨體媚。

楦偶貌麒麟，幸得猛獸懾。果無敗露虞，爾心何難怙。胡爲聳耳鳴，鳴由氣疲苶。

景升有大牛，骨相頗奇特。云何重千斤，不具千斤力。必無輕弃捐，其肉固可食。

野鶴隨羊公，可謂得其主。雖未即乘軒，應免愁鎩羽。何故對嘉賓，氃氋不肯舞？

咄哉遼東人，自詡白頭豕。多見知無奇，心與灰同死。君豕自不惡，君望太奢耳。

送林華浦同年歸省惠州

新交却似舊相知，前日逢君已恨遲。（華浦前在代州，比來省垣與余一見如故。）正欲長從攄素抱，云何偏又起歸思。賓鴻將返留無計，社燕重來問幾時。天末故人深悵望，莫貪衡泌樂輖飢（臨行怏怏不樂，似有終焉之志，故預以出山勖之）。

此行知爲訪庭闈（華浦椿萱并茂），不是蓴鱸偶憶歸。既乏斗稍資禄養（需次五載未補官），欲憑寸草報春暉。思縈寢膳經今久，累倚門閭悟昨非。他日承歡聯雁序（兄弟最盛），羡君重著老萊衣。

宦游五載嘆飄萍，萬里相隨一小星（惟携一妾）。階畔芝蘭誰護惜（三子俱留家中），夢中蝴蝶太伶俜（近接家書有鼓盆之戚）。到家難覓前時劍，遺子猶存舊日經。追昔撫今無限意，海天語罷夜燈青。

風景鄉關料不殊，勝游猶記舊西湖。小時夢識羅浮月，此

日還隨合浦珠。瘴過黄茅增健爽，峰經白鶴定踟蹰。嶺南樹石皆堪畫，一幅還能乞我無？（華浦工繪事）

華浦臨别出舊照索題

孰是今吾孰故吾，中年時看少年圖。連波無恙陽臺在，悼絶迴文人姓蘇。

披圖攬鏡自驚猜，舊日朱顔安在哉。錯怪畫中小兒女，相逢笑問客何來。

將至高花，大雨如注，衣裳沾濕

咫尺不得到，真成雷雨迷。僕寒皆猬縮，馬病欲鷄栖。旅舍催篝火，征裳盡帶泥。苦辛嘗慣否，舍笑問山妻。

吕小滄剌史兩次祈晴有驗，詩以賀之

大鹵時憂旱，濃膏此獨偏。彼人方待澤，我稼早連阡。霖每占三日，民如戴二天。豈伊編户福，賴是使君賢。舊德胡威絹，清風吴隱泉。牧邦除害馬，治國等烹鮮。效奏□歌後，心勞撫字先。所期成樂土，故此屢豐年。何意清秋届，頻遮朗曜圓。炎威雖減退，陰雨太連綿。秉穗田多滯，檐楹溜幾穿。漏天安可補，陽石擬同鞭。憂畏群僚共，恫瘝守土專。齋心嚴對越，祀事獨明虔。誠至通冥漠，神來享吉蠲。博山香乍裊，陽燧影高懸。乾鵲喧檐際，雌蜆挂嶺巔。耕收全未礙，暘雨兩無愆。愛博恩從溥，官高譽易延。神麻難猝致，人力固無權。念不關蒼赤，功誰妙斡旋。試看求必應，豈曰志非堅。美政原無匹，高名不浪傳。厥聲宜赫赫，斯意實拳拳。蹌濟襄殷禮，追隨忝備員。祝文先見示，大筆信如椽。

陳夢雲以其先德所藏蕉葉硯繪圖索題，并以七古一章投贈，次韵酬答

陳侯倜儻性好奇，恥與南郭竽同吹（向隨學使閱卷關中）。偶來東雍樹桃李（時設帳州署），亦有先後生光輝。昔也百聞今一見，高山仰止驚崔巍。譬之幅員有廣狹，君如上國余邊陲。捧心效顰見者厭，嫫母早自慚西施。先生乃有嗜痂癖，硯圖出示徵余詩。佛頭豈可遽著糞，辭不獲已將誰推？我聞筆耕可謀食，硯田不療書生飢。又聞妙墨解幻化，畫師近少風雲思。先生胡爲寶此物，吾知其意從微窺。有美含章自典貴，古人類是今人稀。修辭不本立誠出，往往襞積如屏幃。此硯質本蕉葉白，文如其質無可譏（其硯乃蕉葉白琢成蕉葉狀）。每一摩挲念堂構，誰能依傍人家籬。君其勤學守此硯，青雲毋負平生期。何必班生定投筆，燕頷食肉纔能飛。

次韵贈陳夢雲茂才

高曲誰能和，先生自苦吟。風雲呈變態，山水發清音。幽怨騷人意，悲歌壯士心。終期知也未，此是伯牙琴。

借蔣蓮友詩韵題穀生（夢雲先德）《宦游草》

我讀先生詩，心醉不關酒。想其落筆時，快同八叉手。滓去清虛來，汞化丹還九。其詞自新穎，其氣自流走。天馬行空中，羈靮安肯受。在昔昌黎公，墓志柳子厚。謂其窮不極，難致心傳後。試問金滿籯，可抵一經否。人生百年中，窮達事皆偶。此官雖不顯，此編永不朽。

題胡念初《聽讀圖》

追涼隨意坐桐陰，雒誦聲中愜素心。生得佳兒比蘭玉，不知底物是籯金。

畫中人似鳳將雛，樂寄閑居課子圖。我爲題詩增健羡，自嗟蚌老不生珠。

早發蒙城道中口占

幾多紅樹飽經霜，鞍馬秋風驛路長。國士橋邊一懷古，計程今日宿平陽。

車輕路熟馬騑騑，滿載詩情畫意歸。指點遥山閑縱目，横汾秋雁一行飛。

題林華浦所畫《風雨歸漁圖》

鱮魴柳貫一竿輕，雨笠烟簑得得行。寫到機心忘盡處，綠渠不解釣時名。

歸計何年幸得諧，釣游返我舊生涯。不須更説元貞子，直作漁人也自佳。

代人題某公子《兄弟行樂圖》，步某作原韵

一卷瘦石幾叢花，剪剪秋風徑竹斜。羡殺君家好兄弟，烟雲供養不嫌奢。

難弟難兄懶是真，一圖繪出静中因。塤篪差許同聲應，此樂誰能語外人。

依禁體和柯亭叔《咏雪》原韵

剛被流風舞處吹，清光映澈讀書帷。茶烹初熟饒餘味，竹壓微偏折故枝。爲問羊羔金帳酒，何如驢背灞橋詩。陽春總是高難和，一戰輕拚鐵不持。

歲暮懷人十首

明三從叔祖

里閈論知己，猶餘大父行。音書今日隔，情話舊時長。定後經千卷，歌終酒一觴。向來托同調，別久未能忘。

芷塘從叔

相去日益遠，相思無已時。交情早年見，古誼此心知。一別幾經歲，遂初安卜期。天涯與海角，宦轍嘆分馳。

召棠從叔

依托經三月，全無厭我心。情常殷下榻，誼不止分金。可悟知人哲，非關閱世深。當時年正少，進德況如今。

玉亭從兄

硯席當年共，分攜閱十秋。論文成已事，結想動離愁。遷擢行將及，材能老益優。亟思通尺素，誰是寄書郵。

蘊亭族兄

盛氣吞吴會，于今老一官。斯人多節目，其筆具波瀾。絶意芙蓉鏡，甘心苜蓿盤。故園一回首，寂寞舊吟壇。

緯古族兄

元龍湖海士，亦解重吾曹。與我周旋久，多君義氣豪。酒醒□索歇，客散月輪高。飲興今何似，神馳首爲搔。

戈德健表弟

結契從文字，相知有歲年。我終投舊筆，君亦負寒氈。未信科名貴，深疑造化偏。酒酣生故態，擬舉問青天。

林華浦別駕

之子南轅後，蕭條感索居。款誠似君少，懷抱向誰攄。取道三湘遠，還家二月初。來春新雁返，可有故人書？

高蘭軒明府

賤子交游少，瓜時偶遇君。率然結膠漆，幸不雜蕕薰。晚節交相勖，醇醪飲易醺。案頭書一紙，猶自挹清芬。

季蘭舫山長

文藝高無匹，相欽在性情。士原重人品，古不廢鄉評。勸學憑針度，謀生困筆耕。南雲翹首處，別緒苦相縈。

和章蓮如同年《除日典裘》原韻

晝叉落處少餘錢，篋笥雖存亦蕩然。今歲宿逋償略盡，最難預料是來年。

白梅紅杏漫同看，爲問霜中孰耐寒。一語贈君君記取，安貧纔稱作閑官。

暫解金魚换酒來，典裘何用太遲徊。門多債客先生醉，蜾蠃螟蛉使自猜。

《弃婦吟》示蓮如索和

妾命如斯敢怨嗟，生無媚骨即疵瑕。冶容有意阿夫子，改度可顔對母家。安得布荆不葑菲，甘居菅蒯讓絲麻。空房時理閑機杼，織素雖工耻自誇。

蓮如和詩至，叠前韵酬之，再索和

珠泪偷彈止自嗟，敢憑縑素較瑜瑕。争妍儂愧真傾國，蓄旨誰憐善作家。雉谷從教判荼薺，兔絲原不怨蓬麻。何緣説到長門賦，久矣羞聽女伴誇。

和詩又至，再叠前韵酬之

紅顔薄命可勝嗟，玉映清心詎有瑕。未必相忘由徙宅，何煩盛飾鬥拋家。不才妾尚能炊黍，偕老人誰念藝麻。織就迴文無處寄，慵持錦字自矜誇。

自和前韵

謡諑紛紜静女嗟，青蝇點壁易成瑕。衹今命薄容無地，説甚人生願有家。苦味憑誰回諫果，傷心最是種胡麻。世間皂白知何定，還賄乘垣尚自誇。

春日偶作

直忘魚兔况筌蹄，養性功夫到木鷄。酒爲澆愁新有債，詩多寓感半無題。獨來獨往真跳脱，斯哭斯歌托滑稽。富貴浮雲吾不羡，羡他桃李下成蹊。

紀夢（二月一日）

由來説夢笑痴人，那知好夢得非易。但令榮悴足相償，夢耶覺耶孰真僞？年來奔走亦云勞，險阻艱難嘗之備。薄宦顑頷長苦飢，愁緒牽縈輒不寐。一枕清夢從何來，非想非因頗可异。檐牖虚明屋數椽，排闥忽有春風至。前藉閑庭成小園，後通别院饒餘地。園中三樹影幢幢，行列非由人位置。兩株低亞結實繁，一株高聳染人翠。其他景物亦復佳，迷離惝怳難備記。地疑濠濮有會心，國到華胥真適意。春夢無憑亦偶然，二十年來少此事。奇情猶憶廿年前，夢睹王謝争座位。從旁微笑息紛紜，鑿空异想非思議。（余少時嘗夢至一聽事中設一筵，南向并坐者爲謝太傅、王右軍，次則車騎大令東西向坐，又次西向坐者亦王謝家子弟，不能舉其名。余厠末坐。觴咏正歡，王謝少年忽有自詡官閥互爭座位者。余笑云：風流人物亦竟未能免俗耶。太傅、右軍咸撫掌大笑，余頓醒。醒後其笑聲猶在耳也。）又夢有人贈寶刀，親爲書銘十二字（又嘗夢有人贈我寶刀，光彩奪目，余爲之銘曰：“嶷九疑，壯烟高，佩往還，恃此刀。”文義在可解不可解之間，醒時記之了了）。今羈薄宦迫暮年，豈有雄圖酬壯志。昔夢今夢將毋同，空中之色偶相值。必肆穿鑿斷吉凶，揆諸六夢知何義。君不見，滄海一粟生如寄，世間萬事等游戲。如此境界不可求，一夢亦爲天所賜。

連展（一名麥蠶）

黄雲猶未盡，連展快先嘗。别具春揄法，平分餅餌香。飣盤河漏細，下箸膾殘長。顆粒關辛苦，無嫌雜秕糠。

和希聲叔寄示《自貽吟》原韵

一付淇爐百煉餘，若猶有我即凡夫。棰教少剩何愁竭，奕不求贏未遽輸。濠濮會心隨境觸，匡盧真面任人圖。伏波乃爾關情甚，遠道頒來尺素書。

叔耽吟癖亦如吾，數首新詩愈我愚。音叶于喁知不易，山兼大小信非孤。餘情未斷時操管，前路曾經擬問途。何幸金針遠相度，一機鴛錦對風舒。

和希聲叔寄示追懷桐豫叔詩原韻

故山回首最淒然，大阮風流憶昔年。散奏廣陵今絕響，影徂夜壑遽長眠。心期賴有遺編在，德澤留教奕葉綿。追溯生平吾尚記，一番想像一流連。

遠想當年款竹扉，手因披卷盥薔薇。知公爾日新機軸，是我先人舊鉢衣（叔自早歲受經先子）。學出一源推嗣響，文標三準合流徽。弇州心折言難罄，遠繼韓歐賴有歸。

廿年豹隱薄時名，矜式鄉閭賴老成。何止餘才高杏苑，定無愧色主蓉城。後昆刻鵠難全肖，大雅乘鷖久上征。零落山丘千古恨，謝安不出誤蒼生（叔辛未成進士，得中書，留京一年即告歸）。

當時魚雁苦難尋，致挽無從蘊意深。此願莫酬生死憾，夙心忽觸短長吟。總緣潘岳能爲誄，遂使昭文再鼓琴。好待他年同引紼，一齊歌唱寄哀音。

代代州紳士賀張梅琴刺史封典（張廣東連州人）

龍章親見沐恩波（張官五臺知縣，時曾請封典），山近清凉久飲和（五臺即代州屬）。舊日邑侯新刺史，頌聲偏是雁門多。

曩思借寇路無由，今幸天教牧此州。兩見紫泥褒駿烈，知公舊德即先疇。

驛使南馳兩月程，鳴珂里被五花榮。州民更喜迎恩近，鳳詔先臨廣武城。

白鹤山高毓秀靈，鄉名通德緬儀型。躋堂恰值宣麻日，翹首天南燕喜亭。

曲江舊望姓連天，代有聞人豈偶然。异數頻叨彌感遇，肯教風度讓前賢。

一經端不愧清門，舊有藏書遺子孫。德遠後興終食報，于今三世盡承恩（張貤封其祖父母）。

幾回鐵網罥珊瑚，召杜當年有此無（張癸酉選拔，癸未進士，未中時先挑謄録，又考取教習）。盛典酬庸膺錫命，清時察吏重通儒。名隨薦剡達天聰（張曾邀保薦），早卜鴻毛遇順風。從此九重恩更渥，漢家黃霸到三公。

自　遣

迂儒自不合時宜，莫把迍邅委數奇。逐鹿定須材出衆，亡羊况復路多歧。痴猶有夢心何壯，窮到無詩境可知。行篋幸留書數卷，窗明几净且閑披。

自和前韵

世間底事最便宜，委運全忘數偶奇。通塞命宫原有定，古今義路本無歧。善誰蒙福邪何望，壯不如人老可知。心地芝蘭自培植，荆榛遑問幾時披。

半載以來，往往不寐，病根勘透，偈語適成

人生最好是糊涂，心至清時夢也無。悟澈瞿曇平等法，不妨依樣畫葫蘆。

巡夜（并引）

事閱三月，言非一端。隨得隨書，故全無倫次云。

衢巷净無塵，夜凉天過雨。雲破月初來，山色静太古。而我行其間，爽氣沁肺腑。不因秉燭游，此景誰親睹。計此一月中，得日四十五。造物無盡藏，不禁人自取。周歷雖云勞，赢絀幸相補。念非綉衣人，夜行固其所。

昔人爲貧仕，擊柝所不辭。居卑有常分，敢告形神疲。顧念賞不竊，斯語應非欺。不然火終烈，悔豈萑苻貽。振衣在挈領，其故深可思。言高恐獲罪，循分勤奔馳。即安吾不敢，餘事非所知。

清夢苦難成，夜游良亦得。柝聲遠相聞，徼卒密如織。我與相見頻，久亦漸能識。爾傭值幾何，終夜不休息。飢寒迫使然，不覺我心惻。爾但戒偷安，余不忍苛刻。臨歧囑諄諄，今夜月方黑。

夜静群動息，不聞鷄犬聲。驅車過廛市，無復行人行。忽憶黄昏前，此地何營營。詰朝定復爾，人事隨日生。浩然發長嘆，憫彼蠻觸争。誰爲獨醒者，局外觀棋枰。

和王五橋《旅懷》原韵

門到平原足懶過，羞將斗粟貸監河。綈袍持贈人誰是，書刺空懷字欲磨。游子暗傷親舍遠，亂山争似客愁多。古今無限窮途感，漂泊如君可若何？

暫因人熱未須哀，歷盡餘寒春又來。閏後黄楊原不槁，月中丹桂合先開。致身霄漢冥鴻羽，過眼繁華野馬埃。天使困窮應有意，欲將坎壈鑄奇才。

王粲何曾好遠游，言旋未遂且勾留。離群漸覺吟身瘦，買醉還嫌酒力柔。旅夢易驚寒柝裏，歸心早折大刀頭。越人章甫全無用，珍重明珠暗處投。

客裏新吟寫贈吾，珍珠密字不模糊。浮聲一掃秋蟬噪，清唳如聞野鶴孤。善學固應無止境，論詩即此是通途。浣薇誦罷神猶王，月到天心冰在壺。

賤子年來鬢欲蒼，半生落魄坐詩狂。深情偶觸歌兼哭，俚句孤吟慨以慷。同好何期得吾友，相逢止惜在他鄉。陽春敢以巴人和，恕我原非錦綉腸。

同蘇眉岩表丈游千壽寺

出城尋古刹，石蹬躡蒼苔。杰閣凌雲峙，遥山送雨來。老槐奇莫狀，叢药晚猶開。（寺有古槐一株，枝幹輪囷，形狀絶奇。時四月欲盡，院中芍药紅白二叢猶盛開。）坐待明師久（長老明善戒行甚高，余壬辰春兩次來游與相識，問諸其徒，云凌晨下山去將歸矣），茶餘竟未回。

同蘇丈眉岩、喬梓、高璧如、侄阿恒游白雲

訪勝來紅土（地名紅土溝），窮幽到白雲。松杉空際合，鐘磬上方聞。笏室譚詩久（王淡春明府、彭海樓孝廉續至，促坐談詩良久乃去），山僧獻茗勤（寺僧瀹茗勸客，無忤色）。回頭憐熱客，酬酢正紛紜（是日端午，城中多拜節者）。

戲和高蘭軒同年《偶感》詩韵

語不云乎人盡夫，西施一舸逐陶朱。不知夢到蘇臺畔，還憶吳宮舊寵無？

鏤枕空存舊夢殘，念家山破忍回看。五官也料非良匹，無那征袍拭泪乾。

自運城赴解州

一路清風趁筍輿，乍凉天氣似秋初。解梁南望中條近，飫眼嵐光畫不如。

甲午重陽在運城作

老圃秋光澹，嚴城落日斜。年時携小阮，閑步看黄花。薄宦泛如梗，歸期遲待瓜。淹留無蟹處，把酒一長嗟。

重陽後三日，鄭仰山邀登野狐泉純陽閣

良友荷招邀，尋幽興倍豪。清秋同選勝，嘉會續登高。寒荻生虛籟，飛泉瀉素濤。條山當檻出，一水不容舠。

和周莔珊司馬《游野狐泉》原韵

短髮羞吹冠自峨，勝游有伴不須多。苔痕滿地疑無路，山色隨人欲渡河。澹對澄波狎魚鳥，高憑危檻俯烟蘿。飛泉漱玉淙潺響，解意還如答嘯歌。

爲憑景美助辰良，柿葉殷紅石骨蒼。野外樓臺無俗韵，閑中草木有真香。留題恐坐吟詩瘦，索和偏教引興長。擬就先生乞餘慧，幸依規矩示圓方。

和郭蓼庵司馬《游野狐泉》原韵

幾年未預登高會，僕僕風塵那可奈。黄菊紅茱應笑人，誰使解巾徑束帶。今秋隨牒來郇瑕，傖狀懼惹友朋怪。何期秦越忽同舟，曲意包容不我外。就中好客有鄭莊，延賓别館掃埃壒。先輩杖履許追陪，相隨夢入華胥界。維時秋色正清華，一□碧玉湛寒瀨。撥雲直上翠微巔，放眼始覺乾坤大。條山南望咫尺中，乍晴斂盡浮空靄。詩思全憑此際收，胸襟頓失從前隘。沿河沙磧皚鎔銀，貼地塩花粲編貝。惜哉此地文士稀，列屋而居盡駔儈。鑒湖若乞賀知章，石兄早下米顛拜。我來小憩生隱心，

秋風因憶鱸魚膾。先生示我游仙詩，泉涌風發乃天籟。八叉頃刻想立成，一氣清空總如話。陽春勉和極知難，聲應禺于亦堪快。深溝高壘巧自藏，其奈先生索詩債。因君轉告顧曲人，醇醪一杯待分酹。(謂周莛山司馬)

宋樞甫世講以和章投示，叠韵奉酬

從來友固以文會，我自不文其我奈。幸然有目尚識丁，贈衣敢忘酬之帶。前者偶和景純詩，職此之故非□怪。多情小宋乃嗜痂，謬賞乃在風塵外。更有新篇特見投，出水芙蓉絶纖壒。我聞詩本發乎情，後人强欲分疆界。孰爲三唐孰宋元，江沱潛漢等濤瀨。君家學自有淵源，文章保世宜滋大。好風舒錦色新鮮，良玉生烟景暗靄。探喉自吐寸衷藏，揮毫未覺尺幅隘。豈有仙家無縫衣，組織定效海中貝。嗟我行年垂五旬，文心頗亦負狡獪(莛珊詩押此字，云與儈通，姑從之，俟再考)。今讀君詩始爽然，低頭甘作下風拜。腐儒粗糲僅充饑，詎比金齏與玉膾。抑人各有所欲言，不平則鳴號萬籟。兹復見獵生喜心，要與曩游作佳話。刻意學步雖難工，鼓勇敢戰亦云快。不然閟響同寒蟬，恐負詩債如酒債。瓣香所望度金針，一杯遥向漫堂酹。

鹺城聞雁 (時九月二十一日夜中)

被池寒透紙窗風，愁思難禁是客中。秋夜正長明未肯，那堪滅燭聽歸鴻。

恐誤歸期意似忙，西風乍緊雁南翔。并門怪爾匆匆過，不爲遥傳字數行。

余年垂知命，于天人盈虛之理似有所得。因自號拙安，作此詩以見意

久已安于拙，新知拙更安。窮通天有命，哀樂我無端。撫己心教愜，由庚路自寬。萬錢同一飽，粗糲勉加餐。

幾　番

幾番隨牒嘆奔波，故我依然可奈何。自撿歸裝成一笑，解州詩比絳州多。

和陸瑶林同年《太谷留别》原韵

苔隨云异喜岑同，不是深知論不公。可怪陽城能撫字，向來裴楷自清通。情深一往詩人旨，胸有千秋國士風。前度相逢早相許，才如美玉值年豐。

上游也信此心丹，無事披榛徑拔蘭。劇邑需人推郭永，仁聲一路誦劉寬。隨車甘雨來何暮，有脚陽春古所難。却悵瓜期容易滿，伐庖原不是除官。

最難及處是神恬，清恐人知止自嚴。即此脂膏有餘潤，問誰瓜李免微嫌。閭閻藏富欣安堵，案牘無私不下簾。石載鬱林先世事，家風自昔戒傷廉。

士夫紙上慣談兵，誰是誠求必以情。效職一官非苟且，尹

京五日亦功名。循良自古聲難盜，里巷由來議最清。羡煞緑楊城郭外，部民遮道送君行。

陸瑶林明府和余《野狐泉》詩，沉鬱頓挫，古色斑如，三復佳篇，不覺神王，再叠前韵奉酬即贈

小寡末由與王會，僻陋在夷亦無奈。一朝上國許梯航，始信山河猶礪帶。詩亦有王理若斯，陵顔轢謝何多怪。平原才大海不殊，長劍獨倚青天外。骨抱九仙絶匹儔，蟬蜕六合超塵壒。瓊瑶贈我白雪詞，蚓蛇落此鳥絲界。流覽數過情爲移，成連舟激海中瀨。自笑平生嗜苦吟，巫之小者今逢大。噫嘻乎，中條山色具奇觀，君詩儼挹中條靄。野狐泉水特小陂，君詩不類野狐隘。我有兹游君未偕，何乃一似爛熟金經葉寫貝。君不見，販夫販婦走市中，物價莫能欺老儈。又不見，將種閑自肄六韜，壯猷不待登壇拜。于無責有寂求音，正似吴娘工斫膾。何當結伴續前游，相與賦詩答清籟。爾時料更富名篇，衆口喧傳定佳話。所愧學步我未能，夫何落筆君偏快。一揮立就字千金，不比老慳勉償債。他時君若祭新詩，油歌定乞餘杯酹。

乙未二月轉餉赴都

也憚征途苦，胡爲易此行。四方男子志，五載故鄉情。趨事常防緩，盟心自竭誠。車中頻叱馭，亂石任縱横。

過南天門

王事原來自有程，何關路熟與車輕。夕陽已没月方黑，策馬南天門上行。

板橋遇雪，行二十里至井陘

傳車合向驛亭投，冒雪山行豈自由。銀海光摇寒起粟，愧他逆旅苦遮留。

趙陵鋪道中

川原含潤野云低，無復征塵逐馬蹄。新雪乍消泥滑滑，蒼茫烟樹趙陵西。

出京留别大侄女，兼示侄婿韓菊泉員外

頻年骨肉判西東，一聚翻疑是夢中。收涕纔能詢弟妹，僾言那不惱兒童。話來舊事悲兼喜，説到離家异大同（侄女隨宦京師已四載）。自後長安路方熟，莫嫌此别太匆匆。

自京歸里，宿留福橋

入耳鄉音熟，油然笑語親。五年重過客，千里暫歸人。稅

駕知何日，飄蓬嘆此身。意關桑梓切，晴雨問頻頻（時方憂旱）。

抵家四首

游人諳盡思家苦，何意還家倍惘然。環顧後生難遍識，大都老輩總垂憐。也知聚日原無幾，奈有歸期不敢愆。心事匆匆誰説盡，來時早已百憂煎。

墓門直北鬱松楸，冥鏹携來涕泗流。可免樵蘇到丘壟，未親祭掃幾春秋。先人賫志成遺憾，小子無才更遠游。再展烏私定何日，行踪難駐意遲留。

數年遠宦暫時歸，一似遼東鶴自飛。歷訪夙交半凋喪，重尋舊宅但依稀。深慚囊底千金少，痛惜人間萬事非。舉酒澆愁愁轉劇，挑燈不寐坐歔欷。

妹侄何期萃一堂，乍通問訊泪沾裳。征車欲戒神先愴，家事關懷話易長。若輩相違猶咫尺，余今此會豈尋常。叮□别後逢魚雁，著意平安字數行。

書南關旅壁

少長送我行，登車吾去矣。中心如有違，行行時復止。路旁颭青帘，村酒美且旨。一醉卧車箱，大鼾呼不起。薄暮抵縣城，知行九十里。

固關道中，馬上口占

石徑紆徐入遠山，亂峰不碍馬蹄閑。吟鞭遥指來時路，穩跨征鞍出固關。

和陸瑶林《五十自壽詩》原韵

入夢迦文此後身（事詳原作自注），已臨震旦久同塵。向非把臂稱投契，何自知髯果軼倫。才大偏能嫻令甲，學優未許守雌辰。漫嗟兩袖清風在，翁子居然不負薪。

乘春百卉合敷榮，豈是書生老啖名。學古能無尺寸得，投閑恐負五千撐。年今及艾時方利，縣昨栽花政有聲。一檄捧來胡不喜，娱親别自具深情。

來時兒女各依依，今日團圞願不違。庭茂芝蘭人慰藉，情陶絲竹意深微。平生不解公劉好，樂此羞言臣朔飢。令德從兹當更劭，向曾寡過近知非。

新詩滿寫剡溪籐，勉和終慚最上乘。樂壽固應君自有，鋪陳少溢我何曾。即今祝嘏堂前客，也似推敲月下僧。語不免疵憑斧削，大夫慎莫諱多能。

奉檄赴汾，路宿文水，與家人食蟹，作此解嘲

偶携霜蟹代乾糇，村酒沽來且破愁。莫爲相如懸戒令，監州今日不監州。

誰言公子竟無腸，一蟹方于一蟹强。口腹累人非我志，但因勸學死何妨。

自汾郡赴石樓

八口寄汾州，輕裝詣石樓。山空木葉落，泉冷澗聲秋。清景如相餉，勞人不自由。何當躡雙屐，高處一凝眸。

土集午餐謝逆旅主人

主人勸客意殷然，羊酪憑嘗不取錢。那識酸鹹殊嗜好，鯫生向不附腥羶。

大麥郊道中

峰迴水繞路疑窮，仄徑延緣一綫通。欲覓樵夫問宿處，人烟忽裊亂山中。

宿　水　頭

晚餐粗糲總相宜，且壓茅柴酌瓦卮。好是山村鷄犬静，夜深旅夢易扶持。

早發水頭

鷄鳴戒行李，進發趁朝陽。土窟人如鬼，山村犬似狼。穿雲霜蹬滑，撲地樹枝長。野老應相笑，遄征客底忙。

初到石樓縣作

越俎吾滋懼，操刀恐未能。乍教莅民社，敢不凛冰兢。
公事須勤恪，諄諄戒隸胥。德能我何有，讀得數行書。
衣食皆君賜，群生久飲和。輸租同努力，不必待催科。
鼉鼓三通後，山城早放衙。薄書須一判，隨筆爲塗鴉。
民□自無訟，詎必使之然。所遇非盤錯，遑誇烹小鮮。
地僻無賓客，庭閑簡送迎。貪眠由老隸，負曝傍南榮。
寒衙誰守夜，宋鵲與韓盧。特進厨人問，今朝飼犬無?
五日新京兆，瓜期料弗長。憑誰一借問，吾拙可能藏。

和同年高蘭軒明府《歲暮旅夜偶吟》原韵

百年風會逐時新，回首書業感舊因。誰使凌雲無健筆，敢辭浪迹等勞薪。綈袍眷戀慚知己，羸馬凄凉避貴人。一樣苦辛蟲集蓼，羨君猶現宰官身。

愧他漆點與脂凝，顧此頭顱每自憎。半世塵勞成夢幻，一生心得是淵冰。事誰能料多歧路，情所難忘耐久朋。我輩衹應無媚骨，人言傲骨太崚嶒。

問卜占星總謬悠，此心合付水中鷗。縱令驥足騰龐統，早已鳶肩愧馬周。敬慎惟期防日損，浮沉均可任天游。高材并世知多少，王濟憑教嬲大牛。

悲歌慷慨寫天真，詩筆疑君助有神。醇肆固宜來汩汩，嬋媛終畏詈申申。慎留馬迹愚公谷，慣嫉蛾眉妒婦津。我爲弆藏不無意，乞觀止許素心人。

辭席代柬

也知勝友集如雲，杯酒言懷意孔云。可奈鯫生多畏葸，昨朝新遇灌將軍。

《退園雜咏》爲蘭軒作（十二首）

半山紅錦

雜花發山陬，紅與錦相似。步障此天成，何用五十里。

杏林疏雨

花信似無憑，禁烟逼寒食。試于雨聲中，一爲問消息。

鳥奏笙簧

愛此春鳥鳴，聲比笙簧雅。彼固一一吹，不是濫竽者。

孤亭遠望

草亭不列墻，其勢何孤迴。維彼亭中人，眼更高于頂。

花城香徑

結廬香國中，徑曲花低亞。佳士固可薰，久當與之化。

荷池暗香

花香水亦香，香與衆香別。爲問主人翁，愛蓮可有説？

落英鋪地

紅雨落繽紛，隨風委砌草。藉卉亦復佳，痴僮不須掃。

紅果垂珠

山果取飣盤，色止紅者半。何如綴滿枝，且當春華玩。

胡床蝶夢

栩栩復蘧蘧，是周還是蝶？有此黑甜鄉，無妨一交睫。

林壑秋聲

聲似波濤驚，又如風雨至。幽人側耳聽，夜深正不寐。

霜葉流丹

林樹飽經霜，一色紅于染。中有覓句人，拾葉筆斜點。

梅林積雪

鋤月種梅花，人與梅俱瘦。忽報雪滿林，知是花時候。

和符蓉湖明府同年《留别襄陵士民》原韵

文具非徒法象懸，個中妙理悟烹鮮。人叨棠蔭經三度（前曾署理□鄉、武鄉二縣事），天與瓜期借一年（之任時，計交村不出秋冬之間乃選人來，遲直至次年冬底方受代）。猶有餘情忽金玉，特留片語當韋□（原詩有“臨行猶囑士歌□”句）。怪來此别同珍重，父老依依古道邊。

和蘭軒《新居》原韵

静境恣偃仰，一庭花木深。窗虚飛野馬，樹密聚鳴禽。地既饒真趣，人應有會心。憑誰圖此意，須爲覓雲林。

此地真堪羡，何疑衆口嘩。閑談時藉草，雅宴可浮瓜。但使朝能隱，無妨食不家。主人非素士，滿縣待栽花。

和蘭軒《脱齒》原韵

人惟天君泰，百體盡從令。此爲無病言，非所概于病。舌柔齒乃剛，物各异其用。剛者自易摧，理不關輕重。高子于理號通達，竟未忘情齒之脱。詩以紀之感慨深，此事胡乃近迂闊。君不見，草木無情亦無知，方春則榮秋則落。人生少壯那可長，老至原不别强弱。君齒雖云利，不比于鏌鋒。六十年來制强梗，孰非彼以鋭師一旅當其衝。念彼托于君，與君關痛切。今迫勢難留，固非交輕絶。噫嘻哉，世間無術可却老，誰能東海從安期。老當益壯乃佳耳，德與年化今其時。兩齒輔周室，太公彼何人。人苟有爲亦若是，日雖既昃猶清晨。耳聽目視不模糊，且拼狗竇成通衢。望君努力三不朽，古人此語非粗疏。噫！古人此語非粗疏。

蘭軒邀游晋祠，擬偕行，不果

平生無他好，所好惟林丘。豈有招使往，而弗從之游。三山事荒誕，五岳路阻修。何至地密邇，頗亦慵尋搜。凡事有前定，未許人持籌。白雲踏深徑，碧玉臨清流。泉石娱耳目，福或前生修。晋祠一片水，千古長悠悠。山右鮮名勝，止此稱清幽。西河昔于役，斯路當經由。方冀入佳境，一爲停行輈。轍忽中道改，足竟他途投（去歲役汾州，原擬取道此鄉恣意游覽，乃僕夫徑詒徐溝）。可知得非易，不是愚無求。世網苦牽絆，勞擾日不休。彼蒼位置定，解脱無良謀。勉圖一時快，或至招愆尤。静思造物理，所貴餘能留。風月取無禁，游歷久漸周。甘蔗試倒食，味比尋常優。名迹一覽盡，餘恐難相侔。公等且偕往，觀彼濠梁儵。後塵待徐步，我豈長埋頭。

喜　雨

急雨隨雲過，云還雨又來。勤應休浸灌，迅不藉風雷。酷暑先時減，生機是處催。晚霞明昨日，猶作蘊隆猜。

夜　雨

荷喧知雨到，聲在夜中聞。滅燭遥聽瀑，開門偶看雲。微凉虚幌入，餘潤睡鄉分。曉傍花叢立，幽香覺更芬。

中　秋

冗官員外置，佳節客中過。掉臂故山遠，舉頭明月多。有懷聊寄與，不醉奈愁何。一任情紆軫，憑軒發浩歌。

移　寓

萍踪隨處可徜徉，南北東西等异鄉。半世奔馳蟲集蓼，一家辛苦鼠搬薑。几塵净拂書連屋，窗紙新泥月轉廊。暫此栖遲良不惡，誰能擔石問餘糧。

夜　雪

窗紙亂蟲撲，蕭森增夜寒。侵晨沿徑掃，耐冷捲簾看。婦説圍爐好，僮愁買酒難。偶思欹枕卧，不是效袁安。

無題，效玉溪生體

娥眉也自詡矜莊，春色撩人態萬方。非必情多輕夢雨，可堪年少慣偷香。薰爐明燭思携手，珮響□聲總斷腸。之子遠嫌良不易，墻東况復有王昌。

丙申除夕

暮景飛騰真可吁，居然最後飲屠蘇。百年易逝如流水，一事無成坐守株。幾許壯懷不銷鑠，至今前路尚崎嶇。履端又自明朝始，會有春風慰向隅。

院有垂柳一株，濯濯高數丈，元夕綴一燈于其上，光滿庭除

光遠纔能耀自他，熒熒其奈短檠何？可知龍燭依杽木，也似蟾輝涌絳河。力據上游未曾有，明期下濟不加多。文章落墨宜高處，一笑天機十丈梭。

蓉湖偶誦其近作《魏香谷（蘭森）種蘭圖》詩，一時技癢，走筆成此，不以示魏，姑自存之

生也徵于蘭，古人有前事。君今名與同，圖此豈無意。聊代立之監，所貴思其義。紉佩期無慚，當門懼遭忌。安得九畹

勤滋植，畫中人自培心地。莫言樹者無其情，我視魏徵尤嫵媚。

偶　成

元龍不減舊時豪，歲月侵尋感二毛。天念我窮偏與健，才違世用敢言高。隱身難遽從牛儈，除目憑誰問馬曹。是想是因真怪事，無端夜又夢三刀。

清明野眺

閑游偶趁杏花天，百五韶光劇可憐。柳下惠風披弱縷，邑中黔突裊新烟。當爐擬買文君酒，挂杖忘賫宣子錢。行過溪橋知幾里，咏歸餘興尚悠然。

送蘭軒之官猗氏

行迹今全略，相知獨此心。同居三月久，結契六年深。勉盡陽關酒，憑彈單父琴。故人望君切，循吏出儒林。

一　意

一意孤行處，灘頭上水船。浮名防鬼忌，拙句借人傳。尚志非關隱，安心即是禪。小園足成趣，日涉亦陶然。

小　園

半畝園雖小，三三徑未荒。露溥瓜蔓引，風細棗花香。格磔禽鳴樹，翩翻蝶過墻。轆轤時一轉，興寄静中長。

用東坡《和子由記園中草木》詩韵咏旅寓小園

佳卉如佳人，藹藹邦之彦。雖生空谷中，香色終不變。余昔未解巾，愛此不知倦。每每對衆芳，兀坐手一卷。此地非無花，乏者姿韵婉。坐使鬱鬱情，無物可消遣。閑愁逐日增，一似草滋蔓。我欲紉國香，安得盈九畹。種植且隨宜，時節幸非晚。

小園無半畝，城市猶山林。塵囂豈終遠，暫遠足自矜。榆杏乃舊有，其功非吾任。亦有弱枝棗，樹在堂背襟。或言此地勝，可使朋盍簪。但恐利名客，入山終不深。相助理荒穢，僕倦呼之興。揮鋤爾莫厭，抱瓮吾猶能。

學圃豈云易，吾不如野老。隨意藝植之，先後每顛倒。我聞長養功，栽培關大造。幾見揠苗人，助長奪天巧。且殫力所能，無爲心虚耗。庶幾壅灌勤，可免鞠茂草。

瓜生蔓漸引，豆密節新拔。爲之架與棚，一一手親插。相彼初生時，出土止萌櫱。得養勃然興，勇于踐前約。可知消長機，如此活潑潑。凡物無不然，不植將恐落。

階前有碧草，葉切如菖蒲。隔簾青隱隱，一色侵蝦鬚。愛此生意滿，潤我詩腸枯。從信濠濮意，不在江與湖。索遠失諸近，無益徒勤劬。觸境忽成趣，此樂吾不圖。

枸杞多叢生，離離結實早。墻下何首烏，蔓弱根則老。取備药籠需，云可補枯槁。落日揮以戈，奔馬縶之皂。未必一刀圭，力敵衾裯抱。吾自全吾真，元髮未遽縞。

餐餐指甲花，盆植羅前廳。争開野茉莉，有似黄金釘。謝家紫羅囊，同時耀階庭。妙哉柳一樹，瘦影何竛竮。條垂欲踠地，高枝天半青。盛暑坐其下，時覺風泠泠。

非荷亦名荷，花色比雙南。非菊亦名菊，縫枕難爲甘。移根自别圃，露氣猶中涵。僕夫朝入市，買之盈筐籃。此花亦不惡，盛名非所堪。花幸不解語，解語應羞慚。

何必大樹下，乃得逍遥游。雜花滿三徑，亦頗姿清幽。紅蓼植平地，無异生通溝。牽牛經宿雨，莖葉亭亭抽。東鄰有古木，夭矯如驚虬。清陰過墻壁，偶借原非偷。

葵心知向日，衛足非所知。榴花具正色，來晚何足悲。騷客拾香草，山巔與水湄。那知此二者，不負平生期。願得燕桂樹，偕以楚江蘺。苕穎幸不孤，即此慰渴飢。

丁酉中秋闈中作

當年鉄硯記曾磨，觸境重教泣卞和。昔夢難憑官燭續，中秋又在鎖闈過。仙非舊侶知誰謫，月到今宵果是多。才短才長歸玉尺，銜杯我自看金波。

重　陽

又從客裏過重陽，强自登高在异鄉。送酒白衣消息斷，傲霜黄菊等閑香。馬嘶邊草三秋老，雁逐天風萬里長。且喜催租無我事，不愁俗物與詩妨。

十一月廿六日奉檄赴蒲、絳、隰三屬公幹

歲暮百思縈，脂車更遠行。總緣迫公事，未暇顧私情。于役須隨牒，言旋敢計程。征夫占邇止，或恐在新正。

趙城驛舍飯罷，冒雪行

微霰初零風透簾，館人爐火爲頻添。匆匆一飯驅車去，六出飛花壓帽檐。

霍州早發，雪止不作而道路滑澾之甚

玉屑玲瓏見晛消，泥融幾欲阻征軺。雪行轉憶前時好，詩思居然逗灞橋。

發史村驛，雪復大作

軔猶未發雪霏霏，一霎繽紛滿客衣。咫尺前村迷去路，梨

花柳絮作團飛。

過絳州追憶前游

舊曾游處一留連，鴻雪餘痕尚宛然。彈指流光真迅速，代庖事在五年前。

吕小滄刺史自題所畫《祝鷄圖》見贈，次原韵

緩步馴㲉雛，妙哉孺子驅。驅善先使暇，可知理不殊。

惱　雪

天公玉戲太頻頻，助虐風威劇惱人。爲問方圓好珪璧，可能鮮耀到陽春。

有　感

文章經濟各千秋，自命誰甘第二流。一事從謙謙又過，更無猗頓不黔婁。

猗氏留別高蘭軒同年明府

東道出君料，比風吹我來。故應相見喜，不放等閑回。話久僕同倦，酒闌樽更開。恐難辜此意，欲去且徘徊。

將發永濟，天氣快晴，喜極賦此

陰晴果是若循環，霧散雲開指顧間。此去不遮千里目，燭龍銜耀照昆山。

行抵安邑，夜漏已四下，空館不寐，詩以寄慨

慣工割面怯風頭，一凍真能合玉樓。寒重酒如求趙璧，夜深薪似借荊州。促教夙駕人誰肯，再説宵征僕亦愁。好是郵程前較近，驛亭應免戴星投。

過洪洞韓尚書故里

自云年足死，一語照千秋。直欲從龍比，忠何讓謝劉。獲全吾道幸，守默老臣羞。舊疏門人草，傷哉迹不侔。

過 兩 渡 作

怪得居人各似忙，歲除屈指逼青陽。若非新故年華异，幾忘馳驅道路長。小市晚嘩聲錯雜，春聯早換色輝煌。旅途倍起懷歸意，馬疾如飛不解裝。

紀煐述：三客亭詩草　卷三

深　巷

深巷閑居得趣真，雙扉静掩一庭春。縱非養拙聊藏拙，絶不言貧豈諱貧。境阻無妨求在我，官卑可要計隨人。孤踪早擬盟鷗鳥，宦海茫茫懶問津。

解　巾

解巾仍似隱蒿萊，人拙如鳩愧不才。仕路無憑甘繫柅，醉鄉可托偶銜杯。眼前急景防虚度，身外浮雲總儻來。傳語景純莫饒舌，顔含此處不疑猜。

客　中

客中襟袍向誰開，入户春風酒一杯。曩即寡交非戾俗，近雖屢空不名財。芳叢定有忘憂草，小圃權爲避債臺。自欲習勞無個事，花分三徑手親栽。

偷　閑

禄猶未及且偷閑，車轍無多許閉關。近覺臣心真似水，古來吏隱不須山。偶探香徑知花發，時啓虚窗見鳥還。我豈异人聊復爾，漫嘲老子太痴頑。

逐　日

光景原來逐日新，妙能著手即成春。酒因得趣偶留客，詩自遣懷慵示人。簾影搖風清入夢，庭柯沐雨浄無塵。案頭前日魚緘在，裁覆稽遲懶是真。

步　檐

步檐徙倚片雲高，痛飲猶慵况讀騷。熱可因人羞碌碌，窮難得已慎囂囂。斷非有意資章甫，奈是無心效桔槔。獨恠未能忘結習，詩情却比舊時豪。

露坐即事

吹袂風來夜氣清，明河時有片雲行。窗前瓜葉如荷葉，恰好關門聽雨聲。

棗

樹是何年植，輪囷衆木中。葉光偏受月，幹老不摇風。春過花纔發，秋來子半紅。鄰家漫猜忌，長物合相通。

柳

爲有捎雲勢，真疑帶雨聲。孤根能振拔，俗態失輕盈。露濯千絲碧，風來一徑清。緬思陶靖節，愛此古先生。

榆

誰將天上種，移植到人間。下土誇私富，東皇笑老慳。弃何輕木屑，鑄不藉銅山。試問餐英者，何如九府圜？

椿

特以遐齡著，春秋歲八千。新芽空入饌，老木自延年。耐久由天定，全真喜地偏。大瓠容五石，易舉豈云堅？

杏

花與梅同艷，微嫌乏者香。顰難效西子，貌取似中郎。泥欲成嘉實，誰能伐遠揚。殷勤封殖意，明歲燕來償。

榴

照眼明如許，何云紫奪朱。花原非暗淡，枝偶似乾枯。火齊方差近，胭脂畫得無？憑君留意看，目不要模糊。

雨雹行

日猶杲杲聞雷聲，紙窗倏忽晦不明。是時秋稼半死生，何當一雨如盆傾。雹胡爲乎隨雨行，催我黍稌傷其莖。日日以幾溝澮盈，今却未雨先祈晴。吁嗟乎！祝田欲獲亦人情，游子豈有田可耕。無田猶自心怦怦，況彼望歲編户氓。

中秋宿兩渡

征軺暫駐興悠然，肯把中秋客裏捐。自有酒肴足娱樂，且偕婦孺一留連。馳驅未碍酬佳節，勞勩翻教話去年（去歲襄事外簾，倥偬少暇晷）。浩月怕人增旅思，固應遲放十分圓（是夜亥刻月蝕，子刻復圓）。

渡黄河

他年喚渡阻風濤，一望連天叠浪高。誰信兩山牢鎖處，河流似帶不容舠。

禹廟

致齋來禹廟，九叩仰雕甍。栝柏千秋蔭，波濤四壁聲。天工補昏墊，帝力賴平成。何處容矜伐，功能此莫争。

夜雨自平陸歸

雨促歸程客不留，頻頻膝席問更籌。自言生有登臨癖，頗愛良宵秉燭游。

九月廿八日，茅津市上買得霜蟹數只

秋來空憶蟹輸芒，此味何期此地嘗。我爲持螯拚一醉，明朝合再展重陽。

有以時藝就正者，評點已竟，走筆答此

易俗誠非偶，論文料不殊。賁軍敢言勇，老馬或知途。我固無心得，君何取面諛。盡情傾吐處，能否鑒區區。

遇松亭都閫贈詩索和，次韵酬答

古人名作總林立，苦難讀盡古人集。學問無窮海樣深，誰能一口西江吸。稱性而談亦復佳，壯心聊藉消長日。功名富貴等浮雲，此癖難除由結習。包羅萬象無不收，彈指忽現空中樓。筆大如椽似君少，鯫生何幸從之游。稱許吾詩言大過，碔砆自分非琳球。遽告師期出不意，秦人未戰先焚舟。喁于前後每相應，由來此語疑莊周。絶唱既已有崔顥，敢更題詩樓上頭。問爾何爲不自揣，陽春定和岑嘉州。我與先生有夙契，才雖不逮

情相投。古人此處不假借，語疵莫厭吹毛求。

松亭疊前韵索和詩以酬之

行年五十不自立，茫茫身世百憂集。時藉小詩自遣懷，譬之數呼偶一吸。何期此地遇知音，謂我苦吟非弃日。好武知非將軍心，護前肯蹈文士習。牛溲馬勃醫家收，寸木强使高岑樓。我于此事不自信，莊生未得逍遥游。大篇讀罷望洋嘆，目迷五色驚圖球。海上三山不易到，意中恍遇成連舟。我聞古人下筆風雨快，意所欲至神先周。又聞古人一字不輕著，千篇已就雪滿頭。二者略無毫髮憾，古來能事推儋州。今觀君詩亦復爾，後先何翅針芥投。願書萬紙鐍行篋，他時分應同人求。

疊前韵酬松亭

美人遺世自獨立，仙裳楚楚芙蓉集。凌波微步襪生塵，乍陰乍陽争呼吸。娥眉空自鬥尹邢，對此料難語同日。不信請看聖女祠，旗上靈風何習習。此境待向詩中收，謝公高咏宣城樓。浩落自生天際想，汗漫豈是人間游。才合仙姬爲捧硯，詩如天樂先鳴球。筆有餘妍摛高艷，擬將漢女載後舟。噫吁嚱！里醜捧心效西子，罪甚問鼎欺衰周。須知天人淡妝亦都好，不在塗澤脂粉花簪頭。法曲一聽月中咏，世間凡響輕伊州。况是疊逢青鳥使，瑶琚履報桃瓜投。仙乎仙乎！奈何可望不可即，换骨丹方不許愚人求。

叠前韵酬松亭

一枝健筆如山立，聲聞藉藉豈雨集。世上不少牛飲豪，對君愧煞長鯨吸。此事誰肯讓古人，後日視今猶昔日。高談開寶薄宋元，耳食紛紛皆陋習。象外妙悟環中收，百尺果有元龍樓。巨浸茫茫香象渡，真機浩浩鯈魚游。淵源直探星宿海，典重不數琳琅球。大言争詑倚天劍，餘力欲負藏壑舟。舌撟不下嘆觀止，文哉郁郁吾從周。我似百川要學海，苦少活水來源頭。結翰墨緣定非偶，此間幸識韓荆州。所恨徒爲大國細，晋齊壺矢難同投。不然知己豈易遇，早辟三徑迎羊求。

叠前韵酬松亭

他時獨向營門立，渾身是膽義所集。凛凛正氣不可干，百萬貔貅仰呼吸。誰信餘事作詩人，一喝使我聾三日。原來才大自多能，此事不在童而習。韵餘競病詩中收，武庫安知非選樓。愧我一錐脱不出，羡君有刃虛能游。其運思也，略如魚復全圖拓八陣，機深莫測侔天球。其使才也，又如長戈利矛競擊刺，水戰肄自昆明舟。筆鋭干將語聞䚟，壁堅細柳人逢周。未忍相負將軍腹，不知幾秃中書頭。馬槊清談皆第一，宜其眼中豪杰空西州。噫嘻哉！以此衆戰安可禦，况我恇怯兵先投。與君土戲大言耳，勝之不武君何求。

叠前韵酬松亭

蜻蜓偶向釣絲立，適來豈必翔而集。高柳枝頭嘒嘒蟬，秋風亦非有心吸。不落言詮詩竟高，良玉生烟值暖日。龔黄自是古循良，何嘗令甲埋頭習。嗟乎！竹頭木屑無人收，收亦難修五凰樓。相非相笑付時論，獨來獨往斯天游。曩和君詩太鹵莽，竟忘塵缶慚鳴球。先生顧就盲問道，豈知空無一物偶然相觸原虚舟。君不見，鄰里通財急人急，苟其既富何須周。又不見，荆關畫品自高絶，可要瑣細摹鬐頭。仲舉漫勞懸一榻，賤子不是徐南州。今拂吟箋先自笑，矢梟屢矣猶重投。君其知我投止此，識在瓶管難多求。

比寫先七世祖《花王閣》詩數首示松亭，松亭讀而好之，又叠前韵見贈，援筆賦此酬厚意

昔賢既没言能立，其于道也由虚集。文固有之詩亦然，磁石遇針無不吸。笑彼墨客尚浮詞，徒詡芙蓉艷初日。買櫝還珠亦大愚，察者蓋寡庸非習。先人射策不見收，悲歌慷慨酣高樓。是時横流倒滄海，正士半從龍比游。自寫哀怨恨生晚，不見夏鼎聞虞球。詩本六卷剩一卷，劍失難更求之舟。曩携百册到山右，友朋分贈猶難周。手寫數首送公閲，知公定不攢眉頭。一句一吟果見賞（來詩有“一句一吟一杯吸”之句），可知月旦存中州。嗚呼！知音不易遇，明珠往往輕相投。幸餘一卷待郵致，决不持應他人求。

己亥元旦在茅津作，是日午前微雪，午後則細雨，廉纖天氣，清潤之甚

朝罷香烟在，開樽賞歲朝。梅風吹雨至，稷雪入春消。客騎冲泥過，奴雛爆竹囂。南山當户牖，佳氣此先邀。

正月十三日，赴曉芙明府召，盤南道中作

趣因偶觸倍欣然，果是春來景物研。叠鼓祠前沽酒路，試燈風裏賣餳天。欲辭徵逐何能已，藉可遨游亦自賢。記取楊林最深處，要乘歸興看鞦韆。

即 事 二 首

連朝粗了簿書煩，胥隸貪眠静不喧。花發訟庭春晝永，一窗晴日聽禽言。

偶因行飯步階除，日暖風和骨體舒。正苦睡魔無計却，飛來一紙故人書。

三月三日，致祭三門禹朝

疏鑿猶疑手澤存，禹功赫赫屹三門。平成天地歸荒度，偃蹇龍蛇失舊尊。萬世云遥今永賴，八年于外孰同論。好憑執事

襄殷禮，各秉虔誠肅駿奔。

歸自三門，中途口占

春色滿河濆，山山黛染勻。晚花連穀雨，叢樹指茅津。燕睇如看客，鶯飛故近人。懸知今夜裏，夢不落風塵。

致祭傅岩（在茅津北十里，俗呼爲聖人澗）

默思夢賚帝心孚，霖雨蒼生夫豈徒。百里旱乾今已甚，還能垂意故鄉無？（時久不雨，待澤甚殷）

間氣升天炳列星，舊傳禖祝應尤靈。明禋幸預緣非淺，願就先生乞一丁。

喜　雨

日日雲霓望，今朝雨霈然。再遲妨稑種，少歉漏高田。猶幸知期至，無虞被澤偏。問誰心最慰，一禱我曾先。

茅　蘑

食鮭分藉用，草豈在山微。浪迹他鄉遠，充庖此味稀。菌蒸泥帶潤，茹拔雨添肥。似與親知別，重逢悵久違。

宛尔天花蕈，何言具體微。雲英資醖釀，風味在依稀。秀色餐芝飽，真香茹草肥。雨餘憑掇捋，願不匯征違。

食　蟹

我雖不絶葷，頗以殺爲戒。羊豕刲自屠，律非由我壞。細若鷄與鴨，視不同土芥。賓祭一用之，非是養無害。公子雖無腸，豈供老饕嘬。何爲食滿前，尚嫌骨在外。偏嗜比蒲菹，縈思劇鱸膾。仁心夫豈無，饞涎不可奈。十載客并州，難得此爲最。問價駭聽聞，居奇任駔儈。云從遠方來，山路難携帶。躁擾況非常，經時易摧敗。雙螯莫慢持，一筐不輕賣。拙宦囊無錢，欲從何處丐。往往感秋風，恨不冠早挂。及今重思之，始知見理隘。大造本好生，凡事須去泰。人既判行藏，物亦分疆界。苦嗜未如何，不殺豈不快。特欲全吾仁，此意可微會。茅津古河濱，兩山束湍瀨。溜急走石沙，灘險少鱗介。偶然食指動，筮得朵頤卦。郭索出草泥，小者非其大。雕盤磊落堆，土人珍如貝。夙根信難拔，枯楊拭馬疥。取醉佐壺觴，難盈似溝澮。誰能議從鍾，且拼死隨蔡。念非馬相如，文章擅光怪。老妻呼共嘗，無用自梏械。食罷忽啞然，持律今何懈。欲已待來年，先生太無賴。

戲成四首

豈伊好事不無魔，畫餅充饑可奈何。些子纏頭誰復計，自傷公子太情多。

也曾竭力報知音，莫怪寒盟太負心。全聾實難非不聾，當時一笑值千金。

雨覆雲翻豈自由，思深斷袖會須酬。越舟綉被知重引，未必前魚不上鈎。

一入侯門會面難，花枝好在待君看。漫疑選舞徵歌地，別有新官對舊官。

過靈石次壁間韵

八月脂車五月回，行踪一任路人猜。郵亭恨少虬髯客，懷抱憑誰得暫開。

靈石阻雨，于肆上買得《通鑒綱目》《明史》各一部，載之車中，僕輩皆竊笑其痴，而我意自得也。口占二十八字紀其事

偏是寒酸不作家，書叢猶戀舊生涯。腰纏解盡身輕甚，拼與縑緗共一車。

題　畫

家庭樂事寫來真，景自情生妙入神。紙幅有餘毫未禿，何妨多畫兩三人。

己亥秋闈充對讀書事二首

朱墨紛紜費校讎，虛堂有鏡照難周。潛心歷數星千點，拭目還看月一勾。依樣葫蘆由爾畫，滿門桃李供人收。誰知皮相偏辛苦，燭剪宵分倦未休。

個中人力太分明，半是真書半草行。此弊積年難補救，歷科蕆事迫期程。轉譌淮雨因形似，真入廬山或面生。他日保無疏漏處，幾番披卷意怦怦。

己亥守歲

九重天上乍回星，臘盡寒消春滿庭。酒進屠蘇先洗盞，香焚篤耨待開屏。歡騰爆竹童環視，喜入燈花婦鏡聽。爲問東風何處早，詰朝試看柳梢青。

題某公《巴山話雨圖》(圖爲某公之弟作，時其人在越)

一圖遠寄兩情關，人各天涯憶故山。想到對床聽雨日，畫中先著屋三間。

眼前宦轍任東西，記取還鄉路不迷。可要逍遥堂下卧，北窗松竹雨凄凄。

張春波明府以詩見贈，次韵酬答

年來懶復叠陽關，舊作重披自赧顔。豈意瓜投得瓊報（春波索閲拙稿，大加稱賞，故有此贈），略如日下遇雲間。籍因共貫情偏洽（張，景州人），牒未隨移撓總閑。嗣與論文休厭細，我思爲錯借他山。

怪得逢人説項斯，誰教光禄最能詩。鳳應曾吐陳言去，豹未全窺大概知。從古丹青原後素，漫疑竹肉不如絲。君家自有《聽雲閣》（春波先世集名），軌轍循來路少岐。

叠前韵酬春波

尺樞信可運雙關，雅咏居然逼謝顔。别有機神超象外，何曾烟火食人間。不才恕我難追逐，得句如君豈等閑。半載交游殊草草，今纔真面識廬山。

耽吟有癖古如斯，餘事何妨偶作詩。鍛煉應殊叉手就，推敲自喜寸心知。换來凡骨資靈藥，赢得新詞妙色絲。韵叠前篇力工敵，天成儷似麥雙岐。

再叠前韵春波

筆陣全輸擬疑關，自慚知少不如顔。辱君相賞風塵外，顧我難居伯仲間。酒熟料應糟粕弃，雨餘可放桔槔間。雲何避舍追猶急，更出奇兵多似山。

堅木難憑鈍斧斯，那堪擊鉢又催詩。幾希餘勇乘時賈，惟怯真情畏敵知。操處豈無三寸管，絡來還是一絇絲。康莊方駕吾何敢，猶幸旁行路有岐。

春波借閱《九十九硯齋硯圖》贈我長歌，次韵酬謝

張公閲我家藏書，書猶未足繼以圖。厥圖維何舊硯耳，石田難耕安用渠。不謂子面如吾面，嗜好略不酸鹹殊。閉門造車出合轍，范金合土同一模。古來物每以人重，山也命名埭隨姓。偶遇一物經品題，往往至寶千金奉。酒鐺器借景山傳，茶園製溯君謨貢。我家參知蓄硯多，著書憑此餘年送。硯即未見見硯圖，恍睹東坡在石供。傳刻不用重雕鏤，題識不必詳來由。如印印泥取真相，花影現自花梢頭。製式或出漫堂宋，善書誰似諸城劉。文經三寫變焉馬，不著一字斯風流。參知舊硯世争愛，散落人間今卅載。龍尾鳳咮聲價高，與被玉帶生一概。所恨年開贋鼎多，致使華裔混疆界。市儈作僞期世人。紛紛持向街頭賣。豈知照膽秦鏡懸，吾今尚有此圖在。吁嗟乎！世間迂癖惟書生，事不核實驚其名。張公謂可按藉考，此論何异衡之平。贈我好詩氣深穩，非惟手敏由心靈。古人固自不滅没，傳盛每恨後來闕。今得君詩圖有光，千秋人敬鄭公笏。硯雖半軼不足傷，此圖與詩存仿佛。欲爲一字酬三縑，愧我囊底無長物。

春波借抄《花王閣剩稿》以書後二律見示，次韵酬謝

豈云黍稌餉，傷心離亂中。公卿權有屬，君國恨難融。身

賤言何補，時危道已窮。畢生憂莫釋，竟與杞人同。

鬱勃情難遏，長吟復短吟。憂時兩行泪，避地百年心。境苦誰堪此，詩傳直到今。知公相賞意，不比吊陳琳。

立夫侄就婚平魯，擬伴之往，不果，詩以送之

早知蹶里雀屏開，此去祥鍾玉鏡臺。我繫一官誰伴往，汝完六禮婦偕來。性難任處須謙謹，語到多時要剪裁。漫道新婚方晏爾，當年博議有東萊。

游晋祠作

曩欲游晋祠，臨時輒不果。今忽歷兹區，若有風送我。誰尼誰使之，此理測亦叵。到手即良緣，騁懷奚不可。側耳聽淙潺，放眼看巍峨。短彴斷岸横，杰閣晚烟鎖。泉源一甃清，木葉千章㚒。幽須覓徑行，倦偶倚松坐。高處一登臨，極目辨細瑣。于時值新秋，素節利流火。山水含清輝，一色天澹沱。萬景望中收，紛若炙髡輠。歷覽雖片時，所得亦云夥。默自念平生，遇事多坎坷。獨有汗漫游，不使足終裹。前此野狐泉，差喜償勞瘴。繼此訪古堆，何异離弦笴（余不久即當隨牒赴東雍），况被唐叔虞，神向此中妥。豈有咫尺間，忽與我相左。賤子亦何人，靈貺容屢荷。作詩答明神，濡毫不敢惰。

庚子派充外簾，偶擬試帖呈諸同事，似頗印可

昔人舊曲今人唱，遑問宗風屬阿誰。多謝諸公真慧眼，還能認得紀家詩。（文達公題《虞惇叔祖詩卷》，有句云“他日三條官燭下，諸公定識紀家詩”，蓋當時館閣有此標目也。）

闈中有感

愧我頻年入此闈，看人奪得錦標歸。惟遵功令昭詳慎，敢就文章道是非。賤子一生安素位，舊因何處問朱衣。憑君莫話從前事，八度秋風壯志違。

中秋前，在闈中，連接韓菊泉侄婿自都門，家芷塘十一叔自粵東見寄兩函

書來南北恰同時，讀罷欣傾酒一巵。千里月明應許共，鎖闈關不住相思。

在貢院接立夫侄書

書似蠅頭小，昏眸仔細看。三旬縈夢寐，兩字慰平安。惜別留賓易，懷歸作客難。惟余知爾意，不是好盤桓。

聞立夫娶婦賢甚，賦此志喜

娩婉聞新婦，宜家德有餘。志和能秉禮，心細略知書。已信莊鴻案，還期挽鹿車。有人千里外，日日倚門閭。

山行口號

風濟雲收景色清，泬漻極目最分明。吟鞭遥指疏林外，一角秋山畫不成。

近山已斷遠山圍，三五人家住翠微。隔水鐘聲何處是？樹遮古刹露朱扉。

他時記得過長橋，前距山城數里遥。恰有輪蹄導先路，白雲深處馬蕭蕭。

山田無地不桑麻，秋稼登埸婦子嘩。滿載篝車收不盡，流泉聲裏響連枷。

庚子仲秋之官東雍，張春波明府賦詩贈別，陽春未和，耿耿此心。下車後偷片刻閑，次韵却寄，時重陽前一夕也

千古此性情，夫豈别今昔。要知白栴檀，未必風能逆。刻意薄今人，是爲古人役。所以多讀書，不如話一夕。張侯静者流，卓犖邁群屐。臨别贈我詩，句畫旗亭壁。一句一低徊，行子忘岑寂。水豈前後分，續流同一碧。大雅久不作，微君誰

接迹？

羸馬氣疲苶，駿馬足驟駸。我才非君匹，謬荷君知音。定知君于我，所取惟胸襟。肯與奇共賞，不以高見臨。相勖在義命，頗耻論升沉。此固尋常事，正難求之今。當其視而笑，兩人同此心。餘事寄歌咏，名士多崎嶔。不見古諸葛，好爲梁父吟。

昔我僑晋陽，屢勞君枉顧。今我忽南轅，君共何人住。塞上雁不來，天邊雲自暮。古驛翠微巔，跋馬望君處。悠悠感客心，迢迢指征路。輪急助以鞭，僕倦休于樹。抗音誦君詩，渴療金莖露。把臂定何時，相對攄情愫。此時方羡君，退食咏絲素。

人惟義所在，可容出位思。索居不知過，誰曰群可離？猶幸周行在，行篋藏君詩。君詩不盈幅，歧路中多歧。藥言賴續贈，莫委魚鴻稀。丈夫四方志，未行馬先嘶。計君捧檄喜，當在冬春時。所願各努力，一官好自爲。君詩乃息壤，毋負平生期。

用舊韵咏菊花

淵明一去杳千春，舊譜翻來曲更新。采擷雖頻猶滿徑，葳蕤好在不成輪。故遲似與重陽約，耐久才知大造均。漫説持螯兼把酒，無言澹對亦稱珍。

目足寮即事

列窗遠岫色青蒼，河繞春城一帶長。詩境適緣憑眺闢，宦情未與卧游妨。綠楊枝外烟光媚，黄鳥聲中雨氣凉。自分官閑公事少，合拈判筆爲平章。

斛律光墓（今名絳臺）

一自盲人入，長城壞可知。臣心盟棗杖，國事付桃枝。明月憑誰照，高山止自推。至今雷動處，猶有鼓鼙思（前有廟祀雷神，土人相傳神即百升）。

春夜聽雨

小樓一夜雨蕭蕭，幽夢初回微醉消。撿校春期春尚淺，杏花果否賣明朝。

隔窗細響聽來真，瀋宕隨風碎滴勻。此雨可能到天曉，夜深難買玉壺春。

游龍門

黄河滚滚東南趨，當其衝者愁淪胥。龍門屹立禹功始，坐令一帶長縈紆。無水不下順斯導，維山蓋高安可逾。願大惟思溺人溺，志堅有似愚公愚。行所無事却有事，鬼神奔命風雷驅。

連山亘天忽破碎，誰爲一擘如摧枯。過此惟有砥柱險，其餘溯泳皆通途。于時若竟廢穿鑿，將恐泛濫迷歸墟。比來豫兗亦順軌，金堤酸棗堅如初。川后早獻安瀾慶，澤國盡得平土居。轉輸歲充倉庾供，灌溉事載河渠書。豈知神功此扼要，已先滄海成尾閭。我今來此睹遺迹，遠矣明德洵非虛。高瞻遠矚不能去，當時微禹吾其魚。

龍門之游，于三柏一石橋側買得活鯉一尾，請主人付庖烹與二客同食

敢信河魚不取錢，獲從意外亦天緣。主人記得南中味，道似槎頭縮項鯿（巡政楊君雲臺，少時曾客襄樊）。

將發河津

先賢施教地，此是古西河。昔已熏陶久，今何訟獄多。民風非遽變，客氣或干和。留贈無他語，豳詩咏伐柯。

在河津購得《文中子》《中說》《薛文清公集》各一部

瓜猶未及我先回，越俎難誇製錦才。王薛遺編收略盡，此行直爲兩公來。

藝蘭將華，適有龍門之行，比歸已開罷。對之惆悵，作此解嘲

輕別我負渠，爽約渠負我。往返僅兩旬，稍待胡不可？對花懊惱花不言，深情脉脉如含冤。無端弃置是誰過，何當竟委先尋源。君不見，山人去兮夜鶴怨，可憎孰甚風塵面。又不見，五柳先生歸去來，舊時三徑依前開。但使脉根未全槁，秋花更比春花好。須臾又屆著花時，怕君隨牒仍奔馳。

縱　目

一窗高處闢，目不隔嚴城。樹暗層雲起，烟消遠水明。詩中先有畫，雨後最宜晴。向晚乘餘興，東山待月生。

對　花

深院花開早，悠然愜古歡。官卑藏拙易，性僻辨顛難。一山香曾醉，真疑秀可餐。名葩隨處有，好是静中看。

戲和符蓉湖《生子》原韵

桃源無處不烟霞，根葉相連次第花。全仗東君能醖釀，可容斂手似薑芽。

絳臺即景

試從高處一凝眸，無限詩情望裏收。雲雜以山空翠合，水多于地野烟浮。青鋪禾隴圍村舍，紅出林梢露寺樓。極浦似聞聲欸乃，櫓摇小艇去悠悠。

白蓮花

同族不同根，紅蕖可并論。清泠波對影，淺澹月無痕。露重憑添泪，烟疏欲斷魂。膽瓶分數朵，恍似到江村。

學使臨州，各有執事，功將及半，寄慨于詩

知爲伊誰作嫁裳，一番忙罷一番忙。參禪初到小三昧，數墨適完前八行。乍可闈中休蟻戰，又從壁上看鷹揚。材儲文武宗師事，愧煞微官與贊襄。

書事八首，次余《秋門》韵

天威遠播讋群蠻，荒服由來盡款關。蠢爾腥臊原隔海，向時朝覲也呼山。云何構難興兵甲，竟自酬恩昧草環。誰爲擒王生獻縛，五車立付藁街轘。

專閫忠魂映九泉，軍書旁午粤南天。何人誓破乘風浪，不

日催齊下瀨船。備簡將才資犄角，特開御府賜金錢。登壇須念君恩重，烽堠休教更起烟。

净掃妖氛藉迅雷，將軍真個下天來。此時白羽初傳箭，他日黄金舊築臺。大勇原無輕敵意，中權尤仗出群才。國家尺土關輕重，不比尋常闢草萊。

似聞島嶼戰塵飛，蛾賊頻煩啓殺機。裘帶歌壺朝又暮，人民城郭是耶非。六千猿鶴隨燐火，十萬貔貅擁鐵衣。偏是杞人憂莫釋，東南何日解重圍?

海疆勍卒尚雲屯，近又求賢闢四門。武庫久宜森劍戟，揚州訖未貢瑶琨。空教故老思飛將，獨使憂勞屬至尊。薦士好憑真宰相，早開東閣效公孫。

施餌空傳賈傅謀，中華利被外洋收。細思堤潰全由蟻，坐使波翻豈待虬。産破萬家渾似夢，霧迷五里不知愁。莠民此事真堪殺，可許生徒托弱柔。

武略曾聞馬伏波，至今銅鼓應靈鼉。憤思一戰輕鋒鏑，勇冠三軍狎虎河。豈有元戎長坐甲，斷無小醜不投戈。義師何待紛紛集，自古奇兵少勝多。

又見高牙絢彩旒，窮魚遮莫釜中游。禍胎已恨成三窟，錯鐵猶堪鑄六州。囊括料應操勝算，箸多幸勿借前籌。須知此是封侯日，那個男兒不虎頭？

壬寅人日，閑步絳臺下

小步聊行飯，懵騰酒半醺。暖消青嶂雪，晴養絳臺雲。佳興隨時有，春光是處分。試看閑草木，得氣亦欣欣。

次《生香館》(維揚女史集名)《秋雁》原韵

辭咏秋風發棹歌，南歸幾日到汾河。翱翔意逐飛雲急，嘹唳聲隨落葉多。萬里長空騰健翮，一行疏影浸寒波。斜陽極浦添蕭瑟，宇結遥天目送過。

荻花楓葉飽經霜，秋色秋聲總斷腸。不爲稻粱留信宿，那堪砧杵助凄凉。後期伴侣迷雲路，前度因緣記水鄉。次第匀排飛有序，幾曾顛倒似鴛鴦。

拓來一陣入雲横，聲斷衡陽更有聲。燭滅三更霜欲降，沙明兩岸月初生。隰原留迹荒寒甚，飲啄隨緣去住輕。竟日拈毫吟未穩，問誰因爾得詩名。

塞北江南路渺漫，縱非蜀道亦云難。帛書繫後風吹緊，蘆葉銜來水宿安。最好淪漣千頃匯，可勝清怨二妃彈。憐渠具有隨陽意，不是區區自避寒。

和羅蘇溪廉訪《寄慰吕小滄刺史失火》原韵

優優敷政賦羔羊，餘事人推博物張。可怪星精下熒惑，似因書畫妒襄陽。飛灾總有杯車勢，熱念旋消冰檗腸。不是襟懷真磊落，難忘破甑况琳琅。

怗未遭焚剩戲鴻，昆岡撿得玉如虹。人非歷劫難成佛，樹到無枝始是銅。此後不煩貂尾續，當前更覺馬群空。使君騰上餘非寶，記取今朝火色紅。

廉訪又叠前韵寄刺史，代和二首（刺史令坦張墨池囑作）

太官竟不薄公羊，三篋書多許借張。可有美莊酬陸贄，自慚駑馬遇孫陽。欲清此處真提耳，苦熱何人不滌腸。願當箴銘書座右，瓣香虔爇誦琅琅。

詩箋取次付魚鴻，字綴珠璣氣吐虹。臧紇義難輕藥石，昭文意不在絲桐。火傳敬拜千金賜，烟盡長懸一鑒空。欲和陽春無好語，尚書占斷杏花紅。

逆夷犯順，大兵進剿，舍弟效侯捐白金五千兩助餉，有詩見寄，次原韵答此

書生無命不飛黄，羞説當年應舉忙。總有文章難報國，野芹合獻此微香。

誰非臣子問環瀛，行徑胡爲任蟹横。去病有家遑自恤，漫疑此物是餘贏。

但有家私未是貧，取宫差异乞諸鄰。平生貨殖非無意，卜式原來我輩人。

多君慷慨自輸誠，不爲邀恩與好名。他日登車長記此，勿忘夙志在澄清。

和李慕韓明府元韵五首

驛　馬

踏得山根亂石平，年深埋没大宛名。漫悲索價輸千里，幸免招尤斥一鳴。羽檄日多筋力盡，銅鈴夜急夢魂驚。絡頭安敢辭鞭策，驛使無爲太寡情。

籠　雉

無端忽被網羅羈，迴憶山梁舊境違。鎩羽固應慵夜雊，噬臍那不悔朝飛。當時文囿容三嗅，此日雕籠繞四圍。海上群鷗憑記取，雖貪游戲莫忘機。

路　松

非關物土不相宜，厄坐牛羊損故枝。太息經年猶偃蹇，誰知此叟最支離。林多雜木吾從衆，路有香風某在斯。一樣青青河畔柳，任他摇曳自生姿。

傀　儡　人

僬僥隊裏亦稱尊，優孟居然故相孫。目偶動摇難爾怒，手微上下藉人援。洪荒判後絙猶引，憑附多時石欲言。是戲是真誰辨得，兒童一路笑聲喧。

信天翁鳥

孤踪不與鷺爲儔，閑浴清波立小洲。境静恰宜紅蓼映，意遲合伴白雲留。豈伊枵腹情偏適，自分肥身枝未優。底事迎流魚上處，溪喧獺趁不能休。

横嶺關道中

亂石巑岏處，籃輿指向東。秋山紅樹外，古刹白雲中。地僻民多樸，泉甘歲屢豐。前途餘幾許，小駐問村翁。

和傅静川見贈原韵

一自折腰米五斗，翰墨因緣謝文藪。平生况復寡交游，舊硯重耕誰與耦。日來承乏到東垣，操刀迫試尹何手。簿書堆案積如山，誰問先生詩一首。座中休奕乃解人，真賞相逢蓋非偶。佳篇投贈致纏綿，恰似漢書可下酒。蓮幕多君筆燦花，萍踪愧我囊餘垢。敢忘厚意報桃瓜，貂尾終慚續之狗。

和李慕韓《感懷》原韵

福善漫疑天，緣慳豈數慳。智當思樂水，愚尚欲移山。朝隱憑嘲朔，郎潜可讓顔。願君勤伐洗，一變任窺斑。

君今隨短牒，奔命亦云疲。任等金龜重，童難竹馬欺。去留誰實使，高下我皆宜。蛇足甘添畫，何心酒一卮。

舊封雖蕞爾，亦自有民人。土瘠催科拙，氓蚩感化真。由來官卜達，多半吏稱循。行見滕王閣，風帆送有神。

名場動相軋，世味艷膏粱。譎計狐欺虎，機心雀遇螂。約惟工牖納，氣易失軒昂。拙宦雖清苦，方兹孰短長。

癸卯孟陬廿二日，因公赴河津縣，中途偶成

今日郊行亦偶然，嫩寒節候艷陽天。青回麥隴田如罫，緑隱楊梢樹有烟。景不在奇隨領略，懷容暫騁即因緣。憐他汾水多情甚，一帶時縈古道邊。

玉　蘭

穠葩作意媚春暉，玉色蘭香可厚非。笑煞群芳競相妒，却憑燕瘦鬥環肥。

鐵梗海棠

花開無信怨東風，但到開時便退紅。愛爾淺深施有序，争先不與衆花同。

二鵲營巢于樹，隔窗窺之，頗得天趣

雙鵲何處來，選此庭樹居。一巢始營構，心力與之俱。意圖體便安，敢憚手拮据。一據高樹頂，繆綢意恐疏。其一暫飛

去，遠到城之隅。將彼桑土至，勞苦鳴相呼。更番遞替代，歷久忘勤劬。力盡功乃就，心苦情則愉。物不外生成，儘可安微軀。未雨先喚晴，鳩拙乃其愚。欣欣觀物化，道察天何衢。朗吟淵明句，吾亦愛吾廬。

昨　夜

日間苦炎鬱，夜氣轉清虛。明月鋪庭可，微風入户徐。二巾乾浴後，一枕黑甜餘。晨起神猶爽，吟詩付小胥。

偶　興

散吏逢迎少，猶然處士家。樽餘邀月酒，庭有傲霜花。鐘鼎緣雖淺，烟雲供亦奢。他時返初服，擬向故人誇。

爲人題《竹下據石吹簫圖》

隨衆耻濫竽，心迹托疏野。兀坐吹洞簫，曲高和宜寡。佳景憑教畫裏收，孤懷自欲聲中寫。此時竹笑石不言，那須更覓賞音者。

爲某吏題《觀釣圖》

偶向江干理釣車，膾殘懶復拾王餘。誰知流水斜陽外，觀者從旁意羡魚。

轉餉金城，端午日祁縣道中作

（自此首以下至《度隴雜咏》脱稿一首，名《度隴吟》）

行役值重午，脂車村舍旁。幾家蒲酒醉，一路麥風凉。佳節酬非易，勞人處不遑。何時謝簪紱，耕鑿任徜徉。

裴晋公故里（在聞喜縣城北）

鋭意平淮蔡，君臣共此心。謀成功乃就，志大力能任。斫帽風波定，鳴珂里巷深。韓碑不磨滅，傳誦到如今。

臨晋道中

征人無計避塵囂，小睡朦騰不自聊。咫尺馬前濃翠滴，眼前獨有看中條。

渡黄河

南風獵獵渡黄河，雙櫓奇鳴一剪過。舟子漫疑占利涉，帑金五萬載來多。

登岳廟萬壽閣望華山

久慕華山名，恨不一蹴至。策馬渡黄河，倦極不忍睡。那知越重關，所履猶平地。忽喜連岡中，瞥見此君异。未審是與非，無言但默識。漸近仰彌高，始信尊無二。從知出類姿，匪必離其類。又悟見果真，獨斷無疑義。群婢與夫人，斷難混真僞。山神鑒愚誠，道士煩邀致。杰閣導之登，層巒指而示。咫尺落雁峰，仿佛見大意。仙掌高拂雲，危石如欲墜。蒼龍嶺亘天，峻極且葱翠。玉女洗頭盆，是誰爲位置？犁溝迹分明，神仙亦游戲。其餘述頗詳，苦難一一記。尋幽雖未遑，覽勝亦云備。人誰免風塵，此足酬勞勩。眼福神不慳，豈曰得之易。必欲造其巔，恐非征夫事。

經郭汾陽王祠下（在華州東門外里許）

武舉能交李太白，令公豈是尋常人。富貴壽考偶然耳，古今所重惟純臣。我聞師潰九節度，公在其中敢偏護。一彼一此事之常，不矜不伐公其庶。自非誠信孚豚魚，回紇虞詐何能無。總有六軍邊備弛，却因一騎君憂紓。齊名舊數臨淮李，戮力同心殲安史。將不受命嫌太專，臣無二心難與比。偏裨异日多侯王，令公之澤何其長。一代英雄借陶鑄，千秋俎豆宜馨香。西行車過華州道，道傍祠宇山雲繞。唐室今閲一千年，里人猶知廿四考。至忠若不有汾陽，大亂憑誰救天寶。云繫安危信不虛，即窮奢欲亦都好。于今天子方求賢，幾人才德如公全。諸老但能與方駕，賤子甘爲親執鞭。此時相感曠百世，使我懷古心悠然。噫吁嚱！使我懷古心悠然，驅車欲去重流連。

華清池（在臨潼縣南門外驪山下）

天寶華清迹已陳，毒流禍水彼何人。靈泉應鑒當年事，不洗凝脂洗路塵。

灞　橋

柳條半折樹猶存，山色青青水不渾。人説灞橋好風景，可憐銷盡古今魂。

西安道中

絶無亂石礙輪蹄，濡軌清泉不□泥。緑樹陰濃驅馬過，滻橋東畔灞橋西。

長安懷古

雄關百二控中原，古號名都豈浪傳。訪舊劇憐韋杜少，徵文况溯漢唐前。漫云遺俗存三輔，且就通津辨八川。上苑曲江河處是，繁華消歇已千年。

渡渭河遇雨，時五月廿一日午後，即駐咸陽

人嘆塵勞馬力疲，連朝暑暍苦難支。揭來一雨風吹送，恰

可城南喚渡時。

邠州大佛閣

久知佛性見恒河，四大須彌一刹那。大衆但能信如是，世尊可不問云何。豈應終閟廣長舌，翻欲自營安樂窩。驀地現身臨古道，似悲行役古人多。

邠州道中

地稱沃野足桑麻，桃李陰陰一望賒。好是流泉分兩派，中間有路走輕車。

雨後路不通，留滯涇州一日

山路崎嶇甚，何堪驟雨施。後車期未到，前館問須遲。且酌樽中酒，閑看壁上詩。尻神安可化，莊叟漫余欺。

嚴家山（在涇州南門外）

青詞零落剩紅顔，天道于斯信好還。不見容城清白吏，子孫舊德食椒山。

古瑶池（在涇州，似出附會，不足據）

瑶窗龍護鳳栖樓，王母當年偶此游。爲問雙成公子輩，幾人隨去幾人留？

發平凉冒雨行

膚寸油雲色變蒼，漏天催我馬蹄忙。衣裳猶未全沾濕，已自先驚雨氣凉。

彈箏峽（在瓦亭驛東二十里，屬固原州，以其上有金佛，故又名金佛峽，即古蕭關也）

瑟裂而爲箏，争者亦可戒。峽以彈箏名，意恐有機械。舉首見金仙，佛力衆生賴。所願顯神通，制伏水中怪。

六　盤　山

亂峰深處路彎環，緩轡徐行馬力閑。貪看雲生忘近遠，輕車已過六盤山。

行沮洳中，所謂七十二道脚不乾者也

枉作迴腸曲，難辭濯足輕。不乾誰怪爾，何故不澄清。

宿西鞏驛，和壁間韵二首

足纔出户已垂堂，邃古棔巢此濫觴。儘可樓遲蘇困乏，頗嫌局促礙疏狂。雲多深恐天將雨，氣冷真疑夜有霜。旅况蕭條難自遣，坐燒燭短引杯長。

此役由來等踐更，本無寵辱又何驚。星馳爲閲三旬久（余于五月四日領餉出太原，今則六月六日也），日瘁難禁百感生。長路關山非易盡，小臣風雨不留行。今宵料得團圞坐，定爾家人話遠征。

次日陰雨，王公橋不得過，留一日，悶益甚，又和壁上韵二首

野店如荒刹，何曾得晏眠。夢回千里外，雨急五更前。道路人稀少，雲山思邈綿。破愁苦無計，一醉欲逃禪。（此與前二首原作款署會稽馬笑山）

惆悵東風感舊因，樹猶如此可憐人。長條多折同傷别，弱絮先飄自送春。裊裊時摇天半影，青青不染路旁塵。當年張緒誰親見，憑想風流認後身。（此首專咏柳，原作姓名模糊不可辨）

青　嵐　山

山嵐何處不青葱，此與他山亦略同。一樣浮誇真際少，橋今安在問王公（王公橋，東距十五里，路極險而實無橋）。

清家驛次壁上耿虞臣詩韵

身世茫茫愧此生，敢云事比少時更。招尤多在齒伶俐，守默自求心太平。技癢偶因題壁句，性迂終厭濫竽聲。孤吟無意争詩霸，喻戰憑教笑曳兵（余性不好書壁，拙詩存稿而已，未嘗留題一字）。

抵蘭州納餉後作

歸心早似箭離□，何有長途馬不前。况是身輕能跨鶴，先生一笑解腰纏。

游五泉山（在蘭州南門外五里）

五泉山在天一隅，言此山者人人殊。或言此山最奇絶，可轢于越陵勾吴。或云稱尊適無佛，方回何必非常奴。自我視之皆不爾，事貴得實焉可誣。天下之山舉相似，所不可耐惟頑枯。不然三晋亦山國，如此岩穴夫豈無。至云點綴此較好，陋矣買櫝還明珠。直以水脉羅紋數，坐使石骨雲根腴。禪房几榻借清潤，筧田藝植資涵濡。泉實擅美山不與，事須別白難含糊。議論紛紜不中的，過揚過抑胡爲乎。回首看山忽如笑，意似信我言非虛。今且更爲進一解，如者當不疑面諛。泉不于山何自出，美名山固無妨居。

河橋（在蘭州北門外）

結撰自憑空，鈎連訝鬼工。兩涯阻深塹，一綫亘長虹。東海何時到，西陲此路通。河神真豁達，胯下出英雄。

歸途小憩安定，見旅壁有符蓉湖題句，次其韵成一律

未曙先鞭趁曉晴，來時舊館指山城。馬蹄輕快平沙路，人語喧嘩隔水聲。客裏光陰成道長，閑中情景易關生。一囊贏得新詩滿，幸不空回負此行。

重過脚不乾

病涉誠何意，涓涓日不休。朝宗焉用此，一任向西流。

重過彈筝峽遇雨

雨聲淅淅助彈筝，半是筝聲半雨聲。幾卷楞嚴曾讀過，今纔參透耳根清。

重過灞橋馬上作

樹外青帘似見招，歸程未覺路迢遥。菰蒲一碧清波漾，駿馬嘶風過灞橋。

歸路過潼關

一路郵簽取次催，晨門也識使車回。太平时節無邊警，四扇潼關盡日開。

《度隴雜咏》脱稿自題一絶

性僻耽吟我自知，客中又斷幾莖髭。筆端幸免明空污，雨過乾州未有詩。

送吕久香明府之任浦江

國恩原世受，庭訓況親承。圖報心常切，偷安勢未能。寸陰良足惜，尺木合先憑。莫怪佳公子，青年樂飲冰。

好是鴻風順，除書此最先。似知真練達，不假更陶甄。鋭脱囊中穎，和烹境内鮮。雲程千萬里，驥足定無前。

兩浙繁華地，頻年亦苦兵。但期與休息，不必事紛更。我輩惟求是，時賢動啖名。勿循寬猛迹，方寸自持平。

久托忘年契，驪駒忽在門。贈言難盡意，惜别易銷魂。宛轉歌三疊，殷勤酒一尊。好將新政譜，遠寄慰思存。

題呂久香《端箭圖》(余爲易名《省括圖》)

矢人爲矢無直直，亦猶此心無不正。省察不密防檢疏，漸失故常豈本性。呂侯念此意至深，繪圖懸壁資心鏡。侯心詎有不正時，戰勝猶虞怠乘敬。迹似大音寓無□，意同良醫治未病。飲羽苟非金鏃堅，鳴風難詡角弓勁。侯今作宰正少年，嚆矢未到聲先應。豐殺强弱矯所偏，競絿剛柔取其稱。但知先事辨紆揚，不欲臨時分智聖。其一在手二待抽，發無虛矢何須乘。事不求精止貴多，董澤之蒲安可罄。執冰而嬉擬豈倫，省括以佳中惟命。即今繹志非徒然，他年操縱行前定。願守初念勿改移，行見實心皆實政。此人此畫兩稱奇，快事的真二難并。方嘆下筆如有神，何意題詩屬不佞。至交諈諉那可辭，俚言聊效繞朝贈。

自題《秋興圖》

緊余信秋士，劇愛秋氣爽。逸興爲之飛，心目頓開朗。憶昔年少時，縱懷謝羈鞅。每當桂香飄，快挹松醪賞。紫蟹時正肥，其大可如掌。旨酒遇嘉肴，往往空盆盎。詩因葉偶題，情與雲俱上。氣佳景自清，天高地亦廣。身世兩踟躕，乾坤一俯仰。百感托悲歌，萬籟答餘響。爾日賤書生，意氣何倜儻。一從離故山，此境勞夢想。用是繪爲圖，烟雲資供養。平生曠士懷，對之神猶往。今吾與故吾，一也非有兩。所惜畫中人，齒比舊時長。

自題《池塘覓句圖》

舊日池塘夢到無，枉教覓句繪爲圖。可憐蟋蟀悲秋菊，不似當年大小蘇。

只因舊夢費尋思，好句全無懶作詩。今忽披圖如夢裏，被他賺斷幾莖髭。

宋璠溪（淦）依聚星堂例咏雪，索余及張墨池和，作此奉答

朔風怒號族雲葉，霰不待集已成雪。平沙河故蟹行多，遠山驀地鳥飛絶。門前未睹屐迹斜，窗外先聞竹枝折。去年曾記過灞橋，林際夕陽半明滅。于時無雪詩思枯，碧海鯨魚那得掣。今也即景欲追摹，又苦柔毫凍如纈。却喜先生惠以詩，教誨不斥于不屑。揮毫落紙芒色寒，目難逼視但微瞥。風流直接聚星堂，項斯可怪逢人説。屬和除覓張孝廉，此人有筆能屈鐵。

戲和璠溪《謝送水仙花》詩原韵

梅弟礬兄信寡儔，贈君竊比木瓜投。止愁臭味差池甚，難把微香鼻觀收。

花向春風尚自愁，無詩我亦對花羞。得君佳什才三復，洛浦真如夢裏游。

天葩肯與衆芳同，欲效凌波步未工。傳語會稽人莫笑，施家原自有西東。

漫把幽芳比艷姬，三年宋玉少人窺。過墻妒煞西園蝶，偷得香來粉褪時（事具原唱）。

璠溪以《偶與墨池對弈》詩見示，次韵奉酬

國手非同蠻觸争，丁丁落子但聞聲。憑教寓目同觀戲，除却攻心不算兵。鬥苦動懲先者敗，謀成臨罕卒然驚。輕裘緩帶斯名將，安用縵（平聲）胡武士纓。

璠溪仍用聚星堂韵賦詩見贈，作此奉答

平生刻楮難爲葉，老大無成鬢垂雪。却貪鷄肋可憐生，誰道虎頭不痴絶。萍梗何辭流水漂，桂枝原未早年折。争勸鋏隨馮煖彈，偏欲竈學梁鴻滅。竿高詎礙鲇苦緣，輿曳正坐牛先掣。園花既已委于藩，襪綫疇復抽其纈。良工乃不弃樗材，非實也邀收玉屑。似因久以赤心推，未忍輕將白眼瞥。不然過獎我何堪，夫豈虚語君慣説。叨愛可云臭比蘭，持論終疑案非鐵。

題周小蓮《荷净納凉圖》

字雅圖宜雅，書香花亦香。此中容嘯傲，何處有炎凉。把卷凝思久，臨池引興長。怪君多逸氣，舊住水雲鄉。

禱雨古堆，禮神後登寺樓眺望

咫尺猶千里，因公得勝游。泉聲咽亂石，山色上層樓。藻蜜寒魚唼，蘆荒斷雁投。何當風滿處，一雨洗清秋。

次韵馮秋堂學博《咏菊》八首

曾記東籬慰寂廖，相看還憶舊丰標。早拼酒對陶詩酧，乍可魂歸楚些招。脉脉無言顔自駐，珊珊遲至路疑遥。若非夢得生花筆，誰與閑吟富一瓢。

幾經李謝與桃飄，纔信秋花色不凋。約肯霜螯期後至，魂從寒蝶夢中招。同心蟋蟀如相念，舊伴茱萸或偶邀。堪笑當年杜工部，涎垂竹葉自無聊。（以上菊魂）

不分明處却分明，連瑣窗虛月遇晴。花滿一龕人淡對，影鋪四壁畫縱横。圖非設色原無迹，枝偶摇風動有情。挂角羚羊略相似，可容與爾訂詩盟。

粉墻縠帳鬥婆娑，妙手黄筌不是過。見説天花曾散室，竭來羅襪遽凌波。清羸可要三毫益，真幻平分一樣多。侔色揣稱苦難肖，愧予枉自費吟哦。（以上菊影）

遲開晚謝理原該，静女何心怨摽梅。濃抹淡妝無不可，亂頭粗服漫相猜。丰容止許幽人賞，盆石無庸作意栽。久對微吟思一醉，恰逢送酒白衣來。

青女無爲苦見摧，風流自賞意遲徊。饒他凡卉同時發，耻與群芳一例開。不是矜莊倍瀟灑，縱慳兩露絶氛埃。美人獨立方遺世，未可輕教艷婢陪。(以上菊韵)

西風漸緊雁來時，花夢初回靖節籬。味外酸鹹浮蟻辨，個中消息晚蜂知。爲饒淡趣餐無厭，偶醉幽香醒亦遲。舊句但誇有佳色，竟忘馚馥沁心脾。

花多何用羡河陽，籬畔金英别有香。鎮日流連成臭味，無人采擷自芬芳。沐薰不受斯真隱，甜俗全無乃古狂。今此續貂憑狗尾，詩成轉悔拙難藏。(以上菊香)

和宋璠溪《喜雪》原韵

我已弃先疇，篝車久不謳。抰延枚叟賞，爲解杞人憂。來歲康先降，他時賑免籌。何疑古循吏，慰意稻孫樓。

代宋璠溪和友人《觀風擬作四首》次原韵

暖　硯

憑他文筆插青天，呵凍終嫌搰搰然。却喜薪傳水銷骨，不妨火耨石爲田。墨華真個疑堪煮，書境于斯可與權。漫詫行間光萬丈，争誇玉潤認珠圓。

冰　床

功分四載迅飛鳧，不步趨時亦步趨。神馬機先容獨往，靈鼉水底料平鋪。卧游那可眠欹枕，清賞居然魄濯壺。坐久渾忘寒栗冽，羊裘自暖不須狐。

手　爐

誰爲爐薰爇桂蘭，九微火似九還丹。宋人藥好方從秘，荀令香温袖不單。携慣儼如軍纊挾，熱成試把客棋彈。指伸不復薑芽斂，怪殺連朝鶴語寒。

脚　婆

一樣温存不許身，暖和燕玉氣先春。横陳止在冬之夜，卑履何能日以親。雖托微波原各夢，更無冷艷與同塵。竹夫人見應相笑，賤妾年來弃已頻。

祁縣道中微雨

嶺雲四合色蒼蒼，冪歷如絲雨氣凉。古道無塵侵曉過，輕風吹送麥花香。

過 洪 洞

驟喜塵襟滌，行行到水鄉。風喧荷葉側，雨足稻苗長。樹影彎腰互，泉聲入耳凉。微嫌圖畫裹，點染少漁莊。

題畫四首

桃 花

誰著成春手，描爲綬帶紅。無言情脉脉，先此笑東風。

白 梅

影瘦烟輕護，香幽月乍窺。白非緣日浴，清似畏人知。依約羅浮夢，低徊和靖詩。寫真輸畫苑，珍重繼徐熙。

牡 丹

豐肌弱骨自猗那，細膩風光艷綺羅。占斷人間真富貴，胭脂總買不須多。

菊

偶拈湘管寫金英，陶令心期付一莖。留得傲枝聊復爾，可知凡卉太憨生。烟霞錮疾籬邊影，風雨重陽畫裏聲。老眼看花常似霧，此圖展玩獨分明。

人日晴眺

新序逢人日，芳春玩物華。萬山晴欲笑，六幕净無遮。景好都當牖，時閑不報衙。風傳聲裊裊，歌管是誰家？

代人題《蘭桂圖》

芳蘭不當門，纔免招人忌。桂不植月中，吴剛方許避。君子鑒此圖，令名保非易。

代人題畫《雁來紅》

旨鷊尋來草嫩，杜鵑啼處花紅。若問閼氏顔色，雁聲在此圖中。

周小山見余《咏畫菊》詩大加稱賞，依韵投贈，作此奉酬

肯教俗耳聽咸英，捻斷吟髭知幾莖。摛藻固應待騷客，論詩何意到鯫生。從今刺綉憑依樣，愧昔吹竽枉費聲。咏菊句邀君謬賞，古人齒怕冷淵明。

見畫上信天翁，廣其意作二首

自知生性拙如鳩，冀幸全無況怨尤。待到元珠歸象罔，先時求己讓離婁。

翛然獨立水雲隈，一啄隨緣任儻來。惟幸天教飢不死，敢辭魚虎笑無才。

靳應五囑題《美人抛扇圖》

日長倦綉偶支頤，不那閨情若有思。紈扇分明寓哀怨，緣何無語續斑姬。

意雖微倦尚凝妝，一顧傾城態萬方。暑氣漫嗟無力拂，冰肌玉骨自清凉。

有感戲作

勝概堂堂去，虛名此獨留。人稱半刺史，地號小蘇州（東雍舊有此號）。皮相誰當信，頭銜我自羞。却因升斗戀，老病不能休。

宋璠溪將有并門之行，自聞過絳，賦此贈别

胸無宿物兩心知，彼此忘形憶昔時。忽忽三年成闊别，匆

匆一聚惹離思。故交寥落晨星數，往事低徊昨夢疑。哀樂久傷更棖觸，留君不住意凄其（高常侍句偶借用之）。

年來密邇聚無由，此别關山更阻修。我在下風深悵望，君懷舊雨定綢繆。岑苔近遠誰云异，溝水東西任自流。但使天涯有知己，不須三徑遲（去聲）羊求。

腐　儒

腐儒原未遠人情，僻性終難逐隊行。貴賤亟知由趙孟，窮愁何遽負虞卿。倏游濠濮庸非樂，蝶附當塗自欲驚。灌灌總然無補救，捫心幸不愧平生。

夕雨即事

疏雨近三更，風檐乍有聲。草泥侵徑滑，燈火透窗明。促漏頻頻數，深杯一一傾。詰朝問奴僕，穀價料差平。

庚戌秋杪，余有轉餉之役，同城寅好爲醵餞，因啓行在即，拼擋一切，苦無暇，辭不赴，作此申謝

（自此首以下至卷末名《度隴續吟》）

非不欲淹留，行期奈已諏。簿裝須自撿，高誼坐難酬。此别無三月，吾曹共一舟。暫時容脱略，歸日待從游。

洪洞早發

未曉匆匆發，輪蹄敢暫停。寒蘆喧暗水，高柳挂疏星。夙駕人争詫，宵征我慣經。車中渾不寐，歷數短長亭。

霍州山行

縷縷炊烟起，人家晚飯時。雁行臨水斷，馬力入山疲。但使行差穩，無妨到少遲。僕夫休太息，恍瘁我深知。

靈石道中

一水縈如帶，群山繞似環。雁飛黄落後，鯨響翠微間。前館頻頻問，居人得得閑。風塵不歸去，老我自羞顔。

十一月一日曉發潼關，爲合著華山車簾不下

也知一路曉風寒，奇境當前眼欲寬。記得他時吟雪句，曾云耐冷捲簾看。（“侵晨沿徑掃，耐冷捲簾看。”余丙申咏雪句也）

華陰驛館叢菊時摧殘已甚而丰韵猶存，詩以慰之

嗅來猶自帶餘香，幾度西風幾度霜。車馬紛紛多熱客，問誰對爾過重陽。

灞　橋

西距長安咫尺遥，路餘殘雪馬蹄橋。年來才盡無詩思，底事衝寒過灞橋。

秦中吊古

渭城古道夕陽邊，多少荒陵在眼前。漢瓦唐碑無一字，空餘高塚象祁連。

初八日駐永壽，天陰欲雪，人定後出户視之，見星光錯落，謂已晴霽，而雪花滋大，乃悟此西山人家燈火也

雪泥生怕阻征輪，白鳳難騎海□銀。誤喜半天星斗焕，連翩委積更愁人。

初九日快晴

快睹朝陽出樹腰，寒山遠上不知遥。夜來霽發今何在，餘雪無多見晛消。

亭口旅壁見周曉山留題一則，戲作

有志今無何次道，著書誰似杜光庭。前身君豈鳩摩什，何處翻來貝葉經。（原題云：佛告須菩提，亭口山與花果山斜對，中間止隔涇河一條。若有善男子、善女人于此造一浮橋可近州里，功德甚大，可證阿羅漢。）

十一日次涇州，憶昔年轉餉過此，大雨如注，余先發，到頗早，餉鞘及行李等車俱陷淖中，不能進，逮次午方至。維時异常焦灼，一夜如坐針毡，今昔相較，何啻天淵，因借壁間韵，賦此

西征記得甲辰年，冒雨長駈到在先。肱枕何曾殘漏穩，心旌止爲後車懸。即今一路行多阻，猶喜三更夢易圓。往事追思堪自慰，茅柴小壓意陶然。

六盤山口占

路經太華未躋攀，私恨常縈夢寐間。那識送迎不辭遠，多情却有六盤山。

贈六盤山僧大澈

自有精廬在，僧居不厭貧。俗緣方外少，禪悦定中真。屋

壁題詩滿，山泉瀹茗新。兩番經過此，小坐亦前因。

次壁上韵（并引）

十五日宿隆德，天已暮。四山雲起，非烟若烟。夜過半，寒甚，不能寐，疑有雪，急披衣出視，時雪猶未下，而雲氣重重。計尚早，仍掩關，坐待天曉。比黎明再視，地上雪已深寸許，然勢漸殺，不礙行。促之速駕，奈車馬不能應時至，遷延又久，故是日發軔特遲。晚抵前館，見旅舍壁間有詩一章，因次其韵，以遣悶懷。詩後書河間嵐樵氏題，鄉貫既同，而姓名未署，暗中摸索，竟不辨其爲誰，俟詢里人當有知者。

冷透窗棂攪客眠，披衣視夜聳山肩。雲如頳處陰垂地，雪未行時意滿天。道長久從千里外，愁多無那五更前。可堪代步求非易，却説征人懶著鞭。

（附原作：一意遄征夜不眠，軍儲五萬重仔肩。駈車歷盡三秋日，捧檄難辭六月天。路險怕逢新雨後，客愁最繫曉風前。誰知人馬都疲弊，猶向邊城急著鞭。）

十九日冬至，宿西鞏驛

隆冬于役向遐陬，可怪妻孥爲我愁。今夕計程應共説，行人約略近蘭州。

行抵安定，又次嵐樵壁間韵

旅顏瘦不爲思家，自載閑愁滿一車。所喜更深容客睡，邊城無復夜吹笳。

（附原作：作客何能似在家，無端風雨困征車。夜來更有傷心處，一派羌歌雜暮笳。）

和秤鈎驛壁間詩韵

步行或百或五十，往往力盡仰肩息。今我一路幸乘車，苦辛亦似馬馳驛。年來雙鬢漸如銀，蹶趨非不謀其身。事關軍實那辭苦，漢家大將方討虜。

（附原作：此去臯蘭百七十，一日兩日可休息。天公何事太磨人，秋雨秋風秤鈎驛。寒士那得十萬銀，是誰以此纏其身。多住一日無所若，多作一日守財虜。）

車 道 嶺

行行勢漸高，遠矚一延頸。無怪少白雲，此是車道嶺。

石 頭 溝 歌

石頭溝，不見溝水東西流，但見石齒排比密如櫛，顛跌撼頓摧行輈。石乎石乎，爾何不爲峰之高、谷之幽？何苦争此一綫路，過客與爾誰仇讎？石頭溝，爾何尤。天實生使然，歲久無人修。惟念天家懷遠不惜費，源源歲幣輸西陬。四方餉使大都由此過，不知白盡往來多少行人頭。

抵金城納餉後作

仔肩益我愁，出手有人賀。貧富理亦然，何爲看不破。聚散有無間，一霎雲烟過。人生憂患多，豈惟苦寒餓。慨然憫貪夫，夜難安枕卧。

歸路重過灞橋

公家事竣使車輕，馬疾如飛自在行。舊譜翻新真創闢，灞陵橋上數歸程。

司空表聖故里（范橋屬臨晋縣）

綽楔岿然孔道邊，司空故里志當年。平生人品如詩品，我對中條憶此賢。

頃赴太原領餉，途中成五言律三首，偶録示庫使李蘭洲三兄，猥荷夜光之報，且囑以續作付郵筒，意頗諄諄。回絳後編排粗定，寄求點訂并系以詩

交久益相親，如君有幾人。宦途聲氣廣，我輩性情真。舊雨通家共，醇醪預座頻。寄詩憑點竄，火不厭傳薪。

紀熯述：三客亭詩草　卷四

元宵瑞雪

紅搖燭影漏遲遲，特與天工玉戲宜。雨變祥霙蜚六出，農欣宿麥卜雙歧。浹旬春淺澤先布（初四日立春），隔夜月圓歡共追（十六日月望）。幸際升平人樂愷，微臣紀瑞可無詩（時無詩，王雲閣明府書來詢及，故補作）。

寓嘆四首效放翁

笠簑容易謝漁樵，未有弓旌遠見招。老剩激昂歌當哭，生無建樹壽猶夭。出山小草庸非誤，墮溷飛花不自聊。歸計未成歸且漫，年來倦折沈郎腰。

兄弟皆難叔不痴，梓鄉朝夕與追隨。偶然小別如三歲，老矣長思彼一時。詎意無端風雨散，至今何限死生悲。他年幸得還初服，里巷同游知是誰。

日華宫畔舊詩書，庭訓親承訂魯魚。晚節可憐今若此，當時虛問爾何如。謬云憎命亦疑案，自不安貧猶絶裾。至竟所成果何事，顛毛羸得雪盈梳。

罷則無歸且繫匏，安心法不待推敲。習禪參入小三昧，占易互觀中四爻。公事多閑容吏隱，古人尚論許神交。春來何意簾常捲，爲有年時舊燕巢。

奉酬趙槐符廣文誦余《度隴續吟》見贈原韵

曩辭良友召，所志在遄征。俚句無堪取，私心特藉明。何期君後和，似與我偕行。益愧當時意，殷勤唱渭城。

奉酬靳應五學博誦余《度隴續吟》見贈原韵

客裏青山不負余，登臨願惜未全如。五泉舊境重尋沮，二華真形一覽餘。仿佛雖存行篋草，遺忘多似古人書。那知君爲三豪益，畫稿胸中却自儲。

衹緣排悶强裁詩，意本無奇敢□奇。不謂嗜痂明濫賞，幾忘釘餖鮮深思。久交定恕狂奴態，新祝憑看幼婦辭。魚目夜光渾莫論，心虚似竹亦吾师。

奉酬靳應五學博誦余《寓嘆》詩見贈原韵

宦情夙溥似秋雲，恬澹襟懷我共君。但願身教閑半日，敢云事尚曉三分。度針有分偏辭巧，諛墓雖工耻賣文。讀罷君詩見君意，快哉大雅許爲群。

題陳少山《風雨連懷圖》

披圖見二妙，法護偕僧彌。形神一何肖，云是連理枝。（兄弟孿生）

人生何事不草草，自古無如兄弟好。羡君同此脊令原，伯仲塤篪吹到老。

莫嗟有弟在天涯，向與翕聚今睽乖。他時相約復邦族，豈無陸氏三間屋。

蘭州書來并贈詩，次韵奉酬二首

報章又荷手親裁，分付南鴻與寄回。披處尤欣書作草，讀時那可嚼無梅。自攄積愫陳言去，爲憶前游好句來（蘭洲少時隨宦甘省）。明月何曾千里隔，一番流覽一低徊。

一緘纔到不輕開，露取薔薇浣幾回。舊例謹嚴循孔李（蘭洲與余通家），新詩宛約近歐梅。難禁離思花前發，大有清光紙上來。裁答久稽非性懶，時無風便故遲徊。

奉酬王雲閣明府見贈次原韵

俗吏何心更啖名，不應撏扯玉溪生。苦吟自遣真痴絶，結習難忘亦性成。豈有大聲憑擲地，敢將劣質鬥傾城。過承奬借顔多汗，學步還須彳亍行。

羡煞花封澹蕩人，公餘筆硯尚時親。士能有志方稱善，吏不通經那個循。詩句漫疑叉手就，性情同是掇皮真。先時恨少三升酒，輕以狂言奉子春。

次韵和雲閣《人日有感》五首

獨居輒嘆不吾知，肯負初心异舊時。大謬儘教成畫餅，不平安敢近彈棋。愁多豈曰澆無酒，愚甚偏思愈以詩。却怪先生同此意，泥（去聲）人可信是情痴。

自知百事不如人，一意隨緣敢厭貧。官幸居卑聊溷迹，室雖云陋可容身。山光雲影閑中趣，碗茗爐香静後因。不道襲黄今亦爾，笑拈判筆寫天真。

仁聲久已入人深，猶自垂簾味四箴。理要信心斯可仕，春原有脚不須尋。長才治劇寬兼猛，古語烹鮮後視今。由得作詩出餘事，未應擊鉢礙鳴琴。

斗柄初回萬象新，宰官况是讀書人。政寬民享承平福，訟簡風還太古□。可愛足知日非夏，含和見説澤如春。心聲一寫詩篇裏，益信傳聞果是真。

花前擬買玉壺春，一洗胸中五斗塵。地僻誰爲青眼客，詩來如見素心人。多君退食神猶王（去聲），念我離居學亦貧。勉和佳章無好句，陳陳絮語愧相因。

賈農軒少尉續弦索詩，作四絶句

孔雀屏風乍一開，偶然中目亦奇哉。蹇修若問囊中物，猶有當年玉鏡臺。

却扇新詩那許賒，他時約與種胡麻。知君辦有長江句，笑看河陽次第花。（其前室亦姓潘）

不知今夕是何年，喜得鸞膠續斷弦。夜半自持紅燭照，果然依舊步生蓮。

子舍相將膝下依，承歡即此慰慈幃。今番好是親迎後，不待花開緩緩歸。

壬子孟陬六日，題董在庭照

一卷在手中，却無呫嗶狀。如彼漁獵人，好在筌蹄忘。何必不窺園，定效江都相。家學守其醇，願君勿多讓。

人日即事

山色青葱草色遥，騁懷一覽地居高。初春又喜逢人日，簿宦無嫌似馬曹。何必抽身始閑適，偶然縱目一游遨（通作敖）。客來問我船行處，指與城南緑半蒿。

寄懷蘇我山明府，次見示《宿單家橋》《饒陽旅舍》二詩原韻

一雁忽南征，書來幾日程。可堪人不見，值比歲將更。佳什開緘得，離愁觸緒生。挑燈重復讀，譙鼓疊三聲。

闊別于今久，心交憶往年。偕行難驟得，小聚似猶賢。胡已輕千里，依然各一天（時來晋，留太原，隔數百里，未由一晤）。相思不相見，書到轉凄然。

和我白明府《重游晋祠》次原韻

仄徑彎環碎石鋪，憑誰繪此輞川圖。郵筒寄我登高賦，始信多能屬大夫。

當年曾到此河干，舊境追思記也難。今見君詩如見畫，卧游吝與外人看。

樹欲撑空石欲頹，天然位置釣魚臺。溪山料想重游好，清興濃于第一回。

但逢勝地合勾留，富貴何曾足解憂。讀罷新篇神一王，今宵我擬夢中游。

東鎮送戍

古説從軍樂，今聞擫馬聲。千夫闞虓虎，一怒掃欃槍。岌

岌疆陲事，煌煌竹帛名。有功人喜逆，計日復來迎。

東嶺驛館逢雪

天曉重簾捲，欣然見鹤毛。瓦溝供一瞥，木末現三毫。未挈煎茶具，聊分擁彗勞。我軍今入蔡，氣定十分豪。

送成又成四絶

書生曩亦欲從軍，老眼今難識陣雲。千里送君無別語，所期一戰立功勛。

承平難得逢侯日，唾手功名在此時。燕頷虎頭總皮相，斑生大率是男兒。

無端蠢爾沸蠻荆，地近潢池敢弄兵。記取腰間雄劍動，一揮先爲斬長鯨。

采薇無用苦思歸，知著先幾此見微。雨雪霏霏今始往，來時楊柳定依依。

歸途口占

諸侯已退我何求，促駕言旋不少留。偏是餘情抛未盡，征夫與我乃同仇。

歸途漸已近横橋，柳絮梨花任爾飄。蝸舍就温良不惡，師行何自得逍遥。

正月二日，奉檄赴垣曲東灘稽查黄河渡口

自此首以下至《回自東灘》一首，名《河上荷戈吟》，舊有小序，附録于此。

偃蹇寒儒，風塵俗吏。屬當有事，敢自即安。方一意于荷戈，更何心乎擊鉢。第以馬煩車殆，不無飢渴之私；遂如鳥語蟲吟，遽感春秋之氣。志如可見，似無妨姑妄言之；詩豈强裁，蓋亦有不得已者。

既曾委贄敢謀身，我亦天家蟣虱臣。多感上游嘉未老，許充河上荷戈人。

于役垣曲，路出絳縣，留别邑侯

未别主人去，客情無自申。紀綱幸猶在，爲我謝陳遵。

謁姜嫄廟（屬絳縣）

柏近千株翠作堆，葱葱鬱鬱氣佳哉。一方美報歸歆武，萬古農功念有部。非好遨游忘路遠，爲瞻聖善到山來。多應受福從王母，半晌流連僕未催。

又成古風一首

一路頑山半焦土，森聳孤植那曾睹。此山此樹始何年，美蔭重重覆殿廡。連年于役走長途，足所曾履指能數。雨華別論論其餘，止有驪山稱媚嫵。華清舊趾偶然存，温湯餘波還似古。淫祠頗怪近荒唐，語涉支離吾不取。前朝宮觀委後人，何物山精號老姥。此雖小縣民氣□，肇牽車牛藝稷黍。松雲棟牖靈旗風，村落香火神祠鼓。岐嶷端由胎教來，願神長作此山主。屋烏猶不使號弓，林木何忍縱尋斧。古來荒邈事難窮，野老不信大人武。

横嶺關山行，憬然有悟

躓垤躓山同一慎，世途何處不荆榛。若因窘步慵投足，蜀道千年少路人。

宿皋落鎮

羊腸詰屈路云遥，投宿東山夜寂寥。野店厨人憎客夢，荒村燈火戀寒宵。風霜不爲重衾減，瘵瘁還思濁酒澆。好是涸陰終易解，黃棉襖又著崇朝。

觀　河

黄河從西來，其氣吞百川。云何到此處，安流無播遷。得非兩山束，箝制使之然。懷襄念中古，微禹誰成天？

東灘村即事

覓徑蟻穿珠，由户馬注坂。目憐六旬餘，輕身試危險。土人此慣經，却説路平坦。問我意云何，大聲應曰敢。

正月十二日繞郭行，信步到龍王廟

曲折循山徑，潺湲聞水聲。連岡乍開豁，一殿忽峥嶸。厦以新修敞（梁間標題咸豐元年重修，較余道光二十三年初游時軒敞明快多矣），泉惟始出清。我來聊小憩，好爲濯塵纓。

上元前一日大雪，旅館寂寥，讀家文達公批點蘇詩，心戚戚焉，援筆賦此，書其後

文達我所師，恨未承謦欬。讀公手著書，心輒爲之醉。賢者好不阿，豈徇親與貴。小子雖無才，有口尚知味。何至匕箸間，酸鹹亦都昧。學惟實是求，要在辨涇渭。蘇詩評者多，苦難盡蘇意。豈有家鷄在，肯將野鶩替。魚目苦混珠，蚓涎巧成字。太息近年來，絶響無人嗣。風氣殊舊新，嗜好有同异。公

書多不傳，傳者尚盈笥。真賞果是誰，十不得一二。著述一家言，文章千古事。掩卷獨罣然，恍惚通夢寐。

上元日，張笠舫明府招飲，詩以報謝

垣曲雖山縣，張侯豈面朋。不嫌東雍客，與看上元燈。感愧知何似，殷勤得未曾。月明歸路穩，猶假笋輿乘。

元夕雪霽見月，時在垣曲

我足不出户，累月無一詩。奚囊近覺隘，此行誰使之。于役豈不勞，有時還自怡。盈虧定何有，理問明蟾知。

同年席子正見過，值櫛沐

飯飽倦思睡，兀兀難自持。倔起事櫛沐，鬱悶良可知。此間少親識，出門將詣誰？空谷跫然視而笑，子正子正來何遲。（迨後八月二日，子正父子三人死難）

小　飲

孤館壓茅柴，破悶良亦得。醉鄉固可游，不醉却温克。醇醪我豈無，遠致費人力。鋪啜到糟醨，彌應頌酒德。

二十二日書事

突障天宇暗，惡氛何處來。還隨風捲去，畢竟是浮埃。

口諭遣悶

造物本無心，詩歌亦游戲。必以聲調拘，緘口無一字。水大物皆浮，氣盛言靡滯。游行得自如，涵養固已邃。文體亦若斯，所貴醇而肆。不見水石間，萬籟發清吹。宫商豈素諳，定亦偶然事。未解老漁洋，秘此是何意。（語見趙飴山《談龍録》）

春　韭

早韭及初春，飽餐薄肉食。問此從何來，言自城外得。城外城内同一天，典裘豈曰囊無錢。猪肝但免累安邑，飢火且救老饕急。

二十六日快晴

錯怪天公意，連朝不放晴。一從昏霧斂，倍覺太陽明。

洋滸對岸馬上作

一曲黄河似帶縈，山深路僻少人行。居民附近往來熟，舟子漸能知姓名。

家書寫完復綴以詩

客中忽喜得雙魚，作答匆匆意尚餘。逆賊未平方駭竄，微臣自效敢安居。那能于役無飢渴，豈不懷歸畏簡書。寄語家人休問卜，捷音到日我脂車。

黄　河　魚

食魚必鯉魴，娶妻定子姜。事事遂我意，願大何由償。鯫生常念此，奢心久已忘。一生安所遇，況肯爲口忙。阿段憫衰老，小竈烹馨香。水梭信自美，玉尺居然長。那知主人意，所願非膏粱。不食定由我，食之庸何傷？斗酒吾尚有，聊復進一觴。

龍王廟山泉

城北有山泉，飲之極甘洌。歸來烹井華，佳茗亦懶啜。水德何等差，人心自分别。今晨瀉石鼎，頗訝色清潔。云從此山汲，嗟我何忝竊。習習腋生風，灔灔甌浮雪。致此知由人，未至太趨蹶。拼以百錢酬，不愁七碗缺。平生鼴鼠飲，河流古無竭。徑刻調水符，任人笑痴絶。

陰晦十餘日，喜驟晴，心目爲之一爽

卯酒微醒後，丁簾半捲初。春風宜啜茗，晴晝任攤書。霾曀同歸盡，陽和自有餘。來朝問桃李，消息定何如。

雁魚（來書有飛啓字樣）

痛切關脣齒，倉皇累雁魚。計程纔一宿，書到閱旬餘。

聞布穀聲

瀾翻布穀來何早，旅夢驚回天未曉。古人起舞因鷄鳴，共信此聲非惡聲。我今鋤耒久不事，爾來强聒是何意？不如還向村中啼，莫負春山雨一犁。

讀陸務觀《南唐書》

放翁詩筆本來清，書紀南唐思亦精。不謂好奇難割愛，傳中猶載耿先生。

夜　坐

鳥聲且漫勸提壺，美酒教人何處沽。旅館一燈惆悵甚，客懷儘付澮巴菰。

讀 蘇 詩

先生才名貫千載，筆端風雨泄真宰。黄州以後詩境奇，天縱長江東到海。瓊崖儋耳聲未銷，語愈和平愈自在。舒亶李定爾何人，抵死尋釁致之罪。那知富貴本儻來，以彼易此公將悔。不見韓范富文龐，多年未奏西師凱。榮利過眼信空花，功名到手亦傀儡。何似文章軌轍同，火傳無盡價增倍。

讀 抄

岳公武略漫重論，太息楊侯久不存。真好男兒知報國，人間止有向軍門。

力回自署家書與酒同到

殷勤藏酒東坡婦，生怕耽詩魏野妻。好是先生能節取，高吟聲裹醉如泥。

蘭 溪 肘

故人餉我蘭溪肘，此間此物豈恒有。鐵鞋踏破覓猶難，却説無心得自偶。我聞此語不謂然，察知君意于我厚。獨酌聊藉佐壺觴，大嚼不復及賓友。從笑先生爲口忙，自喜將軍免腹負。一簞原非與乞人，千金誰望答漂母。投桃報李事之常，一介何爲亦不取。

城南觀河亭眺望

觀河三度記登樓（茅津三門禹門），今日城隅又此游。乍喜憑高聊縱目，嵋山南峙水東流。

讀馬令《南唐書》

首編女憲因妃主，却又牽連到鄭吴。此處無關中土事，史官何苦短垣逾。

山蘭（并引）

此間山蘭極佳，土人不知愛惜。然正以采擷者少，故能蕃衍到今日。無所用斯不困苦，獨蘭也乎哉？

芳蘭生空谷，姿韵鬥嬋娟。豈不嘆幽獨，當門非所便。孤芳自賞静彌好，莫恨此處人知少。隨雨隨風花任開，有泉有石根容老。不見麝臍乃自噬，象齒終致焚知稀。我貴古所云，蘭兮蘭兮聞未聞。我問花，花莫對，花氣襲人使人醉。此語花神知默契，從悟出山在山意。

讀《文中子》

數仞宫墻舊趾存，何言無佛易稱尊。古今知量人原少，莽操誰知出孔門（孔門莽操，語出王伯厚《困學紀聞》）。

六經增定要人知，一字無存事可疑。房仕派充門弟子，問誰一語及先師。

經訓菑畬豈臼窠，虎皮羊質欲如何？鄉原亂德人人惡，爾比鄉原可惡多。

其言愈肆愈傷醇，僞學無爲苦亂真。本邑我思薛夫子，誠能動物泣庖人（薛亦龍門人）。

獮　猴

此物從何得，天生性最頑。憑空争散芧，無計脱重鐶。驚迸輕高木，哀鳴戀故山。懸知心事在，片刻不能閑。

渡　黄　河

二月桃花水未生，春風拂拂一帆輕。中流忘却黄河險，穩坐船舷聽櫓聲。

自東灘渡河，步至南村（原乘馬，因船不能載，留于北岸）

老大心情似後生，自言腰脚我還輕。那知行盡陂陀路，喘定猶吁三兩聲。

回自南村復渡河

飄然杖履任先生，一葉扁舟好在輕。往未多時來一霎，怪人記我馬蹄聲。

南村巡檢，陳禹峰過河來答拜，留與小飲

我若無此役，何由得識君。萍踪巧相值，未必非前因。酒薄難醉客，聊以通殷勤。四海皆兄弟，誰爲行路人。

觀 劇 口 占

觀劇偶隨人，特欲居人後。俗非不讓塗，地非不容肘。老我意自别，醉翁不在酒。

立夫侄學篆刻，興到處頗入古人三昧，詩以獎之

蘭臺紹史學，漢書昭成之。仲升乃捨去，投筆事西陲。恵之初學畫，道子同一師。幡然改學塑，意境晚更奇。三橋工篆刻，固是衡山兒。八法宜世講，鐵筆代毛錐。鶴長信非偶，牛後誰肯爲？學焉得所近，終勝不學思。今汝鎸頑石，樂此不知疲。當亦出天性，不由人易移。遺文溯秦漢，古法遵冰斯。奏刀頗中窾，弄筆時生姿。未論應請索，聊足自娱嬉。藝事托文

末，差比琴與棋。嗟我無寸技，人笑痴叔痴。

讀《吴天章集》

我讀蓮洋詩，粗觀得其略。譬之望遠山，一峰特秀削。又如俯清溪，白露石鑿鑿。獨繭繅單絲，清霜聞曉角。空谷媚國香，秋水横略彴。寫竹偶似蘆，自得畫中樂。筆底謝塵氛，胸中有丘壑。意足言不煩，語雋氣匪弱。心苦詣亦孤，矯若雲中鶴。漁洋宗旨同，一見宜吐握。或以媲玉溪，此語待商榷。

舊僕忽告辭

决意捨我去，我亦無所言。避冷就炎熟，常態當曲原。静思十年久，主人非寡恩。此行惟祝爾，往司王侯閽。

夜館聽雨

春雨潤如酥，春風夜與俱。静聞聲細碎，久聽夢模糊。但喜成豐歲，渾忘在旅途。明晨問深巷，有賣杏花無？

偶聞讀書聲

君唱誰家曲，琅琅對短檠。梵音非不好，終异讀書聲。

客　　中

客中何所有，盡日鳥關關。酒薄黄河水（酒名也），雲遮絳縣山。墨餘分盾鼻，凱撤祝刀環。心事憑誰説，居人羡我閑。

又　　成

但教日飲黄河水，何怕雲遮絳縣山。醉裏千人筆横掃，妖氛銷盡我當還。

咏　　古

男兒有奇志，傲骨總嶙峋。吴隱貪憑酌，梁鴻熱不因。吟詩杜陵瘦，載石鬱林貧。語此猶河漢，悲哉肉食人。

三月六日夜電雷大雪

一笑天梟玉女壺，杏花過後雪花粗。兵威好藉雷霆助，獵盡江干兔與狐。

自和《客冬東鎮送成歸途口占二首》韵

賢臣輩出爲旁求，信賞天家肯費留。惟望諸公争奮迅，投壺歌雅莫忘仇。

陸生自欲負河橋，坐視西風五雨飄。一錯至今猶未鑄，捷音日盼轉遥遥。

僕去復來

何所聞而來，何所見而去。去來定有因，我不知其故。主人無寸長，差能不藏怒。既來則安之，久久爾當悟。

偶摘階前雜花，以水浸之

野花盈掬半無名，摇曳多姿三五莖。不與艷妝鬥妖冶，梳頭貧女可憐生。

連日耳鳴有聾意，服藥二貼，病良已，用東坡《和秦太虚見戲耳聾》韵成此首

五官俱藉元神載，神不能運官何賴？我雖衰老神尚完，左耳何爲欲先聵。層檐不雨溜長懸，大塊無風氣總噫。百尺凌雲松作濤，千里下峽水争派。一吷誰教劍首吹，大擂不慮鼓皮敗。將欲弃之姑與之，似教償盡耳根債。栴槎不剪斧縱尋，後有扁盧病難差。縱使异時不廢聽，聽非其聽詎非碍。客中何意遇良醫，二豎奔避三彭怪。作詩志喜忘推敲，病去若失筆鋒快。

數日後耳復鳴，叠前韵

此中有鬼匪車載，作劇無端太惡賴。蟻猶未動雷發聲，有耳若斯不如聵。憤懣更讀坡公詩，紙上依舊風雷噫。先生乃是謫仙人，豈惟詩壓西江派。造物忌盈理固然，百勝何能無一敗。嗟我覓句猶尋醫，有時橐筆如避債。那有餘膏坐自煎，固知此病終當差。羞囊粗供藥餌資，微痾況未寢食碍。采薪再遘非不憂，司空已慣無足怪。静養我自能攝心，仙方奏效不須快。

無　　題

非敢薄時榮，吹竽耻濫聲。長貧輕勢利，老健敵功名。雨過塵還息，風微浪自平。醉吟杜陵句，何物礙雙清。

長　　鬣

長鬣自長鬣，我不知其然。心有長鬣在，安得齁齁眠。備物忌太甚，鑷盡無乃顛。不如我與鬣，各自全于天。

步過溪橋有菜圃，憩其旁片時

賴有源頭在，彎環一綫通。雖云因水性，定亦費人工。合作兼童叟，生涯富韭菘。機心無自起，殊有漢陰風。

隔數日又過圃之東，偏所見與前迥异

圃外更有圃，種植非所宜。桑麻與葱韭，生理任自爲。不謂窮僻地，澆風乃至斯。苦言聊相勸，信者知是誰？

寶刀篇依東坡《次子由雙刀》詩韵參錯用之（後二首同此）

寶刀藏不用，盂痕綉斑斑。世人誰過問，獨自出匣看。我無封侯相，天與壯士肝。受書記總角，佩觿羞芄蘭。夭矯白虹蜺，孤直青琅玕。當時氣最盛，非意誰敢干。一從遭坎壈，與爾同泥蟠。那知偶一掣，電光三尺寒。揮之生眼纈，屈之柔指環。雖云用不盡，幸未鋒輕刓。心久如古井，對之猶一瀾。我愧王太保，何能濟艱難。戡亂宜有待，傳世乃所便。醉中歌此曲，撫刀一長嘆。

後寶刀篇，韵仍前

寶刀豈無匹，有莫必有干。亦欲携之來，謝庭有芝蘭。留與小阮佩，庶兩得其便。玉靶春烟暖，霜鐔秋水寒。懸知風雨夕，怒作蛟龍蟠。王事亦靡盬，壯夫方語難。念侄亦似我，時定摩挲看。我歸祝馬角，人累塵猪肝。黑風吹海立，有時還安瀾。平安日日報，何損青琅玕。小醜技已窮，大軱斤能刓。不久戈倒載，包以虎皮斑。会隨南轅返，足慰東山嘆。他時竹林下，一笑循刀環。

寶劍篇（有引）

余蓄寶劍一，寶刀二。刀一爲舊有，即所謂留與小阮佩者。一得自東雍，今攜來差。次者是劍，乃先兄物也，留家中。刀既成篇，劍何可使獨向隅？因再用前韵賦此。時癸丑清和廿三日。

劍氣如虹氣，上下同際蟠。嶷嶷電影矗，凛凛霜華寒。甲夜光射斗，秋水波生瀾。魑魅訝爭避，氣象原曾干。古書信非妄，一麾顛毛斑。我家舊有此，或云出荷蘭。釋迦昔滅度，衣鉢傳阿難。懸之在帷幄，珍之如琳玕。龍泉知我者，引杯時一看。西來未與偕，恐起無魚嘆。即今韓宣子，頗念在鄭環。劍及定難待，刀善猶任刓。利均凫鐘刜，舞勝馬矟便。惟有感人琴，時用摧心肝。

移　寓

久厭囂塵肯更留，遷移日亦不須諏。耳根清净真爲福，眼界通明幸出幽。雖是暫居要安穩，偶然一適失窮愁。階前也有三三徑，蜾蠃螟蛉未許由。

耽　詩

耽詩最苦無題目，作客良難得主人。一觸機鋒瓶水瀉，可知流露是天真。

食茅蘑

畚緣何必入郇厨，粗糲天生飽腐儒。惟是鄉心容易感，季鷹轉更憶蒓鱸。

借讀秘書廿一種

汲冢周書與紀年，記從眼底過雲烟。嗜奇自是當時癖，數見于今也不鮮。

廿年前曾作消寒七律九章。記古書，冬有九九，夏亦有九九。前消寒，今消夏，此九首殆與前詩遥遥相應矣。稿既脱，姑存之

（詩中第五首“推”字、第八首“凴”字俱不爲落調，但于試屋非宜耳）

簾　波

晝寢初興後，懵騰謝睡魔。微風翻户綱，永日對簾波。蟹

眼茶烟裊，蝦鬚草色拖。灘將簷溜誤，水認簟紋訛。爽挹齋如舫，塵生襪憶羅。所居疑陸海，不捲入天河。淇澳瞻非遠，瀟湘恨亦多。此君餘韵在，一笑得行窩。

香　篆

撰任憑空結，風微静不揚。奇搜軒史篆，巧乞令君香。縹緲烟如縷，依稀字作行。薰原無蚤暮，讀且略偏旁。豈有書空事，何來急就章。九微消百合，一瓣奉三倉。亟欲摹飛白，還思榻硬黄。漫嗟紅袖少，筆硯自精良。

霧　縠

縠薄疑無質，仙機巧織成。衣方尋領挈，霧訝滿襟生。叠雪知難比，含風覺更清。豈伊三里近，得此五銖輕。但有霏微影，全無綷縩聲。非烟籠大布，幻象隱深城。絺綌同無斁，芙蕖偶一賡。不船聊假寐，尤喜有桃笙。

冰　紈

朗澈真無匹，齊紈久見稱。不知絲細軟，止覺氣嚴凝。皎潔能如許，空明得未曾。鮫居原在水，蠶性自宜冰。質薄堪祛暑，心清想納凌。中單千縷逗，内熱一襟勝。前此勞縫紉，今番解溽蒸。何疑邀重價，品第軼縑繒。

蚊　雷

日與年相似，微凉盼夕曛。鷹頭剛斂迹，豹脚又成群。附驥心仍壯，從龍意孔殷。五更專亂鼓，一室助生雲。積雨争乘濕，濃烟偶避薰。曲肱猶必變，掩耳豈無聞。幕訝翻難定，車何推太勤。秋風來轉瞬，看爾負山蚊。

螢　火

倏盡恢臺月，光陰迅不停。計時將變火，方夕見流螢。寶扇兜宜巧，紗囊蓄慣經。前塵虛草碧，遠耀門籬青。續燭難因熱，程書待乞靈。群飛同熠熠，自照亦熒熒。燦爛争餘燼，依微嘒小星。夜窗人不寐，特許入疏櫺。

雅　雨

塘恰芙蓉近，南山殷殷雷。風恬微有緒，雨雅净無埃。潤物成豐稔，知時妙化裁。不虛連日望，猶憶舊時來。弱植憐幽草，閑階養嫩苔。暑疑行且撤，詩定藉之催。莫使雲陰斂，徐容霽色開。快哉茅屋賞，乘興洗尊罍。

雄　風

一樣披襟意，飆輪迴不同。草憑君子偃，風讓大王雄。颯颯來蘋末，泠泠起蕙叢。意將塵垢洗，能謝剪刀工。舊號封姨誤，前驅馮婦攻。孤雲羞夢雨，雌蜺任垂虹。誰道機緘秘，難期橐龠通。但須時一噫，海闊復天空。

去　酷

天運猶環轉，乘除理可知。故人來有約，酷吏去無疑。日烈方生畏，風清此善移。炎凉真可慨，黜陟定誰司。焰熄從前猛，冰消以後思。熱休如火益，虐枉助天爲。炮烙刑雖弛，惔焚力不支。探湯深隱痛，距脱恨猶遲。（詩作于五月中旬，夏日情事特約略言之，非若前詩之按部就班也。）

讀《南華經》

開編又見古人游，紙上難分蝶與周。仙骨仙才生使獨，怪他下筆不能休。

夢中得起二句，醒後足成之

有客有客難爲客，曰歸曰歸今竟歸。歸程可數道非遠，客夢果真天不違。休嘆東征苦瓜苦，快由北嚮飛鴻飛。不日不月諗飢渴，前此問誰歌采薇。

感舊事

一生蹭蹬坐無才，唾手功名豈儻來。愧煞當年幾篇賦，先人爲我笑顏開。

癸丑七夕

一年止許一佳期，猶説神仙好别離。烏鵲多情甘瘁羽，蜘蛛底事巧垂絲。瓠瓜也似人間苦，蘆管從知塞上悲。頗怪盈盈天漢水，甲兵不洗欲何爲？

始聞秋風作，依劉夢得舊韵

適逢暑熱真煩惱，久盼君回未遽回。闊别新從天外至，先聲早自樹間來。漫催砧杵千家急，迅掃氛霾萬里開。知有乘風飛將在，酬恩端不負金臺。

蟬　鳴

此間時亦有蟬鳴，止似車繅獨繭聲。澗曲湍迴悟文境，不悠揚處總無情。

八月初三日回自東灘

時近三更返舊衙，征塵拂後一長嗟。此行拼是王羆冢，豈料重爲去病家。盡室團圞猶夢寐，旁人慰問太喧嘩。賊中來定多辛苦，可怪燈前鬢欲華。

初六日夜半登高見賊烽

賊火分明在眼中，居民四散一城空。安危與共知誰是，禍患方來未有終。失勢長河秋落水（時汾河水淺甚，人可揭涉，至初九日始暴漲），無情古木夜號風（是夜大風，凄緊异常）。此時天意真難測，已矣何言吾道窮。

初九日晚間聞賊北竄人心稍定（賊竄于初八日，是夕方知）

久恨髦頭夜有芒，連朝形勢轉倉皇。忍教鄰國真爲壑，私喜孤城免覆隍。當隧人休輕瘈狗，補牢我正念亡羊。似聞前路軍容盛，險阨重重幸預防。

十七日抵絳縣作（時承乏七日而歸）

天道如斯可奈何，瘡痍滿目劫灰多。閭閻同日皆懸罄，兵士前途枉枕戈。狗亦喪家誰乞食，燕爭巢木預辭窠。一城席捲無餘物，剩有寒更鼓似鼉。

重陽後三日桂花始開

森森五桂舊親栽，一遇秋風次第開。今歲花遲應有爲，飄香欲待主人來。

承乏垣曲，因公山行

迢遥細路踏羊腸，颯颯風林葉半黄。天際浮雲兼鳥没，山根流水似人忙。部民亂後仍安土，官牒隨來總异鄉（前到此稽查渡口七閱月，今攝縣事）。解組何時賦歸去，閑從野老事耕桑（時畿輔亦不靖，故思家倍切）。

和賈農軒少尉見示《壬子嘉平望日大雪》，次原韵，作時在垣曲，適亦對雪

雅什居然一串珠，陽春擬和恨腸枯。即今依樣光揺海，想見先生魄濯壺。李愬能軍非我事，袁安貞遇乃吾徒。料君對此資吟興，可有新篇似舊無？

和農軒見示《清源卸篆二首》次原韵

誰教男子樹芳蘭，怪得時人不耐看。非是世途無皂白，要知嗜好有鹹酸。事從忍過思方喜，心到平時境自寬。堪羡一官瓜代後，詩情滿載壓歸鞍。

隰苓托興繼山蓁，情致纏綿思美人。仁政所期惟厚俗，微官一例要宜民。無心也自能成感，有脚誰言不是春。吏治如君終脱穎，莫因小試厭風塵。

山村二首

吟鞭遥指處，一路踝溪沙。山起迎人面，阡連錯犬牙。剶桑緣斷壁，䒗米就鄰家。（“剶”音“穿”，䒗音“伐”，俱見《劍南集》。）爲問田間樂，平時可有涯。

墟落炊烟裊，長林柿葉殷。石頑争激水，雲懶不歸山。巷

犬迎人吠，村翁盡日閑。遥岑盤細路，時見一樵還。

癸丑除夕

風檣陣馬一年過，椒酒辛盤奈老何。平日未能無感慨，今宵何以慰蹉跎。思家苦恨音書斷，憂國難憑將相和。爆竹聲中人不寐，争禁孤憤發狂歌。

咏牡丹

費盡胭脂畫未工，嫣然一笑此相逢。是何意態空群艷，最好風華擅正宗。族望實繁均富貴，色香具足劑纖穠。衆芳借鏡慚粗俗，多半嬌嬈是冶容。

感事過臨汾、洪洞，一路作

堯風不改舊山河，滿目瘡痍痛若何？網恨罩懷開一面，毒流冀野起層波。居民堪嘆餘無幾，甲士猶云弃則那。回首吾鄉亦塗炭，傷哉不覺涕滂沱。

别絳臺

一蝶飛從官裏來，推移苦被馬蹄催。百忙中有餘情在，未忍無詩别絳臺。

别三星洞

許我皈依亦夙緣，冷官有分禮金仙。佛心可是多情甚，彌勒同龕十四年。

偶以前詩示蕭麟甫監州，麟甫步和，此酬

今雨無殊舊雨來，贈詩疑亦雨中催。怪君得句清如許，新咏原曾讀玉臺。

與君翰墨結因缘，止羡詩人不羡仙。他日相思佳什在，報章猶記甲寅年。

題《古村著書圖》，即次其自題原韵爲沈玉士明府作（古村乃玉士祖也）

偶從官舍憶山村，稚子何時爲候門。愛聽松聲冠未挂，且將心事畫中論。

儒生空説惜三餘，難得人間未見書。宛委窮探非易事，一番滿志一躊躕。

求劍從來笑刻舟，至人心似水中鷗。説經但使真詮得，誰待誇修五鳳樓。

那須阿堵更傳神，苕霅高踪問水濱。此處俗塵飛不到，止疑明月是前身。

乃孫寶此若球圖，一例徵詩濫及吾。未識上頭崔顥意，可

容狗尾續貂無?

八月廿四日移入署中(時寄住察院中)

平生性懶厭奔忙，今此奔忙事异常。止爲栖遲鴻漸木，早拼辛苦鼠搬薑。借車具免求人載（近隔一墻），從宅妻誇不我忘。惟祝吾廬安且吉，囂塵湫隘固無妨。

題《史貞節女傳》，爲黃黼堂鹺使作(節女乃黃之弟婦也)

縭猶未結呼天只，人何不幸至于此。義惟留面見姑嫜，即此深恩答怙恃。爾時不爲念雙親，其志早已輕一死。可憐慷慨復從容，十九年中心止水。户自下楗女伴疏，衣不解帶容顏毁。素車白馬當于歸，縞袂青裙斷自已。後嗣族爲擇蘭孫，先亡穴幸同蒿里。九泉含笑憾不留，從此心事都完矣。試看旌典賁門閭，更兼藝林富哀誄。至今客從江鄉來，競説流芳人姓史。噫吁嘻，取義正自由人耳，何論男子與女子。儒者動言依中庸，不見中庸胡伯始。

俯清溪顧見影在水中

彈指全身現，臨流半信疑。都忘空即色，笑問子爲誰。水鑒凛如此，人形剛似之。可知方寸地，邪正世難欺。

元旦試筆咏牡丹，所謂唐花者是也

國色天香也耐寒，來遲非復舊珊珊。花開富貴尋常事，好是屠蘇醉後看。

幾家獻歲敞雲屏，如此繁華見未經。今我不煩殷七七，春風拂檻到前廳。

聞捷志喜二十六韵

劫盡天心悔，烟塵靖八方。游魂空豕突，大師此鷹揚。頃尚風幡動，今惟露布忙。定知負嵎虎，有似失林獐。念亦同毛土，云何自肺腸。不遵怪民禁，妄志武人剛。釀禍尤西粤，窮凶痛武昌。是誰容漏網，遺恨失炎崗。一踪出籠鳥，難追歧路羊。徵兵到邊徼，流毒半江鄉。豫晋同階厲，郊畿等探湯。痛尤切桑梓，病亦近膏肓。猶幸三年克，居然四國皇。潢池罪難數，京觀築何傷。叛國前朝有，岩疆猛士防。彼皆邀所利，此竟反其常。一怒知難息，三驅莫厭長。止戈方是武，擊鼓也求亡。所願蘇民困，還期慰國殤。仁人非好殺，逆孽自餘殃。不是鯨鯢戮，誰知日月光。此誠天意助，亦以廟謀臧。率土聞皆快，微臣喜欲狂。迴思行永久，正坐賊披猖。今得逢清泰，群欣享樂康。願隨鴛鷺序，萬壽進霞觴。

去年除日買紅、白梅花各一株，燈節前紅梅盛開而白梅不花，二月下浣補作此詩

北枝難遽比南枝，寒暖攸分理固宜。不謂同宗原异族，猶然静女讓諸姬。麗情獨上新妝額，遥妒疑深淡掃眉。爲祝來年春信至，同時競秀莫參差。

蘭花開極盛，數年所罕覯（實蕙也，土人謂之蘭）

十年前有惱蘭詩，蘭到花開喜可知。不厭嗅香千百遍，可憐得雋兩三枝。一心護惜猶前日，何意苕亭勝舊時。惱我無端還慰我，天工也笑虎頭痴。

魚刺挂齦間，經宿不出，戲成小詩

我非不朽物，朽當有其時。汝豈長不朽，何心苦相持。

花朝對月小飲

金波穆穆映壺觴，花影婆娑拂粉墻。廿四番排風次第，二三分與月平章。春來自笑忙何事，老去真堪醉作鄉。詩句吟成餘興在，夜深硯露欲生香。

木　香

何處風來病欲蘇，古香迴與衆香殊。藥籠中物稱難得，誰要花開錦様鋪。

薔　薇

當年曾記在田間，滿院風香晝掩關。今日相逢非所料，先生久不向東山。

月　季

破得工夫作意栽，好花難得四時開。循名不覺滋余愧，可有詩從鍛煉來。

藿　香

名與豆葉同，行亦微似之。香從何處來，其故不可思。豆葉乃粗糲，猶可療人飢。豈有冲和平澹似爾者，顧不見重黄與岐。閑庭有隙地，容爾聊栖遲。爾但夭沃無知待真賞，莫謂斯世無良醫。

種竹謡

無肉令人瘦，無竹令人俗。二者不可兼，無已食舍肉。舍肉已非我所欲，誰言一日可無竹。寒衙舊有竹數竿，盡日低徊看不足。墻東有地苦難移，更乞鄰家篠一束。迸笋戢戢茁黄泥，修幹亭亭森碧玉。節間小枝風静梳，葉上點塵雨新浴。蒔植都忘抱瓮勞，參差已喜當窗緑。敢期結實引鳳凰，或可摘葉釀醽醁。小院風來戛韵篁，半晌賓戲覆棋局。他時對此翠琅玕，濁酒一杯歌一曲。任人笑我太瘦生，口雖不足足于目。

偶授阿恒十四字，俾爲鎸二章。一曰"守居園外住多年"蓋指判東雍時言；一曰"安邑猪肝累及無"則已調任解梁矣。二語似有詩致，輒隨筆足成二長句

鉛刀欲試苦無權，人道監州是備員。私喜捫心差少愧，守居園外住多年。

措大雖然歷仕途，形容不改舊時癯。殷勤待向居民問，安邑猪肝累及無？

偶翻舊稿慨然有作

篋留舊稿手重披，此事惟將敬禮期。文字難憑時論定，性情豈是外人知。偶然冲斗韜光劍，那有勾心乞巧絲。結習未忘誰禁我，止應對客不言詩。

連夜不寐，飲微醉，得酣眠，醒而賦此

豈但秋天不肯明，暑中也數短長更。那知栩栩飛蝴蝶，一夢居然借酒成。

鹺　城

隨牒當年此地經，屈伸臂頃兩周星。作鹹曾記流難漱（城内水鹹甚），大暑今知露不零（周運城數十里内向未有露水）。何有商民均樂利，惟餘闤闠舊膻腥（時運商已退，而屋廬猶存）。揭來酬酢多如許，未放閑官馬足停。

消夏二首

蘊隆憑静勝，暑氣一簾遮。玉案淘槐葉，銅瓶浸藕花。羲皇人未遠，賢聖酒客賒。好是攤書坐，清風透絳紗。

酷吏終當去，徐徐暑自消。塵襟時一滌，冰水不須調。徑

滑苔新長，窗虛月乍邀。閑中誰撿點，大可慰無聊。

盆　松

氣概凌雲上，誰教失土宜。非無栖鶴分，難得化龍枝。近玩充來久，孤標老自悲。將毋同遠志，還憶在山時。

書　帶　草

書帶經神草，嘉名自古傳。一從新藝植，忽感舊因緣。藜閣光思借，芸窗志頗堅。傷心無寸報，庭訓負當年。

伏中陰雨，熱頓減，叠前韵

連朝陽過亢，喜得片雲遮。獺祭書翻葉，鴉塗墨散花。茶寮禪趣永，冰簟睡鄉賒。半晌清凉境，安閑乞扇紗。

今雨渾如舊，何人意不消。百骸增健爽，六氣信均調。有望全教慰，先時孰見邀。可知飲冰者，内熱是無聊。

讀《無雙譜》

濁酒斟來欲滿缸，偶携此卷就明窗。無雙豈是前賢意，但恨時人不與雙。

戲疊前韵

明月邀來酒一缸，壺觴自引倚南窗。後先同此杯中物，道是無雙也有雙。

驟　雨

亂荷喧處滿樓風，潭底真疑起伏龍。電影掣從雲影外，雷聲殷雜雨聲中。肯饒垤蟻留微隙，會見河魚落半空。好是祈晴方有意，晚霞已透夕陽紅。

榴　花

榴花雙樹欲成陰，問爾何年出上林。徑偶尋幽明照眼，朝雖來晚早歸心。緒風故事紅襟破，正色偏宜緑鬢簪。他日相逢出齒笑，莫高聲價索千金。

先立秋三日

風來殊不易，官舍小如舟。殘暑嫌僧夏，新凉憶客秋。未應今雨阻，願與故人游。消息知非遠，昏中火欲流。

郭母馮太孺人節孝詩，爲静山太守作

一官承乏廿年前，曾讀哀吟黄鵠篇。今日重來纔盡信，舊聞何事是虚傳。郝鍾内則同聲誦，仉湛遺規一力肩。臺築懷清猶有憾，終輸此母子孫賢。

賢哉太守念弓裘，倚馬徵詩欲報劉。謂我久交知最諗，感君此意可忘酬。徽音奕世流芸館，勁節當年賦柏州。綽楔在門榮寵甚，腐儒俚句不須留。

秋　思

雲流銀浦欲生波，一夜西風玉露多。叢桂小山着花未，嫣紅飛上剪秋羅。

快哉天末故人風，與客携壺酒一中。醉後朱顔誰肯借，笑看小草雁來紅。

秋興二首

螺鬟山頂石，卵色雨餘天。秋入蟬聲裏，寒驚雁陣先。風來高在樹，雲斂澹無烟。倘遇携壺客，猶餘沽酒錢。

無事自循墻，清秋引興長。風疏槐角重（墻下高槐一株，極森聳），雨冷蜜脾香（院有蜂一房）。玉露前宵白，金英幾日黄。似聞陶令宅，三徑未全荒。

秋興八首次工部韵

日盼兵戈息鳳林，岩疆武備尚森森。比來羽檄飛諸將，大有霜威蓄盛陰。一意窮追群士力，積年經畫老臣心。似聞無取征衣寄，何處風傳月夜砧。

絡角明河天半斜，新秋萬景總清華。幾多舊種山中桂，可有曾來海上槎。界朗三千同看月，拍連十八遠聞笳。何當夜奏甘泉捷，宫燭輝煌喜燦花。

山城秋日静暉暉，極目遥岑一徑微。凄切時聞蛩亂語，頡頏忽見雁高飛。連年氛惡禪心擾，薄宦萍飄歸計違。且喜朝來僮僕報，新篘初熟蟹初肥。

草草東山一局棋，至今南土使人悲。近聞玉帳懲前事，要挽銀河趁此時。會見椎牛同决勝，不須介馬定先馳。風清月白誰能寐，獨立蒼茫悵有思。

極天秋色净群山，飛瀑疏林指顧間。紫翠同時鬥邢尹，丹青何處覓荆關。縱難躡屐真乘興，聊復支筇一解顔。獨愧金戈鐵馬外，冷官猶許綴鴛班。

百年世事幾回頭，人爲傷心易感秋。菊影一籬真個澹，蟲聲四壁若爲愁。賊渠未殪穴中虎，兵氣猶驚江上鷗。衮衮諸公宜努力，金陵舊是帝王州。

王師旦晚奏膚功，待盡窮魚入釜中。環拊刀頭歸計日，墨磨盾鼻迅生風。政堅刃露三軍白，報捷旗開一路紅。恰值西成農事畢，韜鈐閑話付村翁。

恩波廣被信逶迤，處處科盈自滿陂。鶚薦九秋原得路，鵲飛三匝豈無枝。梧桐雨聽中宵歇，牛女星看幾度移。清夜詩成書在紙，筆端怪有露珠垂。（少陵絶唱豈容後人學步，惟士各有志，自欲吐其胸中所欲言，此亦古人所不禁，且可存存之，不可存以覆醬瓿耳，庸何傷詩？以感秋爲經，論兵爲緯，而所謂興者即在其中，境地然也。一切閑情固無從闌入，即嗟卑嘆老等語，亦無暇贅及。）

失步傷左膝，月餘方瘳

樂正昔傷足，不出數月餘。我今與同病，憂色何能無。餘年非所惜，何有生之徒。人命异修短，等是隙中駒。順受得其正，愧彼君了儒。平生希賢聖，謬云亦步趨。堂室雖云判，肢體當非殊。舉足不知慎，無乃非孝乎。此事不如古，枉讀古人書。友明如創見，怪我形容臞。又謂年已暮，善保千金軀。那知乍顛跌，轉側須人扶。幾致廢食寢，訖未尋扁盧。將養到今日，惟是慎起居。再拜謝故人，吾亦愛吾廬。

佛　手

釋迦手如綿，法相本奇异。同時裝黄金，千手何容易。

木　瓜

納履與整冠，古語疑顛倒。投贈乃恒情，非望瓊琚報。

香　橼

形色橘柚同，但恨乏者味。不遇采香人，幾失此良貴。

甌　蒲

來從衆香國，意與衆香别。碌碌耻因人，鷄尸亦豪杰。

天　竺

但憑妙筆爲填詞，褐出宣城漫信疑。記否棣華偏反句，不相思却似相思。

次韵和李湘茝少尉《落葉》五首

一從秋色老梧桐，裝點疏林入畫中。流水外邊殘照裏，斷橋西畔小樓東。乍聞籟發初疑雨，不是花飛也舞風。幾片拾來成篆刻，多應心事付雕蟲。

風猶未濟近黄昏，僮懶全忘爲掃門。窗上驟來新月色，階前任没舊苔痕。誰言籬菊非同調，剩有池蓮與斷魂。試指撵兮憑眺望，嫣紅可讓杏花村？

商飆莫謾恨鳴條，景藉天工作意描。百尺枝頭烏啞啞，三叉路口馬蕭蕭。但逢晴日飄難定，偶逐流波去轉遥。自展雙鈎新獲帖，學書好取代芭蕉。

秋光滿眼絢丹黄，三徑陶家未遽荒。試茗烹泉惟所用，題詩點筆亦云忙。不應斂迹先愁雪，恐是多情偶醉霜。來歲期君桃李月，庭柯斜眄引壺觴。

怪來山水有清音，病葉先聲早入琴。憔悴江潭數行泪，盈虚天地一年心。劍雖埋獄終當出，珠暫潛淵未是沉。彈指春回無幾日，焉知來者不如今。

咏 梅 花

格韵都無匹，纔堪第一流。豈伊孤注賭（孤注，字初頗嫌近武斷，比讀元人張伯雨《澗北梅二月始開》詩，有“但存孤注在，敢恨一生遲”句，先得我心矣），輒詡幾生修。北陸從堅腹，東皇放出頭。群芳憑自忖，有此色香不？

具有仙風骨，何疑古性情。寒知生也直，香得聖之清。澹月溶溶上，疏烟漠漠平。記曾籬落下，笑索一枝横。

無物污顔色，丰標好在真。暗香出餘事，瘦影現全身。有約能知臘，無心也占春。美人與高士，比擬厭陳陳。

豈有標奇异，天然絶垢氛。雙清應念我，一笑忽逢君。老節冰霜矢，寒輝雪月分。亟知吟不到，聊爾結殷勤。

又咏梅花

知在天臺在洛川，老顛似我見猶憐。藐姑射近饒山意，萼緑華來拜洞仙。雪後不防春漏泄，霜中任鬥月嬋娟。漫言東閣無何遜，可要徐熙畫裏傳。

紅　梅

氣得乾坤果是清，古心何必不閑情。偶然一賦同游戲，不見當年宋廣平。

淡妝濃抹總相宜，酒暈何妨上玉肌。憑語寫生人記取，畫時儘可買胭脂。

姿容艷冶性堅貞，可要城傾國亦傾。玉笛試教吹一遍，不應靡靡失中聲。

掉臂何疑失故交，本根不論論枝梢。認桃辨杏殊堪笑，會與詩人作解嘲。

蠟　梅

不愧宗盟德與齊，着花有約逐西溪。天憐何閣無同調，人説逋仙得小妻。半額改妝黄子嫩，一心耐冷素娥傒。役如鄭晋相從久，姑射神人忍見擠。

乙卯祭詩（并引）

憶自戊子祭詩以後，此禮不舉，忽忽垂三十年矣。厚意久不報，非偷而何？甲寅臘，心怦怦焉，亟思一酹，竟亦弗遑，内愧何如。兹庀酒脯，慰答神貺，祈鑒愚誠，勿吐爲祝！

祭詩偶援古人例，舊事猶記戊子年。閲三十年爲一世，一世今幾成逝川。賤子于德無不報，斯事獨愧乾糇愆。人雖寡恩不至此，胡乃大忘如痴癲。薄宦塵勞苦無暇，故交禮數多難全。心迹相反世誰諒，面目未改天應憐。况爾與我乃莫逆，牢如膠漆出夙緣。揣知慶嘉不討乏，情洽苛禮都當捐。念我平生性迂滯，凡事未欲數數然。君子之接尚如水，事神近黷何云虔。從古順成隆美報，否則殺禮從其權。果爾乞漿竟得酒，安知吉不頻頻蠲。陳詩于几香滿室，有酒盈樽羞在籩。兔穎未封管城子，豚蹄自祝農家田。旁人不知問何事，但道我與我周旋。

春分前三日對花偶成

糊口艱難適四方，男兒夙志負蓬桑。幾多捷足誇先得，自欲安心托大忘。署冷生春知日暖，官閑省事爲花忙。庭前試探芳菲信，一徑微風滿院香。

讀《易》有感

但逢盛怒且從容，吉一難勝悔吝凶。棋局末流纔打劫，書家上乘要藏鋒。少真敢薄王懷祖，至慎終推阮嗣宗。若信躓山忘躓垤，請看乾卦上爻龍。

書　懷

奔走風塵數十霜，艱難備自宦游嘗。盛年志業今何有，舊日因緣老不忘。百事輸人真氣短，一生累我是情長。得閑時復攤書坐，紙上烟雲又幾行。

感事書懷

小草云何不在山，濫竽我自揣羞顏。却因不合時宜甚，博得心清老境閑。

舊卷重披字字香，案頭筆硯亦精良。此間得趣知多少，笑看人忙我不忙。

此身雖賤荷生成，敝帚千金敢自輕。景薄桑榆猶强飯，欲留老眼看升平（時賊氛猶未靖）。

臘月初三日赴太原（以上丙辰年作）

初意在歸田，幡然隨計吏。去就我自專，何至等兒戲。箴規憲司恩，勸勉友朋誼。脂車且一行，不問後來事。

太原守歲有懷侄立夫，時立夫轉甘餉，計尚未回鹺城

今夕知何夕，開樽思悄然。一時同遠役，三處各新年。曝竹辛盤下，燈花戊夜前。旅人非守歲，底事未成眠。

太原度歲

兀坐對松明，淒涼客子情。早梅迎歲意，爆竹惱人聲。貰酒猶能得，裁詩未易成。真茶三盞後，拼數短長更。

丁巳人日偶感風寒

客裏逢人日，蕭條感索居。尋春難結伴，多病轉愁余。爐宿新添火，床攤熟讀書。追歡姑少待，已辦杖頭儲。

旅夜口占

郵簽早已報三更，燭影紅搖滅復明。一霎懵騰纔欲睡，又從枕底起車聲。

立春日病良已（正月初十）

鬱鬱經時日，心花忽怒開。病從禪定愈，春入睡中來（寅刻立春）。生意先看柳，閑情一問梅。昨朝安有是，兹事亦奇哉。

看　燈

銀花火樹焰騰騰，二十年前舊見曾。不意又從千里外，無端來看太原燈。

偶步曹景宗《競病》詩韵成四首

先訓凛弓裘，作羅敢職競。縱使罷無歸，自信貧非病。

賤子未解巾，秉心耻奔競。所病在無能，無官非所病。

天道忌滿盈，亦或陵不競。敢云不受憐，但恐非同病。

花亂眼欲迷，水流心不競。稽首禮扁盧，吾將治未病。

歸　途

僕僕而來僕僕歸，路人猶羡馬如飛。長途默數平生事，不獨今非昨已非。

風塵卅載嘆奔波，命也如斯可奈何。老戀一官非得已，蚤井誰使讓甘羅。

初夏遣悶

一炷名香一盞茶，窗明几净任塗鴉。掌平静院新栽竹，膽大圓瓶自供花。酒到澆書非小户，詩堪入畫即方家。階前幾擬除叢草，恐礙他時兩部蛙。

秋宵即事

枕簟初凉夜漏賒，一方明月可窗紗。夢迴何處香風透，知是前庭杜有花。

南城樓上望中條（時八月廿四日奉憲委查驗城工）

山色中條近，城頭放眼看。天連平野濶，樓對數峰寒。清景憐孤賞，塵勞喜暫寬。止嫌無羽翼，飛不到王官。

重陽前一日風雨忽作，借潘邠句走成一首

滿城風雨近重陽，柿葉催紅菊綻黄。聞雁故應生遠思，持螯止惜在他鄉。腐儒有例悲身世，賤子無才空激昂。差喜登高猶隔日，傍人免得正冠忙。

偶　成

問誰選佛秉鈞衡，此事人心久不平。賤子總然無健樹，當時幸未忝科名。

書　懷

落落少新交，卑官等繫匏。養心甘澹泊，緘口耐恢嘲。酒少輒先醉，詩成還自抄。客來多笑我，滿几亂書拋。

感　事

畫品入神非寫貌，禪家無法與安心。眼前樣有鴛鴦在，不度針時已度針。

廨舍逼迮之甚，詩以自嘲

錯怪交游一笑嘩，原來冷署似山家。門雖具體難旋馬，廬

僅容身劣比蝸。所喜安敦倖息壤，未妨羞澀舞長沙。裁詩似與從前异，七步無憑但八叉。

盆　松

虬枝盡易化爲龍，自要須彌一粒容。厄脱牛羊于願足，甘心揮手謝秦封。

讀　書

作掾慚三語，盟心凛四知。習勞師運甓，佐治戒棼絲。懸榻爲誰下，出門無所之。冷官殊不惡，還有讀書時。

冬夜不寐起呼酒，呷數盞，夢旋成

霜意逼重衾，燈光耿寸心。漏嫌寒夜永，路阻睡鄉深。無寐憎高卧，多愁逗苦吟。宵分推枕坐，更索玉杯斟。

丁巳十一月七日冬至

已去流年赴壑蛇，管灰今日又吹葭。論文羞説三冬足，隨俗聊貪一歲加（陸放翁《冬至》詩云“身老怯增年”。自注：鄉俗謂吃冬至飯即添一歲）。預卜農祥飛柳絮（前一日微雪），巧牽詩興動梅花。寒衙豈是邯鄲驛，不那羈愁也憶家。

書過目輒忘，而披覽若不能自已，前因耶？夙負耶？疑莫能明也。感慨無端，援筆賦此

自笑情痴戀縹緗，爾非舉子爲誰忙。精研尚有疑思問，强記難供老健忘。從古有人號書簏，由來此事等風檣。頹齡嗜學真無謂，特把前生債一償。

十一月廿七日夜出巡徼，次日小極欹枕假寐，意頗適。醒後口譋二十八字

偶然一夢得蘧蘧，睡味醇濃醒尚餘。心到清時即仙境，人間何處有華胥。

食笋戲作

閩蜀同時薦荔枝，云何臭味有差池。此中品第分明甚，説與粗人恐不知。

玉梅花下看牡丹，所謂唐花者是也

玉妃原自不知寒，何意同時看牡丹。多恐千金茂陵女，買身容易買心難。

度　　歲

獻歲祝平安，香升夜未闌。恩光連甲第，喜色動辛盤。句儘梅花索，銘鋪柏葉看。早朝衣自燠，不怕五更寒。

春夜聽雨

預知今夜雨，昨夕已同雲。響細聽難審，風微静始聞。先聲花信早，餘潤睡鄉分。向曉鈎簾看，清宜絶垢氛。

咏　桂　花

十分著意是秋期，珍重金風玉露時。古幹不勞仙客伐，清心止有素娥知。小山招後逾千載，雜木叢中認一枝。馥馥幽香飄四遠，真如無隱亦吾師。

寫蘭亭自嘲

老眼昏如水底眠，揮毫一任作雲烟。蘭亭信手塗鴉慣，誰管甚流湍右天。

誦經偈子

公餘事禪悦，慧業屬閑官。相固人同有，心憑我自安。但教誦苕帚，何用坐蒲團。悟境當前是，居然斗室寬。

戲　作

銀盤鈿盒置中央，一枕微欹偃在床。人詡才名高八斗，天成曲調急三槍。燈原是火因來熱，土貴如金分外香。泡影旋生灰未死，典簽吃緊要當行。

集蘭亭字詩（并引）

旱氣蘊隆，酷烈不可支，不得已，勝之以静，息心屏氣，集《蘭亭序》中字成十首。非欲鬥奇，聊用逭暑云爾。

外事隨相感，虚懷每自崇。言爲知己信，趣（借）或古人同。有竹情斯暢，無□曲未終。惠然時一至，豈少（借）水亭風。

清氣暮猶少，躁人無以當。信能類山静，會此遇風長（借）。至樂期臨水，幽懷托引觴。一言聽曲喻，异品在人嘗。

幽興時相引，懷清迹亦清。游觀盛年事，山水故人情。有作賢遷固，無爲視老彭。此間得娱樂，知趣是天生。

一室虚長集，殊無事可爲。亦嘗終日坐，不作暮年悲。老矣游將倦，懷哉外豈知。信天得風咏，自是遇清時。

是豈人間世，天懷暢老夫。陳言隨領會，初地契虛無。游攬時猶及，林亭致足娛。昔賢同此趣，樂豈古今殊。

隨遇由天放，山絲可是幽。竹林賢者樂，蘭室古人游。有會殊虛誕，無言得静修（通）。一生雖少合，相與盡清流。

人世殊今昔，情知异少年。修能斯未信，興致老猶然。寄迹欣隨地，臨文取樂天。人言當事事，無妄亦云賢。

情與文相足，清和氣得春。興觀隨所感，風化係斯人。一攬猶賢己（借）。長言未是陳。古今流品在，樂此豈無因。

永日此静坐，慨然懷故林。崇蘭春得氣，修竹暮生陰。人地一相左，遷流因至今。無將昔年水，猶及异時臨。

觴咏風流事，嘗嗟不及群。浪游悲此日，老大感斯文。曲豈今之樂（借），言由古所云。寄懷雖未盡，自得也欣欣。

八月初六日栽桂花二株有感而作

賤子生無折桂緣，云何與爾鎮相憐。前身豈是小山隱，隔世還希修月仙。乍有香時風影動，悄無聲處露華鮮。回思四十年前事，八度秋闈一惘然。

和陸載莊二尹《咏安園》二首原韵

明園何處問，咫尺近朱門。一徑沿芳草，三楹得小軒。戲荷魚極樂，藏樹鳥微喧。無怪花時節，頻開北海樽。

此亦人間世，云何别有天。竹聲起窗外，山色到檐前。畫意從留譜，詩心定雜仙。羡君吟短句，四十聚名賢。

次韵和道憲黄郝存先生晋升臬憲北上留别

帝心簡在四民知，借寇時猶夢寐期。瑞勺著花關世運，甘棠留蔭繫人思。阜財不欲專言利，齊政何煩并易宜。遮道攀轅無足怪，六年教養已兼施。

古來人有見賢思，沾丐多多自得師。下走不才親雅化，承流無補愧平時。重申約束三章法，大可興觀七字詩。願寫千篇藏篋笥，他年珍重子孫貽。

漫道青衿僅始基，儲材從此要搜奇。班侔玉笋期華國，兵近天潢許弄池。學額乞增詞懇切，奏章邀允例昭垂。一番作養伊誰力，鹺海何疑遍口碑。

自非富穀兩相資，縱使無情也盡詞。白屋蓋藏如不匱，青天雲霧豈難披。潛魚匪樂游清沼，野鹿何嘗識摽枝。從信詩人歌考牧，牛羊儘可以肱麾。

長亭楊柳拂春旗，行到天都近玉墀。宫漏風傳珂想逗，御爐香惹履聲隨。叩辭螭升恩方渥，榮晋烏臺績愈熙。轉瞬并門甘雨到，兒童竹馬定紛馳。

種罌粟花有感

花時曾記綉成堆，壅灌頻頻手自栽。用與才違誰職咎，可憐爾坐罪之魁。

自　遣

麟角牛毛舊願虛，饑寒迫我謝樵漁。餘年身健纔耽酒，嚮日家貧未鬻書。宦味近諳終守拙，交情久敬不嫌疏。代耕早似歸林下，何必匆匆賦遂初。

寓　嘆

不是辭尊富，雄飛愧未能。近來開捷徑，伊昔困寒燈。時事憂方大，形容老自憎。空思少年意，書劍氣憑陵。

述德四首

事事無心任自然，夢中游覽醉中禪。先人舊住花王閣，怪我難忘翰墨緣。

當年篇什富吟秋（先子與戈仲坊年丈家海林、寶林、希聲諸叔結吟秋詩社），遺稿雖存子遠游。畿輔有人操選政，固應一字不曾收。（陶桴襄先生秉臬保陽，選刻《畿輔詩傳》，四出徵詩。時先集述已携來山右，家無副墨，而在籍諸弟侄亦竟不知寄信索取，其爲失諸眉睫之前也可知，此述有生第一憾事。）

我家參政號宗工，海内文章軌轍同。小子于時生太晚，未承謦欬恨何窮。

江南伯紫亦吾師，名噪詩壇彼一時。此事由來憑論定，漫疑野鶩與家鷄。

七夕前三日，毓粹庵剌史招飲野狐泉遇雨

移樽選勝綺筵開，可使庭除有點埃。衆籟乘風殷地發，片雲挾雨過山來。客皆稱快談方劇，酒到微酣量更恢。座上有人詩敏捷，定然得句不須催。（座客有朱晴洲侍御，前任翰林編修。）

樹上佛手

多情最是古金仙，祇樹園居憶舊緣。特證西來柏子意，五輪指現手如棉。

芙　蓉

搴來木末一枝紅，意寄騷人咏嘆中。疇昔也知花信早，秋江無奈少東風。

青　果

清氣古難得，高人誰與儔。論交期水澹，追憶足風流。詩品陶潛在，茶經陸羽修。邪蒿同膾炙，思義亦堪羞。

若　個

此争門户彼騎墻，若個真離傀儡場。鷸蚌雨晴均得半，鶴鳧長短兩相忘。破愁賴有花三徑，買醉何慳酒一觴。碌碌無能吾自愧，不因人熱意差强。

陽月下浣買海棠、硃砂海棠各一株成二律

千載疑工部，無詩一大奇。却思紅濕處，恰是睡酣時。艷質桃魂妒，芳心柳夢知。番風漫催促，花好要開遲。

銀燭紅妝照，西川舊擅名。何緣勾漏令，也隸錦官城。族屬傾心附，繁華攘臂争。胭脂斟酌買，待與畫家評。

偶與客話，客去後感而賦此

善中談言妙在微，多君玉麈不輕揮。穀藏定論誰優劣，毅豹平時各是非。今雨肯來真繾綣，番風少緩誤芳菲。快哉客去茶香在，指點冥鴻目送歸。

讀《晉書》

一代良圖是徙戎，題標祟有論尤通。嗣宗稱慎言何取，懷祖差真量未洪。鄙吝執來人有幾，虚無尚久道終窮。新亭泪灑知多少，千載猶思瞶瞶公。

督僕栽花（時十月廿二日也）

不欲貪天止順天，腐儒百事總隨緣。蒔花地少將盆代，蓄水池深當井穿。息壤不毛難罪歲，薄田匪石會逢年。漢陰古有忘機叟，敢避人嘲搰搰然。

疊乙巳冬與宋璠溪、張墨池唱和舊韵《咏雪》仍依禁體（時庚申十一月廿五日也）

江上漁舟浮一葉，綸收釣罷滿天雪。太尉金帳恣豪華，學士茶鐺鬥清絕。天公戲與人何干，狂喜不顧屐齒折。方訝四山樹影微，俄看萬徑人踪滅。濁酒斟酌腸不枯，醉墨淋漓肘誰掣。興來却欲更捲簾，肌忘起粟眼生纈。土膏惟祝肥麥苗，泥滑已拼鋪木屑。不辭入夜冷十分，預愁見晛消一瞥。歐蘇例禁懸至今，夙知不待詩家説。所慚自問爾何人，白戰乃羞持寸鐵。

偶　筆

誰道新吾勝故吾，此心止似水中凫。腐儒不作伊川面，未必人人厭腐儒。

毓粹庵刺史以次韵蔣申甫京兆、朱晴洲侍御潼關唱和诗見示，并附示兩公原作，此酬

問誰忙裏早抽身，等是東西南北人。儒將未應無小范，仙源暫此避强秦。定知氛祲銷新霽，已見鶯花報好春。願與瞿曇参半偈，但生歡喜莫生嗔。

中興世運本天開，臘盡寒消斗柄回。好是元隨貞又起，不因否極泰何來。此時日下樞方密，諸老雲中杏舊栽。曾記杜陵有詩句，安危須仗出群才。

借韵抒懷

浮雲萬事不關身，僕本粗衣澹宕人。白羽儻麾思用趙，黑貂任敝耻游秦。餘年頑健如天福，盡日安閑太古春。傳語何曾莫相笑，平生我豈爲饑嗔。

几净窗明卷一開，書中有味美于回。幾多難字都輕過，無限清光已大來。心鏡儘由文士啓，筆花疑是古人栽。所慚强識非容易，卮漏涓涓恨不才。

書先兄伯孚及余《信芳書屋課草》後

信芳書屋舊因緣，難弟難兄撍撍然。合轍車由閉門造，原來庭訓即師傳。

文章隻字要求安，前路茫茫大是難。一任人傳譽兒癖，當時幸不失親歡。

俚　言

言到高時念位卑，辭尊辭富最便宜。因物付物我何與，殺人媚人吾不爲。理但心安自然得，事非論定欲誰欺。齠齡生性原如此，豈爲官箴凛四知。

苦熱自遣

除却山巔與水隈，塵中那有好樓臺。勸君莫嘆北風少，五斗米從何處來。

六月廿一日觀察禱雨有應，先是半月餘藴隆，殆不可支

苦熱嫌僧夏，新凉憶客秋。誰教風颯至，驀地暑全收。一雨從何得，三朝不枉求。農商知滿望，且問健人不（時塩池蓄水已涸）？

自　挽

七十六年常戰競，此心時刻凛淵冰。而今而後吾知免，穩睡黄壚唤不應。

此先叔父一二年前預作者也。命恒默識之。俟易簀後附入全稿中，起句照年歲繕寫。今語猶在耳，而慈顔無由再見。痛何如之！適當先叔父彙刻先集并平生各稿，揮泪繕清，敬付欹劂，載于卷末。是集之刻工未竣，而先叔父遽捐館舍。含悲校讎，督工蕆事，俾得流傳世間。庶先叔父一生性靈學問，不致日久湮滅爲幸。

咸豐十一年季秋

紀煐述：三客亭試帖

春服既成，得“成”字

美服何人製，春來既已成。含風雙袖薄，著體一襟輕。白袷花光映，青袍草色迎。今朝羅綺影，昨夜剪刀聲。拾翠聊停屐，臨流可濯纓。冠裳誇雅麗，節候近清明。勝事追修禊，良辰正賣餳。五銖吹袂好，乘興聽新鶯。

細雨荷鋤立，得“鋤”字

農業東皋遍，嘉禾著力鋤。楝花風過後，榆莢雨飛初。鎛趙人争荷，雲濃畫不如。聳肩衣乍濕，翹首興猶餘。野潤新苔滑，春陰碧蔓除。長歌欹箬笠，小立摘園蔬。綉陌輕飏軟，芳塍暖氣嘘。斜陽遥透處，歸路轉徐徐。

采菽中原，得“原”字

藝菽纔成實，先秋旆旆繁。收藏乘暇日，將采向中原。刈處非同稻，搴時却類蘩。幾行人袺襭，大隊語頻煩。飲水憑興孝，烹葵喜助。襜盈萁并納，穗滯鳥争喧。婦子趨長畝，倉箱富晚村。豐年民物阜，樂利戴君恩。

人情以爲田，得“田”字

土地祈何益，陶情事最先。功惟耕以禮，人病舍其田。常凛荒蕪戒，終期秀實全。糞心宜努力，殖學或逢年。茅塞知無慮，苗芸詎不然。彼山驚濯濯，吾業恃拳拳。性本培彌固，仁因熟愈賢。安敦窮聖量，矢志貴精專。

循名責實，得“循”字

實崇名必著，名者實之賓。不是人輕責，當思理共循。浮聲難久盜，衆望豈虛臻。聞譽誠非偶，賢豪自有真。錐囊雖負异，鼠璞不爲珍。鑒别昭千古，吹求萃一身。狐嗤威假虎，驢笑戲稱麟。中外期如一，熙朝士習醇。

雨息雲猶積，得“雲”字

月御離金虎，山川盡出雲。俄看凍雨過，猶似暮烟薰。掩映霓初見，氤氳靄未分。餘聲喧野渚，遠色暗江濆。窗外殘檐滴，天邊綴綺紋。似緣護秋稼，故爾却晴氛。荇亂魚偏樂，巢空鳥更紛。賦詩慕希範，异樣吐奇芬。

密葉成翠幄，得“幽”字

嘉樹何時植，濛濛葉乍稠。緑雲垂自好，翠幄擬相侔。坐喜花爲壁，懸憑月作鈎。茵鋪因碧草，幕設勝青油。夏屋陰常繞，秋根讀未休。林泉聊寄托，枕簟亦清幽。人慕羲皇世，詩成魏晋流。士衡招隱意，麗句媲曹劉。

飛泉漱玉鳴，得“飛”字

山溜排空落，奔泉迅若飛。勢驚湍驟急，音訝玉依稀。側耳聽幽響，尋踪上翠微。餘聲清以越，仙珮是耶非。遠瀑分松澗，長流漱石磯。不窮源汩汩，真道屑霏霏。虛籟生秋谷，遥岑挂暮暉。盛朝無隱逸，誰詡遁能肥。

澗曲湍迴，得“迴”字

欲識文章體，宜游積水隈。每逢深澗曲，自爾素湍迴。瀾壯平仍起，濤驚去更來。方流疑玉水，圓折認珠胎。端以池旋轉，因成浪溯洄。堤灣波自激，利導理堪推。瀲灔紋方聚，汪洋勢復催。泉源涌萬斛，藝苑仰奇才。

公生明，得“明”字

燭物形難遁，端由視遠明。詎知偏黨化，始覺鑒衡精。至道三無奉，靈源四照清。虛公完我素，纖悉洞人情。見既拘墟少，衷猶抱蜀誠。智囊勤澡雪，心鏡倍晶瑩。聰哲原天授，中和本性生。欲求推曁理，妙諦問荀卿。

春漲野橋低，得“橋”字

春暖冰初泮，波添昨夜潮。流澌驚拍岸，野水漸平橋。細溜魚鱗蹙，長虹雁齒遥。低疑迷古渡，險欲阻征軺。柱没流仍急，欄危絜偶飄。何人經略彴，幾處蕩輕橈。隔浦花光麗，沿堤草色饒。勝游邀伴侶，好趁賣餳簫。

杏花消息雨聲中，得“中”字

上苑韶光麗，時和暖意烘。寒消花信裏，春入雨聲中。野徑雲全黑，枝頭杏欲紅。玉壺今日酒，林燕异時風。散豈隨天女，催還藉社公。景添深巷外，響聽小樓東。沃澤沾濡遍，生機槖籥通。待乘開霽後，十里騁游驄。

吾道本方行，得“方”字

砥節推儒行，端嚴异色莊。人生原以直，道立本于方。圭角藏仍露，豐裁峻愈彰。從繩思誼正，枉尺戒廉傷。德是維隅貴，心緣絜矩臧。藏修行有表，饘粥走循墻。訓俗磨難磷，禔躬敬自强。旌賢逢聖代，潜德發幽光。

春光發隴首，得“春”字

暖律初回後，暄妍最可人。山腰添遠黛，隴首發濃春。芳意烘烟景，流光動麯塵。一痕青杳藹，千畝碧鮮新。綉陌風微扇，蘭畦色自匀。蓬蓬南浦外，靄靄大江濱。灌木多黄鳥，汀洲有緑蘋。省耕應在即，鑾輅慶時巡。

至人心鏡，得“心”字

燭物惟明鏡，誰知鏡在心。朋從私意化，德量至人深。萬理憑昭析，三光助照臨。由來民是鑒，共説式如金。皂白嚴疑似，貞邪辨尺尋。一塵原不翳，萬感詎能侵。有耀形誰遁，無欺道在欽。群登仁壽頌，洞達仰宸襟。

擲地金聲，得“金”字

健筆超騰入，文章見匠心。讀時聲中律，擲地響如金。寶鼎扛猶易，黄鐘調可尋。催來宜擊鉢，度處本拈針。銖兩權衡稱，詩書鼓鑄深。賣知邀重價，聽喜是元音。細檢宫商譜，偕游翰墨林。我朝文教盛，鉅製震球琳。

五月鳴蜩，得“鳴”字

仲夏陰初長，新蜩應候生。纔從丸底蜕，已在樹間鳴。斷續音猶弱，悠揚韵乍成。車憐繅處澀，翼想曳時輕。飲露宜新暑，吟風趁晚晴。遥聞清響散，一望翠烟横。芳圃應添趣，微蟲豈閟聲。上林如許借，栖止好垂纓。

豐年多黍稌，得“年”字

納稼當秋穫，咸歌大有年。稌多生下隰，黍亦遍高田。穲秷三時景，青腴萬井烟。晚穜兼早稑，北陌接南阡。困足收三百，人欣取十千。夏嘗雛在豆，冬薦雁烹鲜。婦子謀初遂，豐亨象已全。風謡皆可采，頌獻帝廷前。

經術飾吏事，得“經”字

修士崇儒術，循良具典型。學優堪筮仕，吏治在通經。禮樂蕲成俗，詩書任乞靈。三餘耽古籍，一割試新硎。非止多文富，兼誇至治馨。隆猷傳製錦，舊事記囊螢。惠澤人人被，謳歌處處聽。熙朝勤考課，戒石早書銘。

似曾相識燕歸來，得“歸”字

社鼓村村急，春風送燕歸。携將新侶到，還向故巢飛。瞥見疑曾識，相逢悵久違。雙扉穿白板，舊國認烏衣。昔别憐何往，重回喜暫依。楹檐來更去，門巷是耶非。下上尋芳徑，呢喃趁落暉。玳梁栖許借，時遣捲重幃。

醴泉無源，得“無”字

仙醴從何出，泉源覓却無。其來常不偶，所自固應殊。神瀵傾金掌，雲英瀉石盂。乍盈疑雨集，旋涸慮魚枯。漫詡觀瀾術，難憑調水符。味應三酒近，泒豈百川輸。挹注流誰竭，清泠迹乍濡。天厨資沆瀣，好耴入冰壺。

沉珠于淵，得“沉”字

欲使風□樸，宜清出治心。身原同玉潔，淵且任珠沉。甓社光長在，滄溟水自深。蜑人應息棹，龍女漫輸琛。無假靈蛇報，何勞象罔尋。泣從鮫有泪，穿鄙蟻爲針。貢賦供維正，工商業戒淫。宸衷懷反本，德量萬方欽。

味道之腴，得“腴”字

義蘊資探討，詩書足自娱。性從心所悦，學得道之腴。含咀英華在，馨香治化敷。貪饕嗤列鼎，睟盎驗充符。旨溯良言説，膻欽至治虞。人緣成德飽，儒豈列仙臞。樽俎先民往，塩梅聖代須。清□風久者，教澤遍涵濡。

觀書鄙章句，得“觀”字

開卷原多益，尋章摘句難。簡編求妙解，才力戒輕殫。頓悟心期入，旁通義乃安。駒差轅下局，豹陋管中看。呫嗶非全廢，高深貴曠觀。鑿輪書可喻，膠柱瑟誰彈。理既原流徹，功纔首尾完。盛朝經術顯，士習早能端。

披榛拔芝蘭，得“榛”字

香色皆無匹，芝蘭品足珍。生時宜傍砌，拔處藉披榛。雨露滋培久，岩阿采擷頻。肯容蕪穢雜，幸有鑒衡真。琴憶商山操，騷傳楚客紉。幾年鄰翳薈，此日免沉淪。草澤多佳士，才能屬秀民。書生逢盛世，應免困風塵。

德車結旌，得“旌”字

至治常崇德，維車早錫名。經塗齊四馬，法駕結雙旌。析羽儀能象，含章度自貞。干旄真孑立，廣旆定虚擎。大馭行知節，和鸞應有聲。三辰雖備具，五色漫分明。憑式容何肅，閑輿禦不驚。清時偏黨化，同軌叶由庚。

前題得“車”字

偃武休戎輅，修文尚德車。鸞和貞度處，羽衛結旌初。介馬馳何益，升龍設亦虚。三辰形自斂，五色辨應疏。漫説旒常綴，羞同帶有餘。葳蕤收大旆，樸素稱安輿。金柅持時固，蒲輪動處徐。聖朝文惡著，華縟早全除。

雁字，得“書”字

一一横天際，深秋雁到初。參差纔像陣，仿佛已成書。風雨揮時疾，雲烟過處虚。毛錐安用彼，鳥篆獨憐渠。未許群鵝换，休同野鶩譽。飛高行錯落，望遠墨蕭疏。彭蠡何時到，衡陽幾日居？倘能傳尺素，倩爾代雙魚。

月照冰池，得“冰”字

溜澀池初涷，晶瑩得未曾。乍當凉月照，頓覺素光增。魄是今宵滿，流經幾日凝。寒輝連下上，夜氣倍清澄。映處輪斜轉，堆來玉并稱。三分真皎潔，一片正凌競。妙景誰能賞，良宵冷莫勝。此心無物累，亦似玉壺冰。

貢雲，得“雲”字

异寶獨能貢，誰能貢嶺雲。宣和留故事，公謹紀新聞。觸石原無迹，封囊擬獻君。携來峰大半，放到日斜曛。此物□堪贈，他山幸許分。瓊宫新夢雨，輦路驟成紋。花石徵求峻，臺池眺賞殷。佚游良足戒，聖主正憂勤。

文章華國，得“章”字

儒生思報國，事業在文章。著作能無愧，邦家信有光。鴻猷資潤色，鉅製總輝煌。摛藻風舒錦，和鳴鳳在岡。酬知憑翰墨，品價比琳琅。舉世方增重，名山敢遽藏。人同游藝圃，學且富書囊。勉副栽培意，賡揚志正長。

純法八世，得“隆”字

往聖誰能繼，清時治獨隆。萬幾勤睿慮，八世法□風。渾甿民皆樸，都俞象自崇。登三還邁五，基德更開功。雲鳥思千古，羹墻奉一中。步趨原不异，煌諦得無同。道豈殊今昔，時惟善變通。心源遥接處，四海頌昭融。

受孔子戒，得“虔”字

學似廉希憲，纔稱自守堅。素王原有戒，异教詎能遷。衣鉢傳詩禮，神明奉聖賢。道昭能覺世，仁至即延年。莊敬齋常凛，鳶魚悟最先。四非真棒喝，一貫是燈傳。佞佛人何鄙，歸儒意獨虔。格言同寶筏，賴此濟迷川。

民生在勤，得“勤”字

念念民生繫，嘉謀憶楚君。貨財原易匱，造作貴能勤。業已沾塗苦，情方勸課殷。綢繆乘未雨，耕耨趁興雲。坐飽終非計，閑居古豈聞。田蠶功并務，婦子責平分。人盡先疇服，心無异物紛。含和當盛世，食力意欣欣。

羽觴隨波，得“隨”字

曲水流觴事，權輿本逸詩。龜占惟洛食，杯泛與波隨。瀍澗源頭活，彝尊沼面移。流風三月記，厚意二卣施。醉酒商遺老，行酬國太師。先聲公旦始，餘韵永和知。沾被恩何渥，迴環迹更奇。廣微淹博甚，信古總無疑。

鴻毛順風，得“風”字

爲獻賢臣頌，爻占漸上鴻。遐騫原有志，高舉竟乘風。寥闊天無際，扶摇路自通。移時霄漢近，此日羽毛豐。健翮超塵外，迴飆起太空。千秋名世遇，萬里大王雄。遵渚時方至，爲儀望最隆。明良逢聖代，早達四門聰。

王言如絲，得“言”字

古有如絲戒，誰云舌可捫。謹身昭帝德，作命重王言。紬繹群心愜，經綸大訓存。辭同黄絹麗，旨是白麻温。慎出餘無盡，賡歌要不煩。直風□作佩，恒性藹同原。天語音難玉，民聽耳屬垣。大哉欽聖量，鄙薄藉寬敦。

黄屋非堯心，得“堯”字

恭已憂昏墊，文思憶聖堯。黔黎皆已溺，黄屋豈人驕。蕩蕩功難狀，安安意已消。老從衢室問，岳向土階朝。吁咈群生念，平章百姓昭。端居天禄厚，俾乂帝心焦。田井遺留遠，羹墻授受遥。皇風今載蹕，無限太平謠。

元模軌物，得“模”字

環海登仁壽，鈞陶大化敷。型民歌帝則，軌物仰元模。範在金□躍，盂方水莫逾。絜來同此矩，慎處若爲樞。鼓鑄功何速，裁成理不誣。臣鄰皆礪石，天地是洪爐。建極遵王路，從風頌德隅。聖朝文教訖，至治邁唐虞。

一樹百穫，得"賢"字

百穫思奇士，嘉謀管子傳。樹人關國計，敏政藉時賢。吐哺風流續，栽培雨化先。散材樗櫟弃，大任棟梁肩。濟濟宣猷盛，多多取善全。性惟禾米辨，才欲斗升憐。學凜荒蕪戒，人逢秀實年。熙朝歌棫樸，葑菲未輕捐。

前　　題

誰識人堪穫，名言霸佐傳。匠成心最苦，學殖志須堅。國本培彌固，情田養不偏。三升論秀日，八斗富才年。政似蒲蘆敏，仁期荑稗捐。美莊誇陸贄，大木喜齊宣。枝葉原無用，英華幸已全。達材思努力，聖代正求賢。

以珠彈雀，得"珠"字

逐肉尋常事，何庸至寶須。痴情同抵玉，小技竟彈珠。擲等泥沙賤，謀如翠桂迂。恨雖虛掎免，理豈暗投殊。照乘他年貴，從禽此日俱。抛來輕百琲，落處競三驅。曲藝時非尚，奇珍用莫誣。好將希世物，持向廟堂輸。

斷帶續燈，得“燈”字

廉吏推皇甫，清心信有徵。昔人聞請帶，之子藉篝燈。燭短光將炧，紳長意自矜。傳從無盡悟，垂豈有餘憎。贈縞情猶憶，然藜事并稱。截來絲縷縷，助起焰騰騰。佳話留宜久，澄懷得未曾。盛朝崇介節，士凜玉壺冰。

南窗寄傲，得“窗”字

解組飄然去，歸舟棹小艭。先生餘柳五，稚子候門雙。情話欣盈室，薰風欲透窗。傲憑容膝寄，氣肯折腰降。松菊存三徑，醽醁共一缸。種瓜時憶邵，賫酒不須龐。領略琴書趣，栖遲父母邦。白衣人至晚，衡宇足音跫。

先雨耘耨，得“耘”字

農事誰能緩，沾塗自古聞。連阡苗欲秀，未雨草先耘。莠去時難失，陰濃潤許分。魚鱗天潑墨，鵶嘴鍾成雲。笠斜風初至，鋤揮日未曛。爲霖方待澤，薅蓼敢辭勤。襏襫人何樸，桑麻意足欣。豐年多樂利，耕鑿頌仁君。

不知誰是謫仙才，得“仙”字

秋賦掄才日，人書第一篇。此場原選佛，入彀即登仙。一字頻更後，三條未盡先。霓裳隨衆咏，月桂爲誰妍。�管凌雲氣，金丹换骨緣。群英同此會，今夕是何年。得路蓬瀛近，題名姓字傳。長安花看遍，幸不負寒氈。

暖風抽宿麥，得“抽”字

宿麥經春發，生機肯滞留。餘青沾雨潤，嫩緑藉風抽。暖意吹嘘遍，輕飔澹宕浮。苗從穿土脉，葉不屈金鈎。幾日雲堪割，先時浪欲流。幾番裁似剪，一望碧于油。瑞應雙歧待，奢心十斛收。力田歌帝德，人樂服先疇。

蘭亭修禊，得“亭”字

逸少情懷曠，山陰道舊經。妙文歸藝苑，禊事記蘭亭。沂水追風浴，滄浪見性靈。咏歌良快意，寄托久忘形。峻嶺當頭峙，清流側耳聽。人游芳草地，杯泛晚花汀。内史聲華播，琅琊姓字馨。千秋留勝迹，修竹半山青。

好花看到半開時，得“開”字

恰值芳菲節，枝頭暖意回。萬花争欲發，幾樹未全開。社雨連朝至，番風取次催。暫留春色駐，時送暗香來。蕚吐林如畫，葩含綉作堆。即今資宴賞，憶昨對徘徊。奇卉搜羅富，名園爛漫栽。金鈴兼羯鼓，雅意爲滋培。

桂林一枝香，得“香”字

射策推佳士，能升賈董堂。自誇才倜儻，取譬桂芬芳。馥馥花無隱，馮馮色异常。折來非俗艷，挹處亦天香。寥落彌堪貴，清新莫可方。小山真得地，雜木任成行。名構無多筆，詞林總擅場。熙朝鴻製富，杞梓自文章。

雨不破塊，得“豐”字

一夜廉纖雨，憑添潤物功。絲憐垂綉陌，塊未破芳叢。烟重全粘草，聲希不藉風。乍零雲液白，微壓麴塵紅。生意涵斯活，流光濕欲融。一犁泥滑笏，三徑氣空濛。澤頌公田渥，農歌我稼同。休徵符作肅，環海慶年豐。

農服先疇，得“先”字

帝澤留貽遠，良疇受自先。訓常聽厥祖，業不捨其田。手足沾塗慣，耕耘似續綿。克家人弗逸，肯穫子能賢。力穡宜今日，披榛憶昔年。倉箱惟土物，耒耜即薪傳。負郭膏腴近，登場黍稌全。編氓安樂利，長此戴堯天。

將受厥明，得“秋”字

滋畝神禾緑，三農望有秋。厥明欽帝賚，將受俟天休。穲秠形無盡，菁葱色自稠。犧羊思介黍，婦子祝貽牟。夙願千倉副，奢心十斛收。先時耘耦意，异日稻粱謀。幾處催秧馬，連朝候雨鳩。年豐知奏瑞，耕鑿聽歌謳。

礎潤而雨，得“時”字

渥澤欣將降，幾先驗弗疑。峰多雲乍布，礎潤象何奇。蟻垤封應固，螭坳辨自知。能言誰汝信，其雨不予欺。有兆同占月，前民勝卜龜。理從陰石悟，事與漏天期。幕燕斜翻處，巢鳩競逐時。爲霖昭上瑞，深慰一人思。

百家爲笙簧，得“簧”字

净洗煩囂耳，怡情翰墨場。六經資鼓吹，百氏乃笙簧。餘韵殘編寄，先聲舊籍揚。心原虛竹似，道豈濫竽妨。古調存非偶，能言巧不傷。争鳴應有見，附和敢隨行。擲地輕孫賦，携柑陋戴腸。右文逢聖代，長凛學無荒。

窗中列遠岫，得“中”字

遠岫千峰峙，危樓百尺崇。青光來郭外，翠色入窗中。重叠看無數，高低望不窮。小齋人寄傲，虛幌影嵌空。屏幛家家有，楹檐面面通。嶺雲生棟白，岩樹透紗紅。愛此烟嵐近，憑誰寫畫工。何當三殿啓，一覽悦宸衷。

高柳半天青，得“青”字

野樹千章合，扶疏蔭晚汀。遥看高柳緑，直插半天青。一碧光相映，三眠夢乍醒。影微分遠近，罅不透瓏玲。烟靄梢頭聚，風聲木末聽。暗捎雲漠漠，濕帶雨濛濛。翠色同眉黛，嘉名取字形。靈和真得地，不羡短長亭。

多文爲富，得“文”字

多積非真富，鴻儒貴博聞。一編敦素好，千古重斯文。學敢荒書史，心常醉典墳。生涯三篋寄，事業百城分。籯笑貽謀拙，倉思卜築勤。名山藏异日，長物等浮雲。待聘期求志，逢年慶得君。通材當代重，班馬且濃薰。

句好無强對，得“工”字

思苦心難愜，真成一字窮。吟哦耽好句，裁對少全功。撚處髭應斷，尋時夢未通。錦囊重細檢，玉盒半多空。體即三千備，賢難四十同。片言生使獨，儷語造誰工。幾費冥搜力，終陳肆好風。熙朝揚扢尚，願爲頌昭融。

秋澄萬景清，得“清”字

素節澄西灝，新秋眼倍明。一天無際碧，萬景有餘清。山水含輝秀，川原入望平。畫屏今夕爽，鱸膾故鄉情。雨過寒蟬急，雲遥去雁横。家家穿綫卜，處處搗衣聲。憑眺神應王，微吟句易成。霓裳同日咏，好趁桂枝榮。

詩雜仙心，得“仙”字

七子才華擅，名高正始年。耽吟原有癖，得句竟如仙。夢筆從何日，凌雲記夙緣。清風生紙上，明月悟身前。舊説詩稱聖，新知籟是天。偶將游戲意，時寓短長篇。著手春成矣，含毫思貌然。熙朝多雅什，魏晋敢争先。

讀書難字过，得“難”字

幸有陳編在，憑將智力殫。書從文小异，我以意粗觀。妙義原如揭，浮詞且自刊。孳孳原不已，戛戛諒無難。刑邵思徒苦，揚雄問肯拌。爨墻勞夢寐，魚虎任摧殘。萬卷功能破，三冬業已完。清時人懋學，章句漫同看。

皇風被九州，得“風”字

聖代敷元化，遐方漸被同。八荒游壽域，四達暢休風。有脚陽春早，無聲帝載通。草憑君子偃，賦陋大王雄。愠解絲桐裏，功神橐籥中。東皇申巽命，南國憶周公。共借吹嘘力，誰名造化工。奉揚原素志，遇順羡冥鴻。

密雨如散絲，得“如”字

恰值春膏降，塵氛喜頓除。小樓聽雨後，大地散絲初。宕様風微引，廉纖畫不如。楡錢穿處碎，柳綫續來疏。鶯疾梭頻擲，花明錦乍舒。生機資補綴，弱縷任吹嘘。陌上纔蘇草，田間幾荷鋤。宸衷應慰甚，大有奏占書。

賣劍買牛，得“牛”字

作郡推龔遂，循聲勃海留。土風矜佩劍，政迹肇牽牛。脱去羞彈鋏，驅來或負糇。霜華三尺失，地利一犁收。好勇誠何益，深耕亦有秋。田功資大武，市價減純鈎。舊昧强哉矯，新知富可求。轉移原甚易，佐治賴嘉猷。

敦俗勸農桑，得“敦”字

本計農桑重，天家教典存。由來民易勸，可信俗能敦。黛耜青陽節，筠籃緑樹村。計耕連萬井，卜吉繅三盆。祭蜡思歆龠，祈蠶誦采蘩。頻年勞法駕，不日貢輶軒。世享豐盈樂，人知依被恩。清時□樸意，擊壤庶同論。

九河既道，得“河”字

就下群流暢，功成奠九河。川源通曲曲，水脉辨羅羅。砥柱今無恙，榮光近若何。浪恬瓠子静，峽急尾閭過。趨海長堤鞏，乘潮市舶多。龍門爰順軌，馬頰敢揚波。意媚明如鏡，紋旋細似靴。百靈皆效順，主德驗中和。

細雨鶯飛重，得"鶯"字

景麗春三月，時光物態并。千絲飄細雨，雙翅重流鶯。點碎初沾灑，風欹半距迎。金衣憐已涴，烟縷欲相縈。力薄梭難擲，雲深翼乍横。體同飛絮弱，勢异落花輕。喬木頻求友，丘隅且待晴。上林應許樹，會奏管□聲。

漠漠水田飛白鷺，得"飛"字

似罫平田迥，連天遠水圍。魚鱗千頃蹙，鷺羽一行飛。潔白形如許，空明畫亦非。痕從清照寫，影入淡烟微。浩渺澄無際，褵褷卷未歸。低緣芳草岸，遠趁蓼花磯。野外多清景，閑中悟化機。陰陰兼漠漠，好句世應稀。

譬如爲山，得"山"字

勤學功難輟，潜修歲月閑。力行須愛日，取象在爲山。自覺增高易，何知詣極艱。善端憑積累，聖域許躋攀。土壤收成效，匡廬認舊顔。初基歸性始，捷徑笑人寰。篤實徵全量，安敦見一斑。醇儒逢盛世，媲美杏壇間。

忍渴盜泉，得“泉”字

高節龔生勵，銘心耻盜泉。懷清誰得似，忍渴事曾傳。思義名須顧，傷廉戒最先。潔身憑井幕，充類盡窬穿。潁水流堪挹，梅林智總捐。人拼司馬病，操比隱之堅。篤志欽奇士，高風數昔賢。一般孤介意，飲馬憶投錢。

雨暘應禱，得“暘”字

帝德休徵叶，時和協雨暘。禱虔嚴對越，應捷异尋常。澤溥甘霖渥，雲開旭日光。聖心符肅乂，天道嬗陰陽。語怪嗤鞭石，誠求擬薦香。届期疑有約，如願各相償。治象觀千耦，神功奏百昌。農家芹曝意，介壽欲升堂。

治國若張琴，得“琴”字

政貴優優布，剛柔兩不任。民严思馭索，治道譬張琴。解愠高風邈，揎□炯戒深。疾徐皆中律，專壹亦何心。作佩原防緩，成聲幸不淫。立廉還立志，知政本知音。建極衷須折，同和理可尋。來儀逢聖世，萬國頌咸臨。

秋澄萬景清，得“秋”字

夜色澄如許，微寒乍近秋。三更耽嘯咏，萬景盡清幽。水淺明河漢，星疏耿斗牛。片雲生遠岫，皎月入高樓。永漏閑中數，長空望裏收。酸吟聽絡緯，爽籟發梧楸。最愛憑欄眺，真堪秉燭游。天香何處是，擬爲斧重修。

至治馨香，得“香”字

至治神明格，群欽政教昌。豈惟殷燮理，兼可薦馨香。考績鹽梅重，銘功俎豆光。烹鮮成上理，飽德遍遐方。溉釜心應慰，操刀手詎傷。膻同虞化普，旨溯説言□。帝德期蠲潔，民風奏樂康。鴻猷偕黍稷，好共達穹蒼。

柿葉肄書，得“書”字

莫謂貧無紙，臨摹計已疏。墨池千古事，柿葉幾行書。畫荻何堪比，裁蕉總不如。霜林微脱後，湘管乍揮初。材取梁侯圃，功專谷口廬。貝多同見賞，側理未須儲。筆墨痕全化，烟霞趣有餘。廣文名久擅，三絶固非虚。

秋至最分明，得“明”字

銀漢無邊際，痕餘太古情。每逢秋乍至，偏覺影尤明。星彩寒芒映，雲羅薄靄輕。斜長天萬里，清淺夜三更。有鵲橋方駕，無波水自横。人誰牽犢飲，客説泛槎行。露向花叢白，風從木末生。良宵多妙景，即目句先成。

巢燕得泥忙，得“泥”字

社日匆匆過，雙飛燕羽齊。有時銜細雨，隨意啄新泥。黄壤銜應滑，烏衣濕欲低。口瘏烟舍外，翼側畫橋西。水近頻輕掠，巢危敢遽栖。歸誰歌緩緩，音似怨凄凄。下上穿花塢，呢喃過竹溪。空梁紛落處，佳句擬重題。

海不揚波，得“揚”字

觀海難爲水，鯨濤萬里長。何緣風自定，不使浪微揚。端以呈嘉瑞，爰教應哲王。無邊澄浩瀚，一帶碧汪洋。但有潮痕濕，都無水態狂。氣全空蜃蛤，路未阻帆墻。貢錯欽聲教，添籌俾壽臧。聖朝勤政治，海若表禎祥。

雨後山光滿郭青，得“山”字

極目江城外，參差露遠山。每當凉雨過，倍覺亂峰閑。乍洗塵氛净，惟餘黛色斑。無邊青嶂合，四面翠屏環。雲斂天同碧，花明樹偶殷。人家蒼翠裏，雉堞畫圖間。層叠凌霄漢，高低聳髻鬟。好乘風氣爽，躡屐試登攀。

鋤禾日當午，得“禾”字

穲稏芳塍稼，農夫致力多。先庚懸種待，當午荷鋤過。鵶嘴田間锸，龍鱗陌上禾。習勞時滴汗，觸暍任違和。暑氣蒸原隰，炎光透笠簑。但期雲蔽日，敢羡扇揮羅。錢鎛功非細，征徭政不苛。年豐占已驗，擊壤聽新歌。

和如羹，得“羹”字

理辨和同异，名言溯晏嬰。逢君嗤濟水，贊化譬調羹。醯醢資兼味，塩梅佐大烹。酸鹹經配合，濃淡自均平。投好誠堪嗜，回甘詎見輕。交修懷傅説，操割憶阿衡。薪火傳誰繼，庖厨喻獨精。清時讒諂去，鼎鼐重公卿。

雲在意俱遲，得“雲”字

心與天俱遠，長空杳片雲。孤踪憐暫駐，静意許平分。似絮難輕擘，非烟訝細熏。仰觀如有會，澹對欲何云。漠漠痕逾迥，飄飄思不群。神游超衆象，目送到斜曛。薄靄拖千尺，閑情寄九垠。孤懷惟爾共，瞻矚足欣欣。

無逸圖，得“圖”字

無逸垂明訓，良臣繪作圖。嘉猷思獻納，彩筆爲臨摹。懷保淵衷惕，嚴恭德意孚。豪端傳聖道，紙上繪前模。稽事原如此，康功有是夫。直將宵旰慮，寫向廟堂輸。務本心惟慎，勤民政不誣。清時歌帝則，與古若同符。

蜻蜓立釣絲，得“蜓”字

魚戲波初漲，持竿傍遠汀。渡頭橫舴艋，絲上立蜻蜓。翅薄飄難定，綸垂過偶停。颸柔如借力，情狎可忘形。桂餌心非羡，漁磯地慣經。依人雙翼翀，映水一痕青。簑笠清流影，菱荷碧沼馨。臨淵思結網，獨立近湖亭。

藏珠于淵，得“淵”字

合浦珠還後，□風復古先。囊曾誇照乘，今且任沉淵。象罔何勞索，驪龍自在眠。輝騰鮫客室，棹息蜑人船。水喜三篙媚，心輕百琲圓。貨遺非弃地，利盡惡貪天。崇實皇衷慎，捐金帝志堅。珍奇皆不御，聖代寶惟賢。

秋意一蟬催，得“蟬”字

一葉梧桐落，芳林有暮蟬。祛炎風較緊，得氣物居先。潤潔三霄露，空濛一樹烟。景纔澄素節，聲已咽涼天。久噪聽逾靜，餘音曳更連。暑從今日退，信自未秋傳。雁返書誰寄，蛩吟月正圓。年光與物候，遞運本無愆。

春水滿四澤，得“春”字

凍解東風後，波添四澤春。但從池畔過，同此水痕新。岸繞尋花徑，津迷拾翠人。晝橋横有影，白舫杳無垠。漲軟纔飄絮，風香正起蘋。不分陂遠近，都是漲漣淪。細草青相映，垂楊緑乍勾。仙源如可接，那惜泛舟頻。

風軟水無痕，得“風”字

南浦春回後，清流處處通。池光浮旭日，沼面受和飈。飏軟吹無力，沙平水自融。一帆行鏡裏，幾樹印波中。渚淺灘聲静，川晴細溜空。三篙浮鴨緑，十里漾花紅。碧草沿埼岸，青蘋聚翠叢。聖朝勤利導，無水不流東。

汲古得修綆，得“修”字

儒有多文富，功憑汲古收。何傷泉不及，所貴綆能修。小智瓶難挈，新機緒乍抽。迹非穿鑿近，理且引伸求。用短全無慮，從長得自由。經綸才素裕，挹注學云優。鑒水盟心切，尋源致力周。讀書思報國，好博願終酬。

繞屋樹扶疏，得“疏”字

樹繞衡茅種，亭亭值夏初。數行遥映帶，四望盡扶疏。啓户長風入，開窗緑意餘。清凉侵几榻，蒼翠染襟裾。濃淡雲相似，參差畫不如。獨吟成幄句，恰稱閉門居。摇曳先生柳，栖遲隱士廬。求賢當聖代，幾處召弓車。

如琢如磨，得“如”字

極擬潛修意，精專力不疏。譬之瑜瑾在，試以琢磨初。別利刀能砉，攻堅石預儲。質原瑕匿少，願豈玉成虛。大器程功緩，奇光取次舒。名同蒼璧貴，氣已白虹如。匠遇搜岩遍，人誰被褐居。珪璋華國物，敢自秘璠璵。

業廣惟勤，得“勤”字

周官垂訓切，董正誦遺文。居業原期廣，程功信在勤。鷄鳴人競起，駒過語曾聞。間固難容寸，陰胡不惜分。及時求道易，愛日此情殷。簣自爲山覆，苗先未雨耘。奮思觀後效，怠恐弃前勛。殿升圖無逸，宵衣仰聖君。

春華秋實，得“秋”字

庶子高華掞，家丞茂實收。人從分取舍，時各判春秋。新艷辭條蔚，餘甘諫果留。娱情原并美，悦口不兼優。風暖含花早，天凉結子稠。懸知香草佩，難作木瓜投。學每虛聲戒，儒期内行修。聖朝莊士貴，鞶帨綉應休。

允執厥中，得“中”字

緬彼勛華盛，心傳寄一中。惟微昭帝學，允執仰宸衷。有則樞憑慎，無私鑒乃空。早知偏黨化，不待會歸同。昭受宜徯志，清明本在躬。從時繩自正，絜處矩能通。運世元模具，前民大道公。今逢皇建極，遠動四方風。

千金市駿骨，得“金”字

霸業燕臺盛，謀臣亟獻箴。骨猶珍八駿，價不惜千金。鼠璞休輕擬，烏孫重見尋。窺雖全豹异，好比假龍深。但使名相副，何傷魄已沉。齒增由彼命，皮相豈余心。弄馬鄰俳笑，求賢此德音。登崇逢聖代，多士集華簪。

集芙蓉以爲裳，得“裳”字

千古靈均恨，深情托衆芳。蘭將紉作佩，蓉合集爲裳。有殺沾塵少，無箴挹露凉。澣宜湘水潔，縫藉藕絲長。遂志修初服，章身守瓣香。幾時波出緑，此際理通黄。舉世人皆醉，如渠意足傷。儻令生盛世，肯使滯江鄉。

重與細論文，得“論”字

恨不風吹至，文壇共酒樽。細將前日意，重與故人論。别久多新得，思深有後言。少年誇敏捷，老境返虚渾。嗟我髭頻斷，逢君舌莫捫。既曾甘苦喻，敢使類瑕存。飯顆山頭句，楓林月下魂。高名千載并，李杜誼何敦。

可要金風玉露時，得“時”字

永夜遥相望，能無怨仳離。云何銀浦約，可要素秋時。河畔金風爽，天衢玉露滋。疑從前歲别，早訂隔年期。仙袂吹微舉，香車潤恰宜。盟尋焉用屢，會好不嫌遲。橋駕雲初接，梭停漏漸移。可憐更鼓歇，兩道又分歧。

有脚陽春，得“春”字

循績知何似，難名撫字仁。傾心依愛日，着脚頌陽春。善行非無迹，餘輝藹可親。所腓生以遂，不脛化能神。漫問來何處，群思借此人。惠和千里遍，雨露一時新。之子稱先進，伊誰步後塵。廣平遺事在，足勵帝廷臣。

含桃燦朱實，得“桃”字

果實推先熟，朱櫻幾樹高。品佳堪并笋，形具亦名桃。珊嫩疑滄海，珠明訝漢皋。鶯容含滑澤，雛共薦君蒿。鮮艶真無匹，匀圓詎浪褒。色如堆火齊，味自勝蒲萄。此日芳馨貴，他時藝植勞。滿盤傾赤玉，碎點映青袍。

紀煐述：三客亭詩餘

點絳唇（酬浣香主人贈水仙花）

綽態柔情，當時賺得陳王賦。玉顏如故，恍忽波間遇。驛使難憑，春信將無誤。幽香度，盞黃臺素，慚愧遥相付。

前　　調

六出名花，購來佳種從何處。極勞傾注，雅誼同投□。從此蕭齋，也把天花□。殷勤護，朝朝暮暮，封殖如嘉樹。

前　　調

姑射仙人，世間凡艷難相伍。湘江洛浦，欲覓知何處。玉骨冰肌，色比梅還素。驚人顧，明珠翠羽，的是神仙度。

海棠春（浣香室鐵梗海棠，隆冬已吐萼，而迎春尚未開，主人以詩餘紀其事，依聲和之）

陽和消息憑誰討。却不道、天工恁巧。请看海棠枝，漏泄春光了。先開不怕迎春惱。怎等到、夢回芳草。梅已占花魁，更比梅花早。

憶仙姿 (咏浣香室鐵梗海棠)

凜烈風威依舊，點點胭脂紅透。艷吐錦城葩，却在歲寒時候。稀有，稀有，屈指纔過三九。

前調 (咏浣香室瓶菊)

憶自淵明采後，秋雨秋風消受。抝折膽瓶中留，伴竹疏梅瘦。思舊，思舊，曾是一時之秀。

百字令

葭灰動處，忽春風又到，臘雪將殘。三十年來成底事，下帷人硯磨穿。畫虎心勞，雕蟲計拙，身世兩茫然。不堪回首，韶華過眼雲烟。依舊草屈金鈎，冰開水鏡，風景似從前。結伴尋春知有日，他時隨意流連。四序推遷，一杯祖餞，珍重送餘寒。半生轗軻，謬蒙松柏相看。

八聲甘州

光陰真過隙，換桃符、又值送餘寒。記兒時守歲，屠蘇先飲，華屋承歡。不覺葛裘幾易，時序暗推遷。故我依然在，改了朱顏。説甚桑榆非晚，漸頭顱老大，興致蕭然。魯陽戈急揮，難挽日輪旋。數平生、賞心樂事，幾何時、天上又人間。思量著，年華兩字，悵惘無端。

前　調

蠹魚鑽故紙，問浮生、幾字食神仙。計腐儒脚色，無他長技，翰墨因緣。自笑漏巵空注，過眼總雲烟。儂被寒氊負，儂負寒氊。非不百城高擁，奈管中之豹，能幾多斑。墨磨人何時，磨得硯會穿。便盟心、文章報國，也須知、學海浩無邊。思量着，詩書兩字，愧赧無端。

前　調

壯心猶未已，酒酣時、擊得唾壺殘。念三條燭下，鎖圍七入，輒落孫山。窮達豈真有命？搔首問青天。我有封侯志，投筆何年？縱使老當益壯，怕笑人鄧禹，睥睨寒酸。最驚心有人，先著祖生鞭。志四方、男兒素願，又誰能、碌碌老丘園。思量著，功名兩字，感慨無端。

浣溪紗（和浣香主人韵）

往事回頭漫自憐，此身位置信由天。功名説甚祖生鞭。勝概遥情非復舊，懶題新句上雲箋。得偷閑處且偷閑。

浪 淘 沙

忽忽復悠悠，三十餘秋。炎凉閲盡轉多愁，迴首當年成一夢，雲散風流。勞碌幾時休，逆水行舟。拼將身世共沉浮，命也如斯争不得，無語低頭。

南柯子（中秋邀戈德健飲酒賞月）

寥落心多感，酸吟興自高。晚凉庭院首頻搔，好是雙扉烟鎖，故人敲。佳節休輕過，閑愁且共澆。一年明月止今宵，試向廣寒高處，舉杯邀。

桂殿秋（遲德健不至）

魚雁影，杳難尋，空谷白駒金玉音。吾廬虚下南州榻，黄葉碧雲三逕深。

滿江紅（中秋與戈德健酌酒月下）

淅瀝秋聲，入庭樹、十分蕭瑟。念近日、但逢佳節，倍傷岑寂。梧葉風摇明月影，桂花露濕寒雲液。嘆良時、誰與倒芳樽，同心客。人語静，蟲鳴急。宿霧斂，長空碧。想霓裳天上，雖今猶昔。神王那知更漏永，醉來疑傍瓊樓立。問先生、此魄濯冰壺，今何夕。

念奴嬌（廣陵妓席）

淺斟偎坐，指纖纖先擁，檀槽輕撥。慢引歌喉全不管，知曲周郎耳熱。宛轉牽情，纏綿寓恨，一闋腸千結。抛殘紅豆，曲終同叫奇絶。兼是犟月臨眉，醉霞横臉，儘秋波偷瞥。刻意妝喬兒女情，全借嬌痴傳出。對酒當歌，人生行樂，且把煩襟豁。閑悶閑愁，一時分付風月。

秋蕊香（咏玉簪花）

朝爽來從何處。偶向花叢閑步。幽香一縷秋風度。階畔玉簪無數。丰姿特較群芳素。怕遭妒。風莖向曉凝清露。錯認雲鬟香霧。

散天花（剪秋羅花）

雲斂天開雨乍過。芳菲争弄影，儘婆娑。好花開放不須多。嫣紅三兩點，剪秋羅。霧縠冰紈也讓他。胭脂濃暈處，恁猗那。浣花愁少錦江波，教人除綺語，奈花何？

菩薩蠻（秋海棠花）

天生麗質傾人國，不教脂粉污顔色。化作斷腸花，含愁風外斜。盈盈嬌欲語，何限離情苦。果否記前因？獨居思遠人。

青玉案（壬辰生日食榆錢作）

不須微禄求升斗。我自擁、銅山富。無數青錢經選後。山妻含笑，滿盤托出，敬爲先生壽。井蛙堪笑何曾陋。日食區區豈云厚。百萬剛糊饘粥口。粗人憑記，者般風味，纔免譏銅臭。

憶仙姿（爲吕韵仙題《木蘭從軍圖》）

男子桑蓬有志，欲射四方天地。生女輒悲酸，弄瓦不如人意。誰記，誰記，忘却木蘭前事。

東風第一枝（元夕）

聲沸歌樓，輝騰燈市，滿街觀者如堵。更兼火樹銀花，遮斷幾人去路。軟紅塵裏，見寶馬、香車無數。揭翠簾、看盡魚龍，未識偃師誰怒。工綺語、盛年已去。感令節、他鄉又遇。總教徹夜流連，難覓舊時伴侣。江郎才盡，春燈猜、應無據。好爲儂傳語同人，漫索冶游新句。

高陽台（題陸瑶林《悼夢吟次吴笛江韵》）

蝶不雙飛，花偏早謝，秋風吹到胥門。從此潘郎，憑誰料理吟身。呼來妙子人何處，返魂香、難返香魂。可知他，首首哀詞，字字傷神。牛衣對泣當年事。記寒窗舉案，滅竈添薪。

曾幾何時，挂遺在壁凝塵。即今故劍成追憶，廿餘年、春夢無痕。這因緣，都付空花，把定情根。

沁園春（次王五橋韵即贈）

乍睹新篇，衹疑鳳羽，藻耀朝陽。羡十年搜輯，左公都鍊。五言雄傑，劉氏城長。綺語難除，閑情偶寄，摹寫温柔别有鄉。拈毫處，定高吟大醉，倨坐胡床。細將兹事評量。庞眉客應輸白面郎。念古來名宿，幾人樹幟，如今前輩，若個升堂。何意英年，居然老境，善陣非徒不亂行。低徊久，似望洋向若，烟水茫茫。

行香子（戲和五橋韵）

節序頻更。聽鷓鴣聲。緑沉沉、蕉影窗横。腰肢瘦損，也自心驚。直恁多愁，恁多病，恁多情。良夜詩檠。清晝風箏。洽春時、記送郎行。魂銷别泪，指屈歸程。數莢榮枯，更長短，月亏盈。

唐多令（戲和五橋韵）

别泪在衣衫。惹愁增綺紈。憶游人、眉蹙春山。幾擬凝妝慵對鏡，擁髻坐，思迴環。緘恨筆方酣。肯教魚雁閑。緒綿綿、獨繭絲團。道是紅顔憔悴了，郎不信，等郎看。

醉太平 (鳳仙花)

霓裳羽衣。仙平鳳兮。夜來環珮聲低。罷吹簫暫歸。紅深緑齊。花嬌葉肥。晚涼庭院風微。似翩翩欲飛。

後庭花 (六月菊)

幽芳記向東籬掇，那般清絕。如何不待重陽節，早開三月？心情似與從前別，愛趋炎熱。看他紅紫成行列，獨黃華闕。

謁金門 (金燈盞)

摩睡眼，瞥見金釭猶燦。一夜蘭膏餘有限，露珠花上轉。怪得蛾兒留戀，寶鼎誰分真贋。若使映書功可算，乞流螢一半。

烏夜啼 (鷄冠花)

已老猶之未老，全開還似初開。多應絳幘叨章服，身免鷸冠灾。偶爾移從別圃，爛然羅植秋階。窗禽乍見驚相避，錯認木鷄來。

眼兒媚 (金絲荷葉)

田田擎得露華鮮。搴就竹爐煎。小洲淺處，芳叢深處，一

樣珠圓。秋江無復淩波步，姿韵尚幽閑。舊時伴侣，問誰還在，有鷺鷥拳。（玉簪花，一名鷺鷥）

秋蕊香（草茉莉）

比似夏花較好。比似秋花較早。錫名最是有公道。不與南强同小。紅閨喜佩宜男草。競相效。此花解語合微笑。看我添丁多少！

琴調相思引（牽牛花）

乍可金風玉露時。肯教蔓草失秋期。人間天上，心事瓠瓜知。案户漢横莖裊裊，洗車雨過葉猗猗。夜來真巧，花朵罥蛛絲。

霜天曉角（水蘋花）

種分澤國。特向閑庭植。舊譜翻新更好，因地化、豈同橘。托根良亦得。未須傷寄迹。看取萍蹤難定，漁隱外、那非客？

晝錦堂（題吕小滄刺史《採芝圖》）

神馬尻輪，雲思霞想，紛與丘壑宜哉。白柄長鑱，三秀剪九莖裁。薰憑佳居爲士室，拾多香草遍天涯。傾筐後。餘興未闌，還應植向庭階。休猜。渾不似。吾自寫平生，洒落襟懷。

竹笠芒鞵，何必黄綺相偕。披榛遑惜山人力，茹芝難遇地仙才。殷勤覓。堪備藥籠中物，足矣來來。

卜算子（題《蘭桂畫册》）

蘭坂露華鮮，桂館風枝裊。迹不相謀臭味同，會合緣宜巧。香草拾彌多，雜木生當少。若乞東山老謝安，此畫奇寶。

阮郎歸（題《雁來紅畫册》）

忽驚一葉落銀床，胭脂聲價昂。紅深紅淺待平章，歸鴻遠寄將。花一樣，但無香，晚風雲錦張。人南雁北共還鄉，飛蓬競艷妝。

生查子（代人題《畫菊》）

新英莫慢餐，舊族猶留譜。記得義熙年，曾與淵明伍。三逕足蓬蒿，九日多風雨。爲問畫中花，可樂居荒圃。

臨江仙（題楊愛吾《垂釣圖》）

不有斜風細雨，何須箬笠蓑衣。翠綸佳餌計原非，鷗來憑自狎，魚上不期肥。浮世惟當行樂，先生乃更忘機。候門稚子意依依，似緣炊黍熟，專盼釣人歸。

心亨令（自度腔）

功名倘來，富貴，冷灰，看得破，丟得開，流行坎止，吾何爲不豫哉？罪不至誅，況無罪乎？思至再，焉用踟躕？但使心亨。吾往矣，一却一前，非丈夫！

紀堪琴：《花王閣剩稿》遺稿用韵[①]

① 獻陵紀堪琴、崔士元著。

序

蓋人之遇不同，人之不能無情則一也。不能無情則不能不鳴。其達也則鳴于朝，虞廷《八伯》之歌，周室《卷阿》之什，以至後世《柏梁》《靈臺》諸篇，皆士君子得位逢時，或陳善納誨，或頌德歌功，賡唱迭和于殿陛間，以鳴一時之盛。其窮也，則鳴于野，或憂時憫亂，或紀事懷人，或感古人之不遇曠世而有同慨；或念先人之飲恨，賦閑而紹遺徽。時與二三同志相唱酬于花晨月夕、竹徑松岩，是亦隱處澗谷者之所不能已也。吾邑紀厚齋先生，生當明季，嘯傲林泉，其抑鬱不平、慷慨沉痛略見于所著《花王閣剩稿遺稿》。數百年而有崔君次龍，其志、其遇、其才學梗概與厚齋先生先後若出一轍，宜其撫遺編而多慨也。天作之合，有厚齋先生裔孫嶧桐，績學士也。其人清迴孤峭，天爵自重，蒿目時艱，斧柯無假，綽有其先人磊落之風。適設館以待次龍，贈答之下，宫商應聲，爰取剩稿遺稿相與倚韵以爲歌咏 。歲月既深，遂成卷帙然，余嘗爲之披讀而慨然矣。使諸人者得遇于時，將賡唱迭和于殿陛間，或陳善納誨以匡輔宸修，或頌德歌功以潤色鴻業，後先輝映，鏘然鳴一時之盛，顧不偉歟！乃先生唱之于前，二君倚之于後，或緬懷前輩，或祖武是繩，大都皆憂時憫亂紀事懷人，徜徉于花晨月夕，徘徊于竹徑松岩，落寞凄凉隱處澗谷，祇以自鳴其懷抱已也，宜何如可慨哉，于是將付剞劂，嶧桐囑余爲序。余念雲于次龍、嶧桐忝在同社，于厚齋先生爲鄉後輩焉，敢以不文辭，用是不揣奄鄙，率然爲糠秕之導。

時同治三年歲次上元甲子孟夏朔日，同邑後學蔭卿鄭廷雲拜撰。

序

昔古樂之作也，由心生者，道志和聲；感人深者，移風易俗。至于詩之怨而不怒，歌也有思，對之則情往興來，味之則壹倡三嘆，凡在調高和寡者難言异曲同工矣。余于明季鄉前輩紀厚齋先生《花王閣剩稿》服膺已久，今隨緣橐筆館其裔孫嶧桐舊雨家，又得借觀未刻遺稿，愛其情深文明、抑鬱善感，因憶余初讀陶徵士詩，覺名利之心都盡，鄙吝之氣亦消，于茲卷殆又有然矣。欽佩之下，凡有所觸輒依韵爲之，柬嶧桐以爲歡笑。而嶧桐山居嘯傲，恒襲爲箕裘，不祧其弓冶，每感時撫事亦依韵敬述焉。比蒇事互質之，未遑編次也。適余彙集甲辰前刻并以後拙稿及《杏花詩課本》卷成，因商之嶧桐，取和花王閣韵合編輯之，欲并付之剞劂也。嶧桐欣然，慨職斯役，録將終卷矣，先爲記質余，且促余序其崖略。噫，余以效顰者見捧苎蘿之心，因偕繼志者共學邯鄲之步，不幾誚貂續也乎！然而三復遺音，往往慨當以慷，雖不免憂從中來，然迥非急微譙殺者可比，吾不知怨而不怒其能道志和聲否也，斯固壹倡三嘆由心生者歟！亦不知歌也有思其能移風易俗否也，斯固情往興来感人深者歟！

時同治三年歲在上元甲子三月十八日序于同邑紀氏之古香書屋。鄉後學崔士元次龍沐手書。

序

先十世祖厚齋公《花王閣剩稿》一卷搜自殘燼，後經公曾孫遲叟公輯成卷帙，公元孫曉嵐公始付剞劂，故國初先達之士于前代諸作多所發明而茲不少概見焉。曉嵐公纂修《四庫全書》獻及此卷，或以哀怨之音少含蓄之致斥之。信乎，遇之窮也！崔君次龍吾邑倜儻士也，讀書不求章句，説劍談兵以斯世爲己任，居恒目擊時艱，一一形諸咏嘆。雖終困棘闈而進身不苟，與公之所志所遇後先合符。壬戌館琴家，自叙其生平篇什爲《鷗影詩鈔》，又與鄉同好暨諸子弟結杏花詩社。一日談及此卷，目爲吉光片羽，并邀琴搜公未刻稿，相與仿東坡和陶故事而别立題目，借以記時書事賦物寫懷，蓋和韵非和詩也。自春歷夏，全韵畢就，琴擬彙爲一編，藏諸篋衍冗于家，事未遑也。今甲子入春來，次龍彙其甲辰刻後詩既竣，因商之琴欲一例付梓公之同好，此誠琴二十年來欲續刻遺稿之願也。第以琴厠乎其間，既無以追蹤祖武，兼未能把臂次龍，得毋以魚目混珠貽海内誚乎？而次龍此舉，上以發吾先人之幽光，下以置予小子于驥尾，厚德如此，敢不敬諾。爰于晨夕悉心校録，編爲上下二卷。噫，予小子得依光簡末，固幸甚矣！獨念予厚齋公寥寥數百年覓一知音而不可得者，乃今曠代相隔于次龍遇之，公而有知其亦可以稍伸其抑鬱云。

同治甲子三月，九世孫堪琴重録謹識。

原　序

昔歐陽子序梅聖俞詩有“窮而後工”之語，予竊非之。周末板蕩諸什不能躋諸清廟，生民而少陵稷契自許，豈必借彼羌村巫峽之寄興哉？詩之工不工，不係乎窮達明矣。今觀景城紀公之詩而知歐陽子之言未可盡非也。詩皆明季天崇間作，憂時感事，多怫鬱沈痛之音，然而每有事外遠致。蓋嘗綜論有明一代之詩，其僞體毋論已，其稍有氣骨者每變而卒不能自勝，何者？無事外之致也。明之季也，黨于朝而社于野，一二篤志古處之士出言而不自知其過激也。公安、竟陵兆其先，雲間、西泠洩其後，其既洩而莫可遏，則有力者弗能收也，故必不得已而寧取桐城錢飲光之詩以爲能稍斂浮響云爾。木榮于春落于秋，而飄籜之音、焜黄之色反足以增天趣者，惟其間寂之感人深也。予曩嘗與吾友錢籜石論《田間集》，謂北方詩人無其比籜石，因言阮旻錫《夕陽寮集》可以相競。及取阮集觀之，乃閩人也，然其詩亦不及田間遠甚，而北人之集在其時竟無可舉者。今觀是集雖視田間多寡不同，要其峻泠孤峭可以相視而笑矣。集本六卷，既散佚，此其殘稿也，然蕭寥無多之境與所遇正相稱。君子論詩至明末諸家，其音哀以思比于亂矣，謂庶幾河間訓典之區尚有詩在也，其必自此集乎？

乾隆四十一年秋八月，翰林院編修《四庫全書》纂修官年家後學大興翁方綱序。

原　跋

昔人論明季之詩，佻于袁徐，纖于鐘譚，故有五十年無詩之嘆，此蓋爲風趨繁會之地言之也。而大江以北河朔之間偶有作者，每清回孤往不改慷慨悲歌之舊，若定興鹿氏、五公王氏是也。河間紀厚齋先生爲今直閣曉嵐先生高祖，生當天崇之交，目擊朝局軍政之蠹壞，胥于詩，發之如云。恩怨亦人情，吾敢怪諸老且願緩報施稍待風塵掃，所謂責之愈深其辭愈緩，無愧于風人之義。其他大篇短章皆根柢忠孝，寄托遥深，絕無靡靡之響，于鹿王諸家外又闢一境矣。後有續篋中谷，音中州元氣之選者，當有取于斯也。門下後學歷城周永年拜跋。

原　記

先曾祖生明隆慶中，少爲諸生，見四方多虞，即慨然有經世之志。談兵説劍，恒從諸豪俠遊，然不欲以他途進，擔簦負笈，老尚僕僕場屋間。既久而不遇，且知時事之不可爲也，乃息意逃禪隱處田間以歿。晚榜所居曰花王閣，蓋自傷文章無用，如牡丹之華而不實也。生平憂時感遇，一一托之于詩，崇禎辛巳嘗手自編次爲六卷，越歲壬午遂易簣，旋遭兵燹，原本燬焉。順治中，先曾祖母于地窖敗簏中得藉物殘紙一束，檢之乃焚餘剩稿。既蠹爛斷碎，又皆旭素狂草，塗乙縱横不盡可識。邑中惟五公山人喜作草書，先祖携使辨別，以意屬讀，僅得詩一百餘首，題曰《花王閣剩稿》藏于家。其作詩年月不盡可考，亦隨理隨録不復編次云。乾隆甲子十月曾孫容舒重録謹識。

凡　例

——原稿付梓以來，板凡數易，惟曉嵐公初刻閱微草堂本爲最善，故編中悉遵之。

——家藏原稿鈔本，遺稿錯綜于剩稿中，兹因有已傳未傳之別故前後分列。

——原稿分注，多系原注，亦間有附以管見者，不加原注謹按等字省繁也，明者當自辨之。

——編中于原稿則頂格用韵，依次各低一格，其名字即横列題上以醒閱者之目。

——用韵中數首則注明數目，别體則注明體裁。原稿題中未經注者不敢追改，幸勿歧出視之。

——韓吴門題詞編入卷中，因當時止題剩稿未及遺稿，故夾寫兩稿中間亦用低格和韵附之。

——跋記諸體與書後同率列卷末原跋原記皆爲原稿，無關合編，故登于卷首諸序後。

——題詞接録卷末庶免零星用韵較原稿已低一格，故一例平列。

堪琴再識。

卷　上[①]

憫孤雁行

春來秋去斜度江，江上照影橫雙雙。天慳其緣喪其耦，痛似寡女栖蘭窗。離群抱影霜華重，關山月冷寒光動。歡呼衆侣宿中央，知更獨抛交頸夢。貞禽那許過別船，遺孽種自三生前。可嘆雞鶩本非耦，半生苦節空蕩然。

憫　旱

濃雲翻墨勢漫漫，陰透晴霞失海珊。豈有從龍難作雨，祇留紅日靳人看。

答次龍閲邸鈔有感二首

雷電交馳檄羽書（去歲十月十一日雷雨交作），聞雞拔劍起歡呼。鯨鬈已快當前見，獬觸翻憂此後無。上相籌兵賫寇敵，達官避地訣妻孥。焚身象齒憑誰致，漫籯金遺藐孤[②]。

① 紀厚齋先生原本，同邑後學崔士元次龍和九世孫堪琴敬述并校録。

② 原本此句只有六字。

元惡雖云載讞書，低徊往事劇狂呼。余欽已罷兵逾潰，柏舉云亡士更無。殊錫常留君子澤，極刑莫惜罪人孥。幽明黜陟歸離照，日月雙扶帝座孤。

贈次龍

識面從童稚，豪游氣薄雲。硯田留片瓦，筆陣壓千軍。指類偏憐我，無私合讓君。新詩容屢讀，集益仰多聞。

閱次龍志鄭蔭卿殤子梅官事，因悼次龍殤子蓮生

魂返仙雛不可招，鍾情二老痛彎腰。孤山再訪迷歸路，放鶴亭前有斷橋。

憶贈劉問渠馬印溪

塵緣拚使硯田蕪，興到微酣偶一呼。已許季常詩不朽，誰知公幹酒爲娱。由來真幻均痴夢（印溪答無名氏篇《托夢寄懷》），敢道星辰應腐儒（問渠有“儻然一醉便能死，化作酒星飛上天”句）。我亦狂歌兼痛飲，袪魔未擬托靈符。

述懷四首

吾聞渭濱叟，大器終晚成。莘野未遇時，决意老躬耕。各建不世業，懷古心爲傾。自度無寸長，俯仰愧平生。世事苦顛

倒，碱砆淆珉貞。恬淡吾本懷，何爲競浮名？

世情多魍魎，變態不可狀。沾沾挾一枝，自謂優輔相。飲河期滿腹，鼷鼠尚知量。含英咀其華，道味儘相餉。抗懷希往古，後先遥相望。熱中易吾素，何异雞犬放。

貴賤各异趣，相形恒嗟吁。一朝釋其褐，顧盼乃自娱。讀書已多年，詎乏經綸紓？遠志爲小草，毋使不相符。所望骨梗士，實際挽虚無。宇内瘡痏平，君側僉壬鋤。

優游可藏拙，吾儒有故態。縱逢靡麗場，此志矢弗改。與世不相入，膠柱翻增悔。揮手謝時輩，以閑爲自在。人壽復幾何，蜉蝣衣采采。惟有山水音，無量等滄海。

贈次龍二首

字字長城北，偏師未可攻。翻慚我近諛，枉負君虚中。力刮腸千叠，聲銷鼓幾通。鈔胥容續尾，檢點亂書叢。

點額逾三度，龍門不再過。祇緣素迂拙，未得致康和。秋氣悲遼海，春風憶潞河。當年同學者，屈指幾高科。

哭從伯希籛公歸櫬二首

對面百城擁，心兵日日攻。文窺奉漢奥，詩入魏唐中。白骨何人殮（公無子，以兄子兼承），青雲無路通。蕭蕭歸旅櫬，泪灑竹林叢。

衔命辭三晋，曾經故里過。卅年一分手，七衮遽違和。恒岱迷歸路，滹沱咽舊河。窮經徒皓首，未得擢巍科。

喜雨二首

盼斷濃雲潑，愁城不可攻。雷驚三月後，雨聽一聲中。兵燹雖猶熾，農商可漸通。朝來倚門望，濕透遠林叢。

天末時翹首，陰雲貼地過。葉聲参淅瀝，草色漸融和。戰蟻争封穴，游魚急落河。餘霞猶未散，仙看水盈科。

與次龍談星命

君命屬雜氣，生氣殊草草。所以獲延年，賴有同氣保。但恐劫其財，壽星降蒼昊。稟賦詎匪奇，奇遇苦不早。半百四庫全，漸絶劫殺擾。磻溪起尚父，益壯卜其老。他年奮臂出，一揮逆氛掃。

再簡次龍三首

搔首已華顛，摇落等秋草。常恐隨世没，令名不自保。生爲萬物靈，厚德負蒼昊。古聖已云遥，我生苦不早。賦性本迂拙，安禁俗緣擾。願得閑歲月，著書以終老。柴門閉永日，徑不緣客掃。

君是謫仙身，不朽殊百草。忠孝能兼全，臨履常自保。誰知積善家，報施爽穹昊。巷遇久無期，椿萱謝復早。東西南北人，一任風塵擾。守正而不阿，斯世無斯老。閬苑有落花，應共仙人掃。

報國無文章，寄興惟吟草。自維命途蹇，衍數思自保。摘尋干與支，詎能測冥昊。賣卜入蜀肆，謀理苦不早。逢場偶作戲，過眼雲烟擾。三命輸虛中，五星失果老。多君不我弃，徑爲羊求掃。

感梅聘海棠事

素質寄孤山，不雜凡花草。恐入鉛華場，清節不自保。何來倩紅妝，亂插向晴昊。松竹歲寒友，恨我步春草。同居不同志，鉛素互相擾。誰爲製紅絲，援繫由月老。淋漓作墨戲，此外一筆掃。

送内弟于訏庵

鼓破當年缶，傷心會面難。不堪重相晤，傳語報平安。

祭先二首

養志生前缺，追維枉一吁。露霜增怵惕，色笑感模糊。沽酒驅童子，烹飧戒老奴。醴牢陳薄奠，得達九泉無？

憶踏春明路，侵晨促遠行。報恩藉揚顯，無命博功名。望切遠先志，歸閑近慰情。年年楸隴畔，麥飯報清明。

楝　　花

晚節非松菊，春風最後時。幽香原獨賞，不倩衆芳知。

清明後大雪

當年冬嶺雪，正是放梅時。今日埋紅杏，襄陽知不知？

楊柳倒叠原韵

幾日東風樹，攀條寄所知。秋來摇落盡，盼斷杏花時。

送從叔慧庵公

夜雨連宵話别腸，征塵四月帶微凉。一官寄迹仍匏繫，南國何年蔭召棠。

檢殘稿有感

蚓嘯安求局外知，也從藝苑學填詞。照人敢比連城璧，干忌翻同半截碑。謬許珠璣勞眷注，竟成冰炭轉猜疑。立言不朽非吾業，維護何須慣舊時。

答次龍問邸鈔有感

鴟鴞争集鸞凰枝，紛紛未决雄與雌。兵家勝負亦如此，軍情誰達天王知。先王苦欲判真僞，吾儒故態終歸痴。吾邑兩度歷兵燹，爲鵝爲鸛縱横馳。收覆雖云破城入，兩端首鼠終相持。粉飾露布冒天聽，是非顛倒誰爲司。郊圻伊邇尚難問，天下大勢皆如斯。竊聞上元甲子近，吾曹會待河清時。天門日出射金榜，溯流莫惜張銀罾。蒼生望切霖雨被，牢騷漫托窮愁詩。

述懷呈次龍

蠡管測溟海，評量吾豈敢。願偕同心人，共識途夷險。青雲志不遂，壯心未曾減。官止神猶行，捷徑終南掩。身賤且處穢，動輒招譏貶。進退已維谷，習坎入坎窞。跋[①]疐吾何尤，良由不自檢。蠖屈龍蛇蟄，今後乃知斂。往事東流波，見笑幾自點。搔首鬢如絲，流光何冉冉。晚蓋借詩箴，匡歌翰共染。

---

① 跋，原文爲“拔”，徑改。

懷人六首

公幹詩中杰，重我同仙山（嘗贈句云“劉郎也許近蓬山”）。懷君何處是，蒼茫雲樹間。（劉兆壙）

蓮社結竹林，買盡洛陽紙。遺稿懸壁塵，哀吟起蒿里。（從叔端周公）

城南一相訪，倉皇各避地。兹讀愚仙吟，凛凛猶生氣。（馬印溪）

西河痛難宣，特譴老筆寫。（事見前）人情率憐少，君倍锺情者。（鄭蔭卿）

吾愛醉鄉侯，酒星久待化。騎驢看秋山，繪出詩中畫。（劉問渠）

識荆武垣城，聯床懶殘廟。即今數晨夕，神交不在貌。（崔次龍）

憫亂二首

踉蹌避黄巾，囊橐蕩無有。安危仗老將，中夜擊刁斗。羽書久不至，望治但翹首。我父欝成疾，搶呼莫措手。渺渺隔幽明，傷心對罋柳。慰藉苦無術，罪豈止枷杻。舉硯旋增悲，越歲復喪偶。國破兼家亡，事事掣吾肘。慷慨談世事，腐儒顔孔厚。安得敢死士，愛君如逢丑。悲哉昔避地，祖年八袠九。回首雍乾盛，痛絶白髮叟。

憶昔全盛日，倉庾富且有。恬熙民無争，緩急泯衡斗。郡邑無徵調，家室得聚首。君臣慶明良，庚颺遞拜手。閭閻衛畿甸，禾麻蔭榆柳。笙歌萬家同，齊祝北山杻。太平事委蛇，反覆良非偶。漁陽鼙鼓來，虱蟣生腋肘。國運邁周祚，八百基忠厚。水懦民生玩，大變極癸丑。往歲熾羌逆，燎原逼重九。黄巾何日平？望斷支離叟。

清明日憶次龍二首

春風促客入山家，吟過寒梅第一花。怪底封姨滯消息，經冬老幹只横斜。（今歲梅花落後百花開遲）

向晚微雲作雨聲，吟瓢泠落度清明。杏花村裏風如麝，不見藤枝載酒行。

獨　坐

小憩抽身後，悠然净道心。殘霞明日暮，小院閉春深。座有鳴琴伴，門無過客尋。偷閑此中老，塵事漫甘臨。

答次龍示射覆體

聰明冰雪净，絶妙是文心。但恐挈瓶智，難窺滄海深。鴻裁翻次第，蠡測費搜尋。會得拈花意，當頭棒喝臨。

吴體贈次龍

山歌村謳作口號，偏師輕犯長城壕。抽毫適當吟叠壓，賞音翻值騷壇高。羅珊豈無罘罳網，吹毛不假昆吾刀。恢恢游刃善藏待，當年空獻孫吴韜。

答次龍以病臂自述見示二首

飛仙身現作詩仙，聞道還丹不計年。授我攝生真訣諦，拍肩笑指大羅天。

滄海桑田幾變更，仙家有術衛長生。天人交戰頻戕賊，會坐蒲團即罷兵。

問渠有句云："自經兵亂後，不讀少陵詩。怕觸傷心語，翻增切骨悲。"因賦以志同慨

瀝血哀腸善繪情，豺狼當道遍河瀛。青年回首開元事，白髮吞聲野老行。已識此心先我得，更無佳句使人驚。知君咀盡

酸辛味，且掩悲歌説太平。

荆棘第一首

久隨百草説同衰，梁棟何人問後期。弱質詎同連理樹，低心解讓出頭枝。笋雖當路猶争惜，蘭欲升庭恨不時。惟有貞松千古在，丸丸澗底少人知。

荆棘第二首

細花亦解向人開，緑到秋深葉未回。濃郁猶供騷客賞，披尋生怕野人來。芝蘭混迹羞殊味，梧檟同居莫見猜。却爲處卑防踐履，古墻幂歷逗蒼苔。

謝次龍序《三客亭集》

浩氣怒發心中花，奇文代代多傳家。子虚作賦數蜀郡，過秦著論推長沙。先生奮袂起頹俗，名論不爲前人遮。吟腸久枯爲我灌，詩興倍較從前賒。先生鴻篇累億萬，嘘空舉作軒軒霞。不特財富量還闊，村歌不薄音嘔呀。薄宦寄懷托微物，春來曉燕秋昏鴉。感君披卷爲擊節，弁顔大筆紛横斜。牢落一生得知己，招魂遥慰天之涯。後賢即序以會意，毋誣反舌爲蛤蟆。

從兄立夫（希籛公承嗣侄）以詩見示，兼呈次龍琴爲潤色，附有之

墻枝粲如桃李花，灌沃況近崔駰家。兄與諸君作對叠，相去豈止恒河沙。平時景仰思若渴，望望苦被雲山遮。今讀兩君之鉅製，翩翩高致神情賒。山陰道中目惝怳，山川競秀蒸雲霞。又如遍觀古雅樂，温醇滌盡聲嘔呀。作序贈詩義同厚，陽春勉和争塗鴉。諸君文壇真健將，恢恢筆陣紛横斜。陳蕃擬掃徐孺榻，相邀酬唱歡無涯。茅廬娱客無長物，兩部鼓吹資蛤蟆。

頽垣二首

臺榭迷離烟雨斜，沿街迤邐盡人家。堂前燕子歸何處，蛺蝶飛飛入菜花。

春色招人試踏青，逶迤儼作短長亭。疏窗指點頽垣外，記得芭蕉幾眼欞。

漫興二首

曹許見何執，入山恐不深。安能挾簪笏，遽爾傲泉林。迹莫雲泥判，神惟山水尋。鍾期今已渺，誰識伯牙琴。

莫負膠投漆，一朝不我携。寸心車笠約，到處姓名題。待

啓龍潛蟄，須防蟻潰堤。上林枝可借，還許聽黄鸝。

荷塘感舊

亭亭翠蓋挽征車，一宿濂溪學士家。邇日東風艷桃李，更無餘地種蓮花。

有以先世遺卷見示者，賦此代跋

智珠未啓總歸愚，沈錮全憑積卷祛。仰屋莫愁乏儋石，傳薪勿替有遺孤。蕭條身後餘囊槖，燦灼當年舊書圖。抛却籝金作家法，開函應憶鯉庭趨。

遣懷四首

迂拙生成入世難，虚花且作鏡中看。思抽乙乙忘抛杼，論定茫茫付蓋棺。燕士悲歌愁北國，楚囚維摯合南冠。炎凉閲盡人間態，瘦到梅花骨耐寒。

二百年來際太平，寰瀛義憤孰田横。事成違己皆難境，勢到迎人亦苦情。得志英才誇捷步，吞聲野老哭潛行。獨醒何忍人同醉，敢向淄澠判濁清。

寶劍新磨百煉霜，中宵起舞幾迴腸。澆胸任使愁城破，唾地猶參酒國香。騷客行吟空寫怨，游人衣錦正還鄉。黄粱炊破浮生夢，肯向名場逐啄忙。

連天泱漭沸烟塵，隻手擎天仗偉人。大將專征絶消息，腐儒謀國枉勞辛。堂皇虎帳多英士，局促蝸廬有病身。斷簡不隨烽火燼，百城坐擁自怡神。

再疊前韵

歷盡艱辛莫畏難，放懷千古等閑看。麯涎適性堪爲枕，馬革容身不用棺。處士風流元豹霧，逢時伎倆沐猴冠。美人芳草湘江恨，日暮誰憐翠袖寒。

狂歌痛飲恨難平，唱大江東鐵板横。伊吕至今昭大烈，巢由原不近人情。戈揮斜日能重返，潮射錢塘可到行。千古興衰争一瞬，且延上壽俟河清。

五月能飛九月霜，天心示异慰哀腸。心盟金石交彌淡，室入芝蘭臭亦香。假手無緣難報國，折腰不事可還鄉。蠻争觸鬥傾蝸角，與我何關枉作忙。

遠勢崔巍積點塵，邱山如此况于人。玉卮觀美愁無當，齏臼能容不厭辛。參透賢關纔進步，得閑事外且抽身。持盈不慎爲灾藪，漫托靈符祝鬼神。

節近端陽送次龍旋里二首

杏林寒食鬥芳菲，記得鞭絲拂蝶衣。又向柴桑指歸路，水沈香裏棗花飛。

花謝花開迅不停，梁懸落月寂空庭。更番細數清風到，檐外錚鏦叩響鈴。

頌次龍《和酒療臂》

善保千金體，嘉謀邁杜房。藥囊頻檢點，癘疢默提防。北海樽常滿，南山壽正長。登堂容再拜，一瓣祝心香。

自 嘲 二 首

海内無真賞，微名托素琴。但恐遇鍾子，何以答知音？

骨立嘆君形，精神如昔爽。殷勤理舊弦，山水含清響。

次龍臨行復以話別

與我數晨夕，即此同家山。云何值佳節，分手各一天？小别曾幾時，翹首窮追攀。使我吟腸枯，遲我沈疴痊。攻錯疏其防，放筆彌顛頑。一寒累十暴，生理從茲慳。寧知翰墨場，早結三生緣。甫也渭北望，白也江東還。把酒中論文，仰止窮其巔。興來一揮毫，落紙如雲烟。情急同枕戈，不讓祖生先。李杜忝齊名，竊願厠其間。歸來賭上駟，同試驊騮鞭。

午日憶湘江事

隨俗且嘗九子粽，土風休問楚鄉來。榴花照眼明于火，蒲酒澆胸光滿罍。久怪大招鄰恍惚，近傳競渡轉移猜。忠魂泣血知何處，江上波生絲竹哀。

卷　下①

蠻 觸 歌

蠻觸競馳突，人世別有見。旦興逮日昃，揮戈互酣戰。詎識所争者，非富貴貧賤。區區睚眦間，奚堪旦明獻。天心豈好殺，人事自多變。治絲而自棼，終爲網所罥。經兹干天和，世道愈離亂。鯨鯢起海隅，延蔓及畿縣。講學盛南渡，莫恤播遷患。談笑却戎兵，疇揮白羽扇。積禍非一朝，轉變取次看。履霜堅冰至，雨雪先集霰。

吴體狂歌

吹笙駕鶴今幾秋，仙人子晋仙山緱。浮邱洪崖肩共拍，陶朱猗頓心何求。胸寬貯酒少千斛，興酣揮毫臨九州。漫誇射虎有猿臂，邊城皓首難封侯。

贈雷同翁

亦知萬有不同行，優絀隨人説霸王。那似是非全掃却，論

① 紀厚齋先生原本，同邑後學崔士元次龍和九世孫堪琴敬述并校録。

歸齊物效蒙莊。

憫殉婦事

窮極招魂術，那堪破鏡悲。飲酣拼一死，地下或齊眉。

賢　　宰

虙子鳴琴言子弦，清廉更擬杜陵賢。三生明月身前證，兩袖清風去後憐。馴雉懸魚臻上理，飛鳧控鶴且言旋。寇恂儻可從兹借，返棹西湖又放船。

雜述三首

張説癖玩好，竟作姚崇碑。追改已莫及，失計當怨誰？

君平入蜀肆，日計百錢得。重簾自養晦，鴻冥孰能測？

虎頭燕頷人，射石技殊絶。云何歷百戰，不在封侯列？

旅　　懷

雲斂天清響竹露，迢迢明月隱前渡。鹿門今夜憶龐公，不見高人住何處。步月思家眠不成，盼斷遥天日升樹。束裝起踏板橋霜，迷離漁火隱朝霧。

感　懷

文章事業兩悠悠，漫向人間學出頭。仙侶同心留夙約，塵中插脚誤經秋。閑從酒國驅煩慮，夢到桑田變巨流。底事無端悲老大？琵琶一曲泣江州。

相　士

勢當危急求賢切，愁絶江東未解圍。預拔人才培國本，歐陽珍重遇劉幾。

蘇季子

季子未遇時，邱嫂不爲炊。及其相六國，七箸窮膏脂。窮達忽异命，借問司者誰？

俗眼白

善相馬，渾黄驪。墨梅妙戲争突馳。規規求色肖，知希增我悲。易粟不得將何之。吁嗟乎，且忍饑。

鄭聲嘆

孰賈島，孰孟郊，矜壁叠，各城壕，植蘭茝，没蓬蒿，鳳凰鳴矣雜鴟鴞。呦啞啁唽何嗷嗷。寂歷太古音，渺作調刁號。

登 龍 門

雷雨作，層波起，溯流而上迅不止。點額回，我心死，獨躍天門燒其尾，嗟嗟河鯉吾轉慮，爾爾之不進技止此。

詩 聖 贊

自漢迄晋，鉅製漫漫。此獨絶後而空前。凌躒沈謝踞其顛。局振貞觀後，法開大歷先。笑我村夫子，一任楊大年。

放 歌 行

謫落向人間，躔度何時歸。浮邱執玉鞭，待我前途揮。栖遲大羅天，身乃所得止。忘形爾與我，機械竟何以。人事多畸零，豈止去半棰。青門種瓜人，昔日朱門裏。滄海變桑田，轉瞬復海水。

過滄州感舊

剩水殘山任浪游，朗吟樓畔雨方休。沿街第宅更新主，仗節將軍殉壯猶（癸丑之變，城守尉德公拒賊甚力，因勢不敵，遂以身殉）。徑掩孤松寂陶令，夢回舞蝶醒莊周。陳遵投轄多豪客，無復當門系紫騮。

感　事

孰是伊周孰馬班?文章事業兩蕭閑。事君久愧文信國,將母翻援謝叠山。漫托藏身誤千古,要留公道在人間。轔轔車馬西郊路,却幸朱輪血未殷。

秋　郊

蒼凉秋氣襯團瓢,白莧黄葵雜艾蕭。一帶荒籬遮不斷,紫蛇猶蔓豆花苗。

齋中晚晴

水底天光色蔚藍,新秋凉意送西南。矢流年已近四十,弓勢月逢初二三。苔徑無塵花影薄,松醪有味蔗漿甜。宵深漸悟禪關寂,勝似良朋永夜談。

參禪用吴體

塵緣滌盡歸伽藍,焚香捻珠一和南。金經貝葉字萬億,紅魚清磬聲兩三。教參玉版風味雋,道契崖蜜中邊甜。拈花微旨向誰笑?法乘上上非空談。

歸　寂

宛轉身同曲水觴，年年代作嫁衣裳。論交衹恨予心熱，遇事方知世態凉。作戲逢場非有迹，懸崖撒手却無妨。蜂房欹側誰傾汝，衹爲宜人蜜熟香。

戒　酒

糟邱寄迹誤年年，净業于今慕輞川。畫意閑門秋草色，詩心流水夕陽天。三山容駐餐霞客，千古誰聞嗜酒禪。阮籍猖狂渾不覺，黄公壚上正酣眠。

憶都門二首

春明路斷幾經年，拋却名場作酒顛。偶借林泉聊避俗，敢云草野可參禪。痴心久斷黄粱夢，諸子群游碧落天。欲借斧柯折秋桂，吴剛不語衹酣眠。

拂拭片輪憶夏初，青青鬢髮感風梳。身栖物外名心淡，門閉城隅過客疏。遠看蒼山真入畫，閑游藝圃偶攤書。衹今吟望長安月，歷劫鉛華昔不如。

雜感十二首

辯舌不辭是非倒，微言能使肝膽寒。人間成敗事多變，冷眼衹是從旁看。

本來尺木事雕鏤，轉瞬之而遽作鱗。寄語真龍須避却，爪牙勝似活精神。

空宫香冷感梅妃，翠輦頻過今漸稀。林下月明新眷屬，孤山風景未全非。

篆刻雕蟲亦巧思，不求心得但求知。衹今標榜交加處，正是聰明炫盡時。

登山訪葛仙，縹緲知何處。倏若乘雲歸，旋騎白鹿去。

樗櫟由來非大材，摩挲生意幾低徊。年多化作參天勢，記否幽人手自栽?

平生利人危，人危彼轉樂。得志曾幾時，一朝魄忽落。畇畇桑家田，復作蓬萊水。嘖嘖夫何爲，盛衰反掌耳。

多多而益善，淮陰孰與伍? 少許勝多許，武穆冠今古。操縱各有道，不在兵家譜。

路設青雲待爾，途窮白眼窺予。離婁空游赤水，象罔拾得明珠。

入夢但思神契，閉門漸與人疏。剥蝕殘編殆盡，爲厲寧盡蠹魚。

拂衣舊傳叔向，負荆却爲相如。忍與不忍异用，吾儒奚適從歟？

智者無逾測管，愚公不惜移山。造物無心顛倒，判于誠僞之間。

印溪嘗作鬼詩，有云“落花滿地無人掃，野火清明又一年”，讀之慨然，賦此追悼

野火清明又一年，苦吟人返大罗天。落花應與詩魂繞，愁鎖荒丘數點烟。

翹首望升平

翹首望升平，偃伯集靈臺。羽書久不聞，天際恒徘徊。激切開禍端，黄巾昏塵埃。姑息而養奸，又爲禍之媒。狂瀾已傾倒，隻手安可回。帝京何巍巍，胡騎長驅來。萬軍齊拱手，孰是擎天才？鴻雁歌流民，嗷嗷何其哀。

渡桑乾望恒岱二首

横空盤結勢坡陀，泉入蘆溝漸作波。流到桑乾聲太急，孤舟日夜聽懸河。

平沙漠漠欲何之，愁絶游人腸斷時。乞假濤神息洪浪，心香默祝子胥祠。

和原題二首

花事全收肯暫停，隔簾風起驟檐鈴。落紅飛白都無賴，結實休誇楚水萍。

下上飛飛偶共携，遷喬盟水致難齊。白鷗衹作烟波興，莫羡垂楊百囀鸝。

馬嵬坡二首

一曲霓裳樂未停，馬嵬坡下雨淋鈴。滿階落葉無人掃，散入秋風任轉萍。

他生未卜忽分携，盟誓休誇牛女齊。南内無花能解語，栗留空羡小黄鸝。

病　　鶴

珊珊瘦骨雜雞群，無復游仙夢白雲。好歇青田修健翮，喧呼争食不堪聞。

答次龍閱邸鈔作

百錢挂杖躡新晴，水鷺沙鷗結隊行。世外蕭閑聊適性，人間勝負不關情。阱中困獸驚猶竄，澤畔孤臣泣有聲。籌唱量沙檀道濟，功成切莫壞長城。

贈善隸者兼以勖之

黄庭寫就换鵝群，晋代風流艷舊聞。下筆有神生腕肘，揮毫落紙矗烟雲。杈枒未足齊周鼓，靡麗猶堪繼右軍。鎸石留題終見泐，人生不朽是鴻文。

見燕有感

再添香壘撫烏衣，舊侶銜泥去不歸。一自震雷翻幕上，穿花貼水總危機。

管 城 子

髮禿中書老莫愁，埋頭無用任天游。管城地僻無塵到，濡染難忘即墨侯。

幽 居

衰草籬邊一卷携，朝饔煮藿暮炊藜。良朋有約時相訪，稚子雖飢幸不啼。野圃有時收露稼，山盤恰足薦霜梨。狂夫難結幽居伴，雲水蒼茫鶴鷺栖。

漫興二首

小院蜂飛鬧午衙，晴窗净絶任塗鴉。酷摹鳳尾書皆草，細寫蠅頭眼未花。争説蘭亭稱絶技，比將周鼓尚多瑕。興酣落筆聊爲遣，寄語方家論莫嘩。

柳汁無緣處士袍，幽人貞吉應初爻。阿衡何意甘耕野，尚父違時且伏茅。得志欣瞻鴻漸陸，藏身切戒鳥焚巢。欲將出處侔先哲，方寸權衡漫混淆。

憶趙北口

十二紅欄憶舊游，風帘照水碧于油。疏燈夜半聞人語，疑是當年太白樓。

贈次龍

名與鳳雛同，才亦復相肖。慷慨談世事，隱隱自寫照。經濟付詩篇，神肖不以貌。餘事及蟲魚，境亦人難到。相送過虎溪，容我共一笑。知非百里才，林泉且嘯傲。

出門篇

出門日營營，忤俗眼何冷。而我胡爲者，兼愛等摩頂。忽憶慈母心，倚閭方引領。待我久不來，盼斷桑榆景。

次龍以杏實啖[①]鉅朋，作吴體謝之

紅杏塢邊春色闌，麥熟摘實餉朝寒。與予分甘久饜飫，多君雅量何瀰漫。一字之師我心折，百朋所錫童懷安。董林未擬虎收穀，帶經畢竟同倪寬。

短歌行

秋風一夜萬木槁，人間花事何草草。鄰翁置酒爲我慰，轉瞬春來花更好。我聞此言一太息，人壽幾何尚擾擾。春華秋實

① 啖，原本作“睒”，徑改。

皆天功,黍飯新炊且一飽。

代中山氏奉答

吐彩今含鳳,嘉名舊錫毚。抒予毫底力,借爾意中神。秦將窮搜穎,郢斤老斫輪。管城容久住,長近鳳池人。

雜憶二首

天涯雲樹意凄迷,草色年年送馬蹄。邇日離情太蕭索,歷山東望解梁西。

沈醉青蓮舊酒樓,六橋金粉冷如秋。騷人秉燭游無賴,凄絶鄰雞報曉籌。

讀少陵、太白兩集

温厚薄風雅,微茫吾不知。悲壯涉楚騷,亦未深求之。偶然一展讀,淵涵已若斯。望衡隨湘轉,耀眼光琉璃。久涉翰墨場,諸家無此奇。行空若天馬,騰驤不可羈。下筆如有神,著語無險夷。濯足趨扶桑,曉日策六螭。掉臂自游行,不與人世期。長歌水仙操,東海誇鯨騎。徑到三山巔,鵷鶴同游嬉。回首逾函關,西向王母池。群仙列隊迎,縹緲拂靈旗。後賢競鬥靡,亂法同棼絲。大雅久不作,逐逐矜紛馳。門墻隔百仞,慚愧託吾師。爲聖或爲仙,此外皆膚詞。放眼空千古,捨此當依誰?

用剩稿韵畢志慨二首

孤臣草莽孰同儔，目擊繁霜等鼠憂。扼腕乾坤空太息，寒窗風雨老窮愁。

當年六卷親編輯，烽火遺氛及慨歌。寥落詩篇同境冷，文章壽世不須多。

古 别 離 曲（以下《遺稿》）

紀坤

奚奴門外牽青驄，美人泪滴琉璃锺。泠泠玉液白如水，一時化作珍珠紅（昌谷詩“小槽酒滴珍珠紅”）。手把勸君君不飲，只憶陌頭花似錦。君看斑斑粉污①，此是十年琥珀枕。

少 年 行

紀堪琴

豪游不避御史驄，新豐貰酒澆千鍾。烹龍炮鳳苦晝短，那管金吾執夜燈摇紅。酒懷半酣復痛飲，暖著貂裘襲宫錦。走馬徑到胭脂坡，日高猶卧鴛鴦枕。

---

① 此句原本少一字。

寄遠曲

紀坤

黄鼇紫蝶作團飛，夜合花洛君不歸。燈前手刺鴛鴦錦，爲君寄作歌舞衣。少小與君相愛惜，常恐君心不自適。千金果得買娉婷，妾縱孤眠亦慰藉。

蜂

紀堪琴

萬花叢裏輕飛飛，采香抱蕊夜不歸。掇取精液帶朝露，乍迷翠篠黏紅衣。釀成蜜脾轉自惜，芬芳宜人口腹適。封崖照火傾其房，餘子天寒走狼藉。

言奕光别漢陽，意頗惘惘，戲以二絶句調之

紀坤

數聲柔櫓下烟江，江上鳧鷖總作雙。轉過前灘一回首，美人紅袖倚樓窗。

孤帆落處近楓林，水氣溟濛夜已深。船尾紅燈休卸却，青樓儻有夢來尋。

昔游衛河值河運至捨舟登岸憶所見爲二絶

紀堪琴

高檣迤邐接三江，影落平波恰作雙。一葉扁舟須却避，美人紅袖倚篷窗。

閃爍寒鴉集暮林，梁園秋色鬱深深。頹垣斜照餘衰草，無復閑花惹蝶尋。

燈　　前

紀坤

粉前談近事，搔首到天明。上將頻宣捷，群儒各議兵。詩書宋南渡，氣節漢東京。側想諸公意，應期致太平。

讀《韓蘄王傳》

紀堪琴

老將身猶健，寧忘致盛明。半生惟策蹇，絶口不談兵。胡騎來燕國，君王去汴京。低徊三字獄，惻惻恨難平。

丙寅秋日偶題

紀坤

肅然閉户已多時，花落花開總不知。只愛太師書樣好，晴窗自寫黨人碑。

贈　友　人

紀堪琴

奇才休嘆不逢時，得掇微科即見知。匝地黍苗待陰雨，可能仿佛峴山碑。

書齋桃花盛開

紀坤

爛漫春風欲放顛，好花一笑病翁前。維摩夫女原同室，不信妖紅解破禪。

自　述

紀堪琴

白眼看人太放顛，知非已負卅年前。斜陽影淡隨流水，打破痴情即是禪。

瀛臺晚眺歸，過府學看蔡京碑，臺馮道所築，今尚壁立數丈堅如，石碑亦完好無恙，不似數百年旧物

紀坤

臺古仍傳丞相宅，苔昏猶認太師碑。官高豈但題青史，事事田夫野老知。

雁　字

紀堪琴

江南江北頻來往，幾字書空岩落碑。飛白縱横任天趣，塗鴉原不倩人知。

偶題二首（曉嵐公《閲微草堂筆記》引此以屬遲叟公，而敬義堂稿中未載，故仍以屬公）（并叙）

紀坤

巫山洛水，詞客艷稱，諷咏舊文，意或未愜，偶題此以抒所見。古人往矣，誰與晤言其是非末由，是正亦存是説于天地間耳。

他人夢見我，我固無由知。我或夢他人，他人亦若斯。如何襄王夢，云與神女期。縹緲十二峰，真有朝雲祠。

煮豆然豆箕，局促良酸辛。婉孌金鏤枕，乃敢賦感甄。洞庭波淼淼，哀怨轉靈均。思君託九歌，亦有湘夫人。

抵牾二篇

紀堪琴

著書而詆人，人或不我知。人以書詆我，我亦當若斯。火熱泉自寒，嗜好安相期。心傳祝瓣香，兩家同一祠。

各執門户見，抵觸何艱辛。豈知在大造，萬物同陶甄。剛柔雖參差，賦畀非不均。偉哉洛閩蜀，傳家各有人。

贈西士羅雅谷二首

紀坤

月窟來王會，星槎通狄鞮。書傳三教外（其法于三教之外别爲一義），家在大瀛西（其地在西海中，去中國九萬里）。括地圖能記，占天路不迷。荒唐鄒衍説，待與一參稽。

教自耶穌啓（西法宗教，耶穌即所謂天主也。穌字《説文》有之其音與蘇字同），途從利氏開（西洋古不通中國，神宗時利瑪竇始東游，于是中國有西士）。持經真苦行，博物亦鴻才。良晤資三益，奇觀問九垓。聖朝今一統，寧以外交猜。

客中書懷二首

紀堪琴

南冠常作客，羈縻近鳶鞮。回首衡山北，關心大海西。淒涼人易老，迢遞路多迷。雲樹懷吾友，新詩待共稽。

龍門争變化，日日向人開。詎乏淩雲志，慚無濟世才。堅儒老章句，俊乂遍埏垓。禹稷同巢許，形神兩不猜。

題《蘇武牧羝圖》第二首（其一見《剩稿》）

紀坤

怪來馬遠□□□（見《剩稿》），却畫蘇卿漠北秋。可是借言洪禮部，瀛山□□在英州。（蘇武受賞雖薄，猶然酬以典屬國。洪皓奉使十五年完節歸朝，乃以持議忤秦檜，終有英州之竄，宋之不競也宜矣。）

讀《唐書》感回紇事

紀堪琴

誰教胡騎長驅人，健馬肥酣塞草秋。詎識天驕能效順，翻然逐寇衛神州。

答 次 龍

紀堪琴

由來臺閣輕泉石，斷簡蕭條二百秋。湖海元龍具真賞，青蓮不負訓荆州。

和次龍原韵二首

紀堪琴

□□□□□□□，健筆凌空入泬寥。慨慕六朝生太□，未□□□□梁蕭。

古今治亂同一轍，泪灑興亡剩此篇。小子未能繩祖武，維摩同坐散花天。

附　　録

劉問渠《題詞》二首（仍前韵）

莫道廣陵無嗣響，人琴亡後迹寥寥。美人香草均千古，不信叢蘭掩艾蕭。

洛鐘厚蓄銅山脉，爐錘銷镕仿鉅篇。肯讓媧皇五色石？可憐無分補青天。

張筑源《題詞》二首（仍前韵）

簫因有孔偶調刁，琴到無弦太寂寥。高揖花王作酬唱，冷風黄葉響蕭蕭。

大雅不群文獻藪，河間先後出鴻篇。壯夫莫小雕蟲技，黄鶴樓中有洞天。

紀鉅維：泊居剩稿

湖樓望雨，陳伯嚴、楊鈍叔、梁節庵、張聖可、江孝通同作（壬辰）

樓外雲陰冪女墻，半天飛雨濕湖光。江城落木寒初重，酒坐開襟話易長。彭澤醉餘容謬誤，樂游歸處感蒼茫。移燈却照疏闌畔，幾點秋英尚傲霜。

題《江潭話別圖》送楊舍人北上二首（丁酉）

髠柳蕭疏霜意酣，長條攀折愴江潭①。分飛客子同秋葉，一夕西風別漢南。

蒼烟一點楚帆輕，擊楫中流壯此行。見説風波渡不得，有人東指海雲生。

陪廣雅尚書師宴集胡祠北樓送楊舍人入都（時丁酉秋末也）

離筵高敞俯城頭，凉雨騷騷晚未收。風急雁鴻飄斷羽，波回江漢迅雙流。登車慷慨懷前路，運甓勤劬此上游。爲抉浮雲開白日，闌干極北望神州。

---

① 愴，《清畫家詩史・壬上》中作“愴”。

戊戌夏日雨後，集苕華室觀同人所藏書畫

那計痴兒笑老顛，盡尋樂事傲頑仙。雲烟過眼能娛我，晴雨何心莫①問天。畫裏溪山疑隔世，鏡中勛業惜流年。壯夫正有②屠鯨技，如此消磨亦可憐。

丁未九月梁節庵招集吴公祠登高，同人用朱文公《天湖寺》詩韵各賦長律，亦漫作一首

望秋蒲柳早衰時，旅食江關久未歸。假日登臨舒倦眼，寥天風物尚清暉。也知鈍士難供世，争信緇塵解涴衣。欲撫朱弦還斂手，遺音誰與辨希微。

戊申六月六日，梁節庵五十生日，寄壽以詩（時謝病去官，往游當陽玉泉山）

識君嶺嶠官初罷，舍我江城又去官。捲舌固知諧俗好，抽身肯信急流難。晚晴幽草容天意，陡壁喬柯見歲寒。暫可頤神餐杞菊，行教披腹貢琅玕。

---

① 莫，《清畫家詩史・壬上》中作“更”。

② 正有，《清畫家詩史・壬上》中作“自有”。

題汪鷗客爲劉仲張親家畫《竹屋思親圖》二首（庚戌六月）

慈竹陰疏草不春，覆檐松老作蒼鱗。危柯[1]不定風聲急，凄絶丘梧[2]抱恨人。

晨昏半廢誤飢軀，負米何曾慰倚閭。同是鮮民君勝我，看花猶得奉潘輿。

爲梁節庵題松樹障子

拗鐵蟉枝久鬱蟠，世人幾作散材看。十年樹木猶如此，識得貞心歲已寒。

飼鶴二首

朱頂元睛舊縞衣，芝田有夢未能歸。區區莫羡潭皋粟，上相從來不要肥。

鶏鶩群争盡日忙，一聲清唳晚風長。怪渠本具凌霄翮，苦傍人家覓稻粱。

---

① 危柯，《清畫家詩史·壬上》中作“交柯”。

② 丘梧，《清畫家詩史·壬上》中作“蒼梧”。

西郊即景

鷄頭菱蔓滿溪灣，渺渺漁村白水環。堤下行人堤上柳，夕陽驢背看秋山。

紀鉅維：泊居剩稿續編

序

獻陵紀泊居先生之學術文章，爲吾鄉之一大宗匠，此人所盡知者也。惟以著述甚鮮，不期問世，如豐城之劍甘作沉淪，雖氣冲牛斗而人莫得而逼視以觀其龍光虎氣之奇，是乃後學所深以爲憾者。蓋先生紹其先德文達公之緒，復有强固之精力，于書無所不窺，皆能深入其奥窔，鑒別精嚴，不爽毫髮，故自亦不輕落筆。而性尤孤介，無好名之心。間有所述，每隨手散去，以是南北之士雖仰之如山斗，而得讀先生之斷章零句者，蓋不多覯也。先生歿後，河間劉詒孫君與臨桂汪鞏庵君同爲先生門下高足，又皆爲先生之子婿，深惜先生之文字不見于世。共收集詩文手札輯而刊之曰《泊居剩稿》。然寥寥數篇不盈一册，未能饜讀者之心。邇來詒孫又于舊簡中檢得先生書札數通，爰再徵諸同人，共得若干首，而余亦由家中録得先生未南游時舊作數首，附之其中。《惟閲先兄華譜近作二絶》乃由粤北歸時筆也。綱珊集腋又成是編，庶令閲者得窺梗概矣。雖然先生以詩文名天下，而詩文亦豈足以盡先生哉！先生久從南皮張相國游，與陳散原、樊樊川、梁節庵、易實甫諸先生同受知于相國。樊山諸人莫不回翔于仕路或立躋通顯，而先生獨以韋布終其身，特以講學于鄂，故至今江漢之間猶思先生之風節，蓋悠然遠矣。余幼時嘗以父執拜謁先生。及先生南游迄未一晤。改革後先生歸里，始獲重聆教論。而學乏根柢，雖嘗朝夕坐春風中，如扁舟之泛滄海，徒望洋興嘆。撫衷自忖，實不足以知先生，又豈能序先生之遺稿耶。以詒孫責令執筆，而余與先生又世有戚誼，欽慕夙深，不敢辭，謹書所見如此。

壬午嘉平月交河蘇耀宗拜撰

寄懷王甫臣

吾儕遇合本非偶，五百年前宿緣久。紅塵把臂君爲誰，一笑仰天屢搔首。憶我未冠年，落拓詩酒緣。蟠胸虹霓未一吐，奇氣鬱勃凌雲烟。歌哭任人雙眼白，往往白日疑飛仙。雖識彼蒼不遺生使獨，摩詰、襄陽總相逐。滹沱之北獻陵西。歧路逢君兩情服。吴楚山青江水浮，羡君十載常淹留。人生不能高牙大纛建勛業，便當名山勝水窮遨游。朝歷蒼梧暮丹丘，逍遥那知春與秋。饑食蒼山之柏子，渴飲碧澗之清流。一生足迹遍天下，騷人逸士相歌謳。安能使我鬱鬱守鄉土，牧竪耕夫日爲伍。吾鄉終古無寸石，悵望江山咏徒苦。猶記瀛城快聚時，花飛紅雨春日遲。終朝頻晤不厭數，論説山水談歌詩。更喜君家少長不可得，風流雅望非常儀。吁嗟乎，一别二載猶賦閑，西窗夜雨心常關。年來莫問吟詩瘦，且放形骸天地間。

題張文甫先生《來禽軒詩鈔》

有髮稱僧大自在，跌宕風流推老輩。清門文采至今存，何用香山詡圖繪。

高吟結社名六痴，幽人已往餘新詩。一編讀罷增惆悵，不見黄花泛酒時。

緑蔭（十獲園家塾詩課之一）

自與紅塵絶往還，緑陰深處當居山。藥爐茗碗熏香坐，淡殺無心水一灣。

村居秋日三首

秋原獨登眺，野曠興悠然。木落村容禿，雲開塔影圓。殘陽明積潦，古寺隔昏烟。孤雁飛何急，詩心入遠天。

夢醒驚天曉，西窗淡月明。夜凉蟲響大，秋近客懷清。潦倒他鄉感，羈栖數載情。悠悠撫身世，不寐聽殘更。

村居慣疏懶，隨遇度年華。世事一何拙，吾生自有涯。松陰倚藤杖，籬角摘秋花。借問中朝貴，何如野老家。

劉介軒師病歿距崔次龍師之歿八年矣，新悲舊感，悵觸無端，因成二律

文章事業勖千秋，早歲知音有伴鷗。人老金臺傷宿草（次龍師晚號伴鷗散人，已巳歿于京邸），經傳渤海仰清流。十年講授慚高足，卅載功名未出頭。此日新悲兼舊感，風前一哭泪難收。

醉餘雅不愛清吟，蠹簡搜羅用力深。命付濁醪千古憾，書

編雜俎廿年心（師不愛詩而愛酒，醉輒竟日，卒以此致疾。晚喜博覽子史，搜羅廿載，著《幼學便記》一書，甫成帙而歿）。誰從身後求遺稿，猶想情移聽素琴。悵觸侯芭他日恨，散人著述竟浮沉（次龍師稿最富，歿後爲嗣君柱山所藏。前欲借鈔，則云已被某太守携去矣，存亡未卜，思之憮然）。

閱華譜近作率贈即呈嶰山表叔二首

蟬雪吟成逸興豪，幾年中水仰風騷。誰知許國如椽筆，池上于今有鳳毛。（用句）

如此名駒世不多，知君星宿早胸羅。他年看取斜川集，好把文章繼小坡。

耒陽吊杜工部

老向巴渝鬢已絲，東游何事苦栖遲。千秋萬歲名空在，七澤三湘識者誰？可對沾襟惟燕子，未懸歸旐逮熊兒。才人一死猶傳誤，蕭瑟平生只益悲。

郴州吊秦淮海

一家兄弟總能文，學士蘇門劇重君。誰見幽魂吟夜月，猶堪女婿托微雲。情含芍藥詩原好，醉向藤陰酒正醺。千古青山繞郴水，玉杯何處吊秋墳。

張文獻祠

未能先事剪胡雛，偃月堂成迹愈孤。自我文章餘地有，後來風度似公無。不教賜扇吟秋燕，争使淋鈴奏野狐。蜀道空煩中使祭，當年金鑒惜模糊。

八月十五日同人登莫愁湖西閣二首

摶沙偶聚人三五，水閣開軒坐晚晴。山抹斷雲低遠嶠，風掺疏柳亂秋聲。側身天地今何世，投老江湖信此生。誰會步兵悲憤語，英雄不見意難平。

湖上探幽已數來，圖傳四客耐嘲詼（甲午冬，與節暗、叔嶠、雪廬同游湖上，雪廬作圖，人各有詩）。茶餘詩事渾前夢，塵外游踪更此回。近郭那無濠濮想，閑人應免鷺鷗猜。遲歸擬看波心月，未要嚴城鼓角催。

九日寶通寺遂至曾祠餞梁兵備聯句

百種秋懷何處消（冰），林巒在眼别情遥（節）。閑尋白塔饑鷹上（嚴），更覓黄花古嶺椒（冰）。

戲馬詩篇同餞送（實），鹿門山色遠相招（冰）。即今未必無真隱（荃），試叩岩扉訪寂寥（驄）。

步 前 韵

霜空雨霽彩虹消，出郭登山不憚遥。羊傅碑尋遲著屐，鄂王祠圮話焚椒。中年懷抱休傷别，异代英靈尚可招。斜日憑欄共搔首，一人秋思入空寥。

附録　紀氏其他人詩作合集

紀樹馨詩作

紀樹馨（一七七一—？），字香林，獻縣崔爾莊人，紀曉嵐孫。嘉慶元年一品蔭生，歷任刑部江西司員外郎、陝西司郎中，湖北宜昌知府等職。《紀文達公遺集》系其整理。

賦得細雨濕流光

麥候晴兼雨，蘭畦風有光。霏霏飄細縷，薿薿射斜陽。閃爍雲頻破，溟蒙土乍香。烟綃拖淡白，霞綺到昏黄。書幌疏猶映，春衫沾不妨。睡偏明倦眼，暖喜帶微凉。唤婦鳩相應，銜泥燕亦忙。農家趁芳潤，擊鼓好栽秧。

賦得山雜夏雲多

好雨沾全足，晴雲態自閑。峰多初入夏，風便半歸山。縹緲松杉外，玲瓏紫翠間。濃嵐浮霧谷，叠嶂逗烟鬟。有景皆遮映，無心任往還。宿岩封乳竇，抱石戀苔斑。白道高難躡，丹霞遠莫攀。人家如畫墨，不信住塵寰。

紀昭詩作

紀昭（一七一七—一七七〇），字懋園，晚號怡軒老人，紀曉嵐從兄。乾隆二十二年進士，官内閣中書八年，以省親乞歸，不復出。田居多暇，以詩書課子孫，與平生老友詩酒相娱。昭平生笃于事親，敦睦親舊，急人疾苦。少與弟昀同以学问相砥励，昀喜詞赋經學，攻漢唐训訓詁。昭爲文專主韓、歐，學則服膺宋五子書，能體驗而躬行之。嘗輯古今嘉言懿行爲《養知錄》八卷，又輯《毛詩廣義》五卷，又著《騷經章句》《文選賦注》諸書。昭于陰陽、輿地、醫卜、算數之書靡不研究，當世稱爲儒者。

送曉嵐弟赴補

祖帳春園儼畫圖，新鶯求友遍相呼。座傾賓客真輸汝，老怯津梁定笑吾。敢道山林勝鐘鼎，無如魚鳥樂江湖。歸途便赴鄰前約，已備看花酒滿壺。

紀汝倫詩作

紀汝倫（一七三八—一八〇七），字虞惇，號南園，紀昭子。乾隆三十年拔貢，三十三年舉人，官滿城教諭。著有《易述》《詩述》。

丁未春赴浙留别及門諸子

老戀田園只自娱，扁舟乘興赴甌吴。贈行休折陶潛柳，選勝擬臨西子湖。婚嫁完時宜放浪，生徒别後漫嗟吁。新秋便理還鄉棹，教授依然是故吾。

紀汝佶詩作

紀汝佶（一七四三——一七八六），字御調，紀曉嵐長子。幼頗聰慧，讀書未多，即能爲文。乾隆三十年舉于鄉，稍稍治詩，由公安、竟陵兩派入，著有《半舫詩鈔》。《閲微草堂筆記》末附其筆記六則。

天驥呈才

神馬來西極，奇材表漢年。龍媒塵絶地，月駟氣行天。飛電超風嶺，追風下坂田。

嗚□朝發□，税駕西游燕。沾汗明霞烂，拳毛白雪鮮。麒麟真可并，款叚詎容連。萬里雄心在，千金重價傳。皇恩披遠塞，不數渥窪川。

送朱二亭南旋

陡覺鄉心動，西風作意催。主人誠愛士，羈客慣興哀。燕子飄零久，芙蓉寂寞開。還家同有夢，只合賦歸來。

老　將

蕭蕭白髮已盈頭，解甲歸來又幾秋。但使三邊停遣戍，何妨百戰未封侯。沾袍熱血腥還在，報國雄心病豈休。見説將軍猶健飯，摩挲老眼看吴鈎。

紀樹森詩作

紀樹森（一七六三—一八二九），字蔭田，號勉痴，紀曉嵐長兄紀晴湖之孫。監生，清代戲曲家。由同知升歷署嘉定，後任叙州知府。著有《痴説》《闈四子書》等劇作，并有《錯中錯》《芝龕記》傳世。

題自畫像

鏡影自臨試寫生，反觀面目亦分明。染成色相經人見，是是非非各有評。

紀樹榮詩作

紀樹榮（一七七四—？），字桐豫，紀曉嵐族孫。乾隆五十七年舉人，嘉慶三年大挑二等，選平谷縣教諭。嘉慶十六年進士，官内閣中書。著有《積雪亭稿》。

讀《史閣部傳》

殘局誰能苦畫籌，閣臣開府鎮揚州。早知僚佐無同簮，自信將軍有斷頭。再世重來文信國，一生長對左浮丘。山河破碎心終古，氣涌江濤萬里流。

紀堪鋭詩作

紀堪鋭，字春卿。紀曉嵐族玄孫。廩貢生，挑取道光八年國史館謄録，議敘授固安縣訓導。著有《退岩詩草》一卷、《隨意雜録》六卷。

咏 兄 弟 詩

骨肉同居忍便安，莫因細故起争端。眼前生子爲兄弟，留與兒孫作樣看。

紀堪鍔詩作

紀堪鍔，字雲舫。紀堪鋭弟，紀曉嵐四世族孫。恩貢生。

咏兄弟詩（六首）

其　一

風雨連床六十春，老年昆季倍相親。只緣曾讀先賢傳，羨殺難兄難弟人。

其　二

脱盡紅塵真復真，休論毛骨與精神。至情不在寒暄内，愧殺神離貌合人。

其　　三

義竹荆花本自親，都緣金貝誤全身。祖功宗德從頭數，忍作分門别户人。

其　　四

楊津楊播最相親，同叔同文結後因。有樣壺盧終一畫，子孫長作一家人。

其　　五

自古多慚弟不才，牛家傲弼亦堪哀。如何百忍張公藝，全自詩書性理來。

其　　六

萁豆相煎最可憐，此心都被利名纏。男兒自有無窮事，何在區區數畝田。

紀焕詩作

紀焕，字萃軒。道光二十六年舉人。

南皮潘母王孺人貞節詩

金石能銷志不磨，奇冤苦節古無多。晝昏天地黄沙亂，夜駭鬼神白刃磨。狼狽奸謀深陷阱，蛟龍惡穴起風波。尼牟幸有慈航渡，法力終教伏四魔。

節勵冰霜五十年，勤勞紡績敬鄉賢。備嘗艱苦榛荆險，不改心腸鐵石堅。迷指白衣聊藉佛，瀾回赤手總由天。貞祠故里留芳烈，俎豆馨香萬古傳。

紀堪謹詩作

紀堪謹（一八六一年—?），字稚怡，紀曉嵐四世孫。光緒十五年恩科舉人，官廣西左江道、廣西政務廳廳長。

壽賀母蘇太夫人八十詩

松坡先生文壽世，桐城宗派湘鄉裔。德配望族衍眉山，允推渤海高門第。我與喆嗣常過從，論文談道儒家風。過庭自昔聞詩禮，擇鄰亦賴由童蒙。記我早歲游武遂，始識松坡問奇字。五十餘年彈指間，老懷棖觸少年事。客春飄然過帝京，長安戚好如晨星。十刹海西數椽屋，中有芝蘭香滿庭。大家風範猶寒素，釵則以荆裙以布。叙述吾家舊典型，依依神往西州路。山川陵谷多變遷，壽母今登耄耋年。累世書香經史富，高堂福蔭子孫賢。時維浴佛前四日，枝上蟠桃已結實。笑看美酒進麻姑，藍玉嶙峋争繞膝。我與兩姓皆世姻，仰止同爲蔡霍親。奉觴莫惜龍鍾老，追隨又見海揚塵。

紀鉅綬詩作

紀鉅綬（一八七四—？），字采同，號墨卿。光緒二十三年舉人，候選教諭。

敬和楊蔭喬先生《榆林留别士民》之作原韵

青縣楊蔭喬先生者，余嘗聞其名而每爲心折也。丁巳春暮，于親串中睹先生《榆林事記》并詩章，得悉先生一生經濟學問及去就大節，雖未獲識韓御李，亦可想見其梗概。竊幸我勝國養士數百年，叔季時猶大有人在也，遂不辭俚鄙，謹步原韵以獻。

憑將肝膽濟時屯，回首榆關復幾春。廣漠三邊思召杜，存亡一息戀君親。五原沙磧紓籌策，十里山陀快寫真。老去馮唐倍蕭瑟，清風兩袖拂衣巾。

紀鉅湘詩作

紀鉅湘，字海帆。諸生，曾官山東知縣。

擬韓昌黎南山詩元韵

南山夫如何，秦漢羅外囿。枕海互東西，形狀莫窮究。名奪五岳尊，靈秀神所授。山經少記載，地志多挂漏。重念兹何因，抑由未目覯。自經遥瞻矚，萬象羅紛湊。蒼茫衆峰青，地勢壓錯綉。忽來咫尺間，中邊俱徹透。水石相回環，林木森密茂。雲根生翠微，崚嶒插古岫。曳杖時側目，奇態畫難就。蟠雲虯垂澗，飲泉鳥濡噣。回望豁雙眸，撲眉衆峰秀。將登復徘徊，興發思清酎。豪情本難禁，胡爲意反復。崔嵬含虚空，天地爲結構。遥知攀躋難，怪石撑峭瘦。鬱氣淩碧漢，盤基雄紫宙。中藏造化意，人工絀雕鏤。此境應難窮，周回含廣袤。景物貫四時，變化异狀候。春氣嘘百匯，機暢發簇箈。林巒有活態，豐棥托青戊。繁花染綉谷，和風扇雲竇。夏日炎歊盛，暑避泉可漱。叢林紛蓊鬱，雲陰散騰糅。歊歔罩蒼靄，烟深晦白晝。驟雨挾松濤，落澗激浮漚。秋來極蕭條，哀吟躍猿狖。風霜凄彌清，草勁力不僕。天净日夕佳，淡雲滌凡陋。肅殺乃玉成，珍材若藏富。冬氣欲凝閉，嶺日寒疾走。物挺思抗時，大造或難宥。何來采幹人，搜岩冀奇售。薄質材易凋，幾疑天不祐。誰知松柏心，守貞泯誶詬。我思層巒間，石磴深碧甃。衹恐游不盡，中阻徒怐愗。所以屢躊躕，慨然忽念舊。綺季已深藏，王嘉尋入又。甘與鹿豕游，久處馴鳥獸。斯人探幽隱，鬼魅莫能寇。我欲追芳踪，涉險不勞救。紆徐山徑上，脱衣可探彀。初聞風籟響，忽訝鳴琴奏。幽行漸平坦，來即非貿貿。景物多創見，相遇真邂逅。歷歷可親指，仰視每延脰。雲翳蔽層陰，雙目迷眩瞀。峰腰驚清響，飛泉落急溜。直上愈艱險，欲進退將復。鋭志還自奮，雄風生左右。凝神悚顔色，難犯如介胄。危崖蘿可攀，幽谷引蘭臭。昔聞未快睹，兹行願可復。蹬道蟠龍蛇，榛棘栖鼯鼬。頃刻凌絶頂，眉展頗不皺。放眼豁縱横，亂峰插争鬥。孤立猶神驚，電激復雷雊。俯視衆山小，向背俱輻輳。嶙囷形自奇，隆崛勢頗驟。記述信不誣，福地疑神佑。嶺日紅乍出，氣烘若蒸灸。岩烟翠都入，紛形若篆籀。千丈壁峭立，萬仞峰横逗。天梯并石棧，鈎連若鋤耨。碧玉挺其阿，珍异采可購。仙靈時出没，屏息自詎譳。名標貴太乙，群山皆賤幼。中條何其高，异號更非謬。靈芝堪延年，餌之异飣飷。玉堂辟陽宮，石室疑神柩。喬柯雜森列，中或挺獨桓。東則接華岳，玉羊閟精獸。西則連太白，形迹似靈鷲。北則俯咸秦，宫闕遥在後。南則入楚塞，江漢去不留。樹則聳青蒼，松蘿施婚媾。條梅繞扶疏，飆起薄襟袖。株株密排列，合圍若蒐狩。草則茂蕤葳，蘭茝列其首。旱藕復可餌，佐食薦蒸餾。芙蓉圓厥敞，青翠放不收。珍禽樂栖止，斂翼避矰彀。薈蔚盡可睹，未許歌薪槱。水則風泉泠，井幕并占繇。何來山村人，其性識夷姤。勢奇看不定，景變喜俱遘。盤桓踞高巔，儼若接星宿。舉手時欲摘，依稀啓天廄。搔首一長嘯，偃卧石瑩琇。人生天地間，何爲局屋霤。井蛙無遠見，管窺識愈狃。笑此拘墟輩，局促難免愗。我今拓壯觀，神舒適膚腠。泠泠天風吹，興勃聲歌侑。胸次悠然開，塊壘消宿疚。登高小天下，不羨游仙呪。願尋石隱士，暫爲寄廬僦。挑燈話奇怪，酌醴醲香嗅。涓滴一何微，未敢望酬酭。

紀鉅海詩作

紀鉅海，字延之，附貢生，候補同知。

服闋殉節詩

未嫁悲先寡，堅剛若夙因。誓心完後約，革耳軼前人。鸞舞存真性，鳩媒了此身。同聲稱孝謹，全德永千春。

後　記

獻縣紀氏乃文化大族，從晚明到民國，紀氏十代人所留詩作蔚爲大觀。此次整理《歷代獻縣詩鈔》，紀氏詩作當然爲一大宗，故分爲兩册：其一是紀曉嵐詩集，單獨成册；其二是紀氏家族其他人詩作之合集。本册即爲合集。它包括紀坤的《花王閣剩稿》，紀樹森的《吟秋遺稿》，紀煐述的《三客亭詩草》《三客亭試帖》和《三客亭詩餘》，紀堪琴的《〈花王閣剩稿〉遺稿用韵》，紀鉅維的《泊居剩稿》及其續編中的詩作。

紀曉嵐被譽爲一代文宗，其詩作早已廣爲流傳，後世所校勘刻印者甚多，《花王閣剩稿》因被收入《四庫全書存目叢書》，也早已爲世人所熟知，而紀氏其他人的作品則流傳不廣，時至今日更鮮爲人知。

比如紀煐述的詩集，柯愈春先生積數十年之功，編撰《清代詩文集總目提要》，意圖對現存清人詩文集進行全面的梳理。該書共收録一萬九千七百餘人的四萬餘種詩集。這是近年來清代詩學研究的一項重大成果。但該書只收録了紀煐述的《三客亭詩稿》，而未提到其《三客亭試帖》，并且將紀煐述誤寫爲紀煐。

紀煐述一生所留下的詩詞甚多，目前所知道的就有《三客亭詩草》四卷、《三客亭試帖》《三客亭詩餘》《三客亭律賦》等詩詞集四種。四種詩詞集現藏于南京大學圖書館、山西圖書館、天津圖書館等處。經對照，三家圖書館所藏實爲同一版本，此外再未發現其他版本。而這一版本刻工極其粗糙，部分字迹模糊、殘缺，難以辨識，同時又無其他版本可以參照，以致校勘工作十分困難。況且編者自知個人水平極其有限，又不敢對殘缺、模糊之文字妄加猜測臆斷，所以對于個别難以識别的文字，只能暫付闕如以□代替。還有此次只整理校勘詩作，因此未收録紀煐述的《三客亭律賦》。這實爲此次整理紀氏合集的一大遺憾。

紀鉅維系晚清人物，曾在張之洞幕府多年，其在湖北傾力推行新式教育貢獻甚大，且與梁鼎芬、楊鋭等維新人士交誼甚篤。紀鉅維一生肯定寫下了大量信函、書札、詩文，這對研究晚清維新思潮是極其珍貴的第一手資料。可惜紀鉅維爲人低調，不事張揚，而且他對自己的詩作聲調格律要求甚嚴，輕易不將詩作示人，故所留作品甚少。他去世後，其親屬弟子多方搜羅，先後兩次爲他刊刻文集，分别爲《泊居剩稿》和《泊居剩稿續編》，兩部文集總共才收録紀鉅維詩作二十九首。詩人水準之高低，不在于其作品之多少，而在于其作品格調之高低。紀鉅維所留詩作雖然不多，但這些作品蒼桑沉鬱，藴籍深致，字裏行間處處充溢着濃濃的家國情懷，至今讀來仍感人肺腑。紀鉅維當爲晚清詩壇的一位領軍人物，可惜其人其詩一直不爲人們所了解。此次將紀鉅維詩作收入《歷代獻縣詩鈔》，或爲世人重新認識晚清維新人士之思想提供些許幫助，或爲清詩研究提供一些綫索。

紀氏三百年文化傳承，除上述詩人詩集外，紀氏其他族人也或多或少留下了一些詩作，可惜分散在各種方志典籍之中。這次整理《歷代獻縣詩鈔》，凡已發現紀氏家族的作品，無論其多少，均一并收録，作爲資料供時人參考。

《歷代獻縣詩鈔》整理工作历時將近四年。起初，由獻縣地方學者自發抄録校勘，獻縣人民政府得知此事後全力予以支持，主管縣長高金庚同志多次協調《歷代獻縣詩鈔》整理與出版事宜。齊可往副縣長主管文化工作以來，又對詩鈔的出版予以了大力支持。河北大學文學院劉金柱院長聞訊後親自來獻縣調研，欣然决定將《歷代獻縣詩鈔》納入直錄學叢書出版計劃，并委派傅林、劉青松二位教授全程負責詩鈔校勘與出版工作。值此詩鈔即將正式出版之際，對社會各界的鼎力支持致以由衷的感謝！

二〇一七年十月曹書通識于獻縣宋堯京